光文社文庫

本格推理小説

# 翼のある依頼人

慶子さんとお仲間探偵団

柄刀《つかとう》 一《はじめ》

KOBUNSHA

JN286933

光文社

# Contents

扉挿画／上杉久代
目次・扉デザイン／泉沢光雄

# 翼のある依頼人

女性恐怖症に
なった男

1

いや、もっと荒々しい感情かもしれない、これは。

憤りと怒りが、苛々《いらいら》と内臓を引っかき回すような爪を持っている。

でも、生来の気弱さゆえか、そうした感情はそれ以上には膨らまず、結局は落ち込んで滅入《めい》る……。

胸が塞いでいく。周りからは暗く見える表情だろうな、と自覚しつつ、僕は大学の校門に背を向けた。

こんな気分の原因は、またしてもあの教授だ。人文学科の猛虎・村淵《むらぶち》。――女だ！

身だしなみにももっと気を配れよ、と言いたくなるあの女教授は、人を見下した冷たい目のまま、ほとんど眠らずに二晩と三日で仕上げたレポートをゴミ箱に突っ込んだ。

そんなことまでする必要はないじゃないか。こっちを、感情のないロボットだとでも思っているのか？　いつも高飛車な物言いをするので、僕のような性格の者はますます萎縮してしまい、論じるプレゼンも普通にはできなくなってしまう。

　明らかに、パワーハラスメントじゃないか。それを女がやる。どうなってんだ……。

　ケチのつき始めは、バイト先のアクセサリーショップに去年現われた〝接客アドバイザー〟の女だったかもしれない。系列会社の偉い立場にいるらしいけど、香水のきつい四十歳ほどのその女は、僕と店長の仕事ぶりやディスプレーなどの不備とやらを、ぐちぐちと責め立て始めた。まだ営業中の店の中でだ。助言ならいくらでも聞くし、反省も手直しもするが、あれはもう、公平に言って、ただのいびりだ。基準に一貫性がなく、言っていることがまちまち。矛盾に満ちている。一度聞けば判《わか》ることを、何十回でも繰り返す。また、声がでかい。だから、せっかくいたお客さんたちも、不快な顔になって店を出て行く。入店しかけてやめるお客もいる。

　それが判ったから、こちらはその意味でも冷や汗を流した。今この場で、あなたが〝教育〟と考えていることをしなくてもいいのではないか？　勇気を出して、「後で伺いますが……」と口に出した時には、ヒステリックな罵声の嵐が生まれた。

　この店は徹底的に教育し直す必要があると主張し、ほぼ毎日、その女は来ることになった。発作的に腹を立てて商品をぶつけてくることまであった。

　そんな行動が、お客や商品に愛情を注いでいるアドバイザーがやることなのだろうか？

　彼女の横暴はとても耐えられるものではなく、僕を含めたバイトの三人と店長は、限界を超えたところで辞めることにしたが、そのこと自体は惜しくはなかった。あんな存在を管理部門で野放しにしている会社は、長くは保《も》たないだろうしね。

ただ僕はその時、すでに神経症になりかけていた。自分には関係のない怒鳴り声を耳にしただけで、あるいは香水のにおいを不意に嗅いだり、アクセサリーを大量に見ただけでも、吐き気を感じるようになっていたのだ。

友人の中には、「お前が正規雇用者なら、労働基準監督署に訴え出られるぞ、それ」と息巻いてくれる奴もいた。

まあ、症状は改善していったし、どっちみち僕は、訴訟なんてできる柄《がら》じゃない。

あれ以来だろう、と思う。女性運が悪化し、僕は二十三歳にして異性に対して臆病になる一方だ……。大学へ通うことも辛くなり……。

いやいや、めげるな、と、もちろん自分を励ましてもみる。

今はたまたま、誰にでもある鼻持ちならない影の部分が、女性に限って見せつけられている時期だというだけのこと。すべてに幻滅することはない。

性別ではなく、個人の資質の問題なのだろうしな……。

――おっ。

いくらか気を取り直したことに対する褒美《ほうび》であるかのように、あげた視線の先に、なかなか可愛らしい少女たちの姿があった。のんびりとした足取りで、交差点を越えてやって来る、セーラー服姿の二人連れだ。相手とのおしゃべりに夢中、という、いかにも少女らしい風情。個人宅の塀から溢《あふ》れ出している満開の桜の枝が二人の頭上にあり、楚々《そそ》とした絵になっている。

ここ札幌では、すぎたばかりのゴールデンウィークに桜の開花はなんとか間に合った。雨上がりの今朝は肌寒い風が吹いていたけど、一週間ほど前には初夏のように気温の高い日が続き、その陽気が桜の開花に貢献したようだ。

風に揺れて散った十数枚の桜色の花びらが、女子高生たちの周りを静かに通りすぎた。彼女たちの顔立ちはこざっぱりとしていて、制服姿も初々《ういうい》しく映る。スカートの丈も品がないほど短くはなく、常識的だ。

特に、額《ひたい》のきれいな右側の女の子の、明朗で清々《すがすが》しい様子がいい。

すれ違う時、少女二人の会話が聞こえてきた。

「態度がでかい上に、化粧がぶ厚いんだよぅ、あいつ」

「うるせぇんだよ、ばばあって感じィ」

……桜の花びらがへばりついている濡れた歩道には、点滅を始めた青信号も映っていた。小走りになれば間に合いそうだったが、僕の足は重たくて、動きそうになかった。

2

共用である三階の外通路の端に、僕の部屋、三〇四号室はある。鍵をあけようとしている時、階段側で人の動きが感じられたので、目をやった。松坂《まつざか》夫人だ。一階上からおりて来たところらしい。

三〇一号室のチャイムを鳴らし、出て来た水尾《みずお》夫人に届け物をにこやかに渡している。

僕はこそっと気持ちを弾ませながら、視野の隅で松坂夫人の姿をそれとなく捉《とら》えていた。

実は僕、彼女のファンなのだ。年齢不詳だが、なにかの弾みに若々しい魅力をきらめかせることがある女性。理知的、といっていい容貌なのに、ぼーっとしている時も不思議とあり、それがまたアンニュイな雰囲気を漂わせて、見る者の夢想を掻き立てる。

たまに顔を合わせた時の挨拶《あいさつ》の笑顔だけでも、僕は幸福感に満たされ、救われていた。

そう、彼女がいるから、僕は完全な女性恐怖症にはならずに、ぎりぎりで踏みとどまっているのかもしれない。……もし、彼女も、一皮剥《む》けば人を踏みにじることも平気な魔女のような女だったとしたら？　想像しがたいが、その反面、警戒感を持ってそんな勘ぐりをしてしまう自分が情けない……。

とても疑う気にはならない天下一品の笑顔につられて、水尾夫人も素敵に微笑《ほほえ》んでいた。

年齢は四十ちょっと。眉のきりっとした、小柄ながらセレブ風の風格がある婦人である。ご主人は医療機器メーカー勤務。夫人はペインクリニックを経営している。水曜の今日は、午前中でクリニックは終わりのはずだ。

笑顔で一礼した水尾夫人がドアを閉め、松坂夫人は優雅に階段に向かった。ご主人は今、海外に出張中だったかな。

鍵をあけるのに手こずっているふりをしていた僕も、自分の部屋に帰還する。

バッグを置くとすぐに、ベランダの窓をあけた。

ここからの見晴らし、僕は好きだ。松坂夫人の姿を拝見できたおかげもあって、気分もかなり回復している。

メゾンの裏の敷地と、その外の細い道を隔てるのは、幅十メートルほどの川だった。流れているのはそれほどきれいな水ではないが、水面《みなも》に陽光が躍る様を見ていると、それなりに心が和《なご》む。ベランダの囲いの壁が低く、素通しの手すりの面積が広いので、高所恐怖症の気《け》もある僕は、ちょっと抵抗もあるけれど……。

なだらかな小山を背景にした川の向こうの道は、車はほとんど通らず、犬を散歩させている人や自転車に乗った人が時折通るだけで、実にのどかな景色を作っている。

しばらく、眺めよう。

人と話すより、こんな風に、人のいない景色に癒されるというのはふがいない気もするが、今のところ効果的だ。気分も変わり、パソコンを起《た》ちあげてお気に入りサイトを回遊していると、携帯電話のベルが鳴った。

『ケイちゃん、急いでわたしの部屋に行って！』

いきなり、貴枝《きえ》叔母の声が鼓膜に突き刺さる。

「なんで？」

『わたし、約束に遅れそうなの！　珍しいシャーロッキアンのゲストがいらっしゃるのに！　あちらの携帯電話の番号、聞きそびれていて、連絡がつかないの』

僕の名前は野村敬吾《のむらけいご》。母の妹である貴枝叔母の名字は富野《とみの》だ。四階建て、戸数十五のこのメゾンを遺《のこ》して、四年前に夫が他界。五十二歳の叔母は、大家《おおや》兼管理人としてここの一階に住んでいる。

僕は道東《どうとう》の田舎《いなか》から、大学生になった時に札幌に出て来た。ところが二十一世紀を迎えた去年、部屋を借りていたアパートが、大家の破産でいきなり取り壊されることに。その際、ここの物件が一つあいていたので、叔母が融通してくれたのだ。

貴枝叔母は、割とルーズなところがあるのに、目下《めした》の者にはやたらと説教したがるタイプである。世話好きで、前向き。総合得点としては、まあ、悪いほうではないだろう。

そして彼女には、シャーロッキアンという変な一面もあるのである。

シャーロッキアンというのは、度し難いほどに熱狂的な、シャーロック・ホームズの愛好家たちだ。あの世界的に有名な名探偵を愛し、その活躍を描いたコナン・ドイルの小説群を、キャノン——聖典や正典と呼んで奉《たてまつ》っている困った人たち。世界に何百万人のシャーロッキアンがいるのか……。

　このマニアたちがそれぞれに組織している大きな団体が日本にも幾つかあるが、その中の一つ、〝日本・シャーロック・ホームズ・ソサエティー〟の札幌支部とコンタクトを取っているのが、叔母が主宰している〝七パーセント溶液〟というグループだ。

　七パーセント溶液とはなんだろう？　なにやら怪しげな語感を持っている。

　実はこれも、聖典《キャノン》からの引用であるらしい。様々な奇癖を持っているホームズだが、対すべき独創的な犯罪がなくなって刺激が減った時などには、自らコカイン溶液を注射していたという。その溶液を彼が称して、七パーセント溶液なのだとか。

　こうした、つまるところいかがわしい出典を持つ名称を頂《いただ》くことになった理由の一つは、発足時の会員数が七人だったことであるようだけど、マニアたちはこのグループ名を容認して面白がっているのである。会員は倍以上に増えて、今では十六人だ。

　彼らの活動拠点の一つである叔母の部屋に、ゲストが来るという。

『お客さんたちを入れてあげて、五分ぐらい間《ま》を保たせてくれればいいから。区役所の窓口が、要領悪くてねえ——』

　歩道を走りながら通話しているらしく、車の騒音が入ってきたりして聞き取りづらいところがあるが、遅れることの言い訳がぐちぐちと続きそうだったので、それを遮《さえぎ》った。

「会員でもない僕に、なんで頼むの」

『身内じゃない！　ケイちゃんにとっても、悪くない数分になると思うよ。松坂さんなんて、麗《うるわ》しいご婦人だし』

　――松坂！

　この名字には思わず反応してしまう。言うまでもなく、四〇一号室のマドンナと名字が同じだからって、似た魅力を望むなんてお門違いだが……。

『子持ち奥様とは思えない魅力の持ち主で、一緒にいらっしゃるお友達も、また素敵なの！　シャーロッキアンで、外国の医学生なんですって。そういえばケイちゃんは今、大学で医療の実情の研究してるんじゃなかった？　外国の医学生のお話なんて聞けたら、とってもプラスかもよ』

　……これは悪くないアイデアだ。海外の医学生の口から直接入手できた生《なま》の情報を元にすれば、村淵教授を唸《うな》らせるレポートが作成できるかもしれない。

『ねっ。行ってくれるわね。鍵あけて、招いてくれればいいだけだから』

「……ああ」

『良かったぁ！　あと一人、うちのメンバーの松崎《まつざき》さんも来るからね』

今度の名前は松崎か。まぎらわしいな。

『あんたは会ったことないでしょうけど、ミーちゃんよ。この際、ご挨拶したら』

ミステリーオタク的な短大生だという話。先週末に、ミーちゃんはここへ引っ越して来たばかり。縁があるのね、と叔母は喜んでいた。二〇二号室の住人だ。

じゃあ数分間だけ頼むわよ、と慌《あわ》ただしく言うと、通話は切れた。

パソコンを切り、叔母さんの部屋の合い鍵を抽斗《ひきだし》の奥から引っ張り出して手にすると、僕は腰をあげた。

時刻は、午後四時二十五分。


変わり者にふさわしく、叔母の部屋も普通ではない。本が多いが、ほとんどがシャーロック・ホームズ関連のものだった。プリント用紙やファックス用紙も積み重なっている。

壁に貼られているのは、松平健《まつだいらけん》や韓流《ハンりゅう》男性スターのピンナップではなく、シャーロック・ホームズ映画のポスターや、正典の内容に関連する場所の写真である。

部屋の隅のガラスケースには趣味で行なっている和弓《わきゅう》が仕舞われているが、ここではそれも、犯罪に使われた凶器のコレクションと間違われそうだった。

客を招き入れろとは言われているが、お茶まで出さなくていいよな、と思ったところでチャイムが鳴った。

ドアをあけると、一人の若い女性が立っていて、挨拶の声。大学生か、もしかすると高校生。

松崎のミーちゃんとすれば短大生のはず。

しかし予想していたイメージと大きな違いがあり、一瞬動揺した。しっかりとした印象だ。ちゃんとしていて……、妙に可愛らしい。

ブルーのワンピースに黒いカーディガンは、地味めの服装かもしれないが、彼女自身の雰囲気が全身に華やぎを与えている。ワンピースのブルーは、五月晴《さつきば》れカラーと呼びたくなる感じすらあった。

肩までの長さの髪は艶《つや》も良く、美少女というほどではないにしても、品のあるレディーに成長しそうな、優美さの若芽があるような目鼻立ちだ。……いや、僕の女性観察眼はまったく当てにならない時期といえる。余計な印象に振り回されないことにしよう。

「あっ、どうも」平淡に声を出す。「富野貴枝の甥っ子です。叔母もすぐに来ますから、どうぞ」

「お邪魔いたします」

一礼した後、まだなにかもぞもぞと言いかけていたが、まずはとっとと招じ入れた。おっとりしているといおうか、ちょっととろい人なのかも。

勧めたソファーに腰をおろした松崎は、クリーム色のバッグを膝に載せて、部屋に視線を巡らせた。

僕は、彼女の向かい側にある椅子の後ろに立ったまま、

「あなたの部屋もこうなんですか？」と話題を振った。シャーロック・ホームズ尽くしである叔母の部屋が恥ずかしく感じられたせいかもしれない。「人それぞれ、フリーク度によるよる？」

それにしても、自分から積極的に女性に声をかけるとは、我《われ》ながらどうしたことか、と首をひねる。この娘には好感を持っているとでもいうのか？ 確かに、心臓のあたりが奇妙に温かいが、短絡的な勘違いはやめろ、との自制も働く。女になんて、感情的にも一切近付くな。

「わたしの部屋は違いますけど……」表情がほぐれている。「シャーロッキアンの友人には、こうした部屋の方もいます」

高校生ぐらいの娘とも思えない、実に丁寧な話しぶりだ。

笑顔も魅力的だったことをしぶしぶ認めながら、椅子に座ろうとしていた時、「それにしても、叔母様のフリーク度はすごいですね」と、後ろも見るために体をひねった彼女の膝からバッグが滑り落ちるのが見えた。

「あっ」と、子供っぽいほどの声を漏らして、彼女はバッグを拾おうとする。

けっこうドジっ子なのかもしれない。

そんな評価を下した一瞬後に、でも僕はドキッとさせられていた。上体を屈《かが》めた拍子に、彼女のワンピースの胸元が大きく緩んだのだ。首筋や胸元の仄白《ほのじろ》い肌が、艶《なま》めかしく視野を打つ。

中腰だった僕は、バッグを拾って姿勢を戻そうとする彼女と視線が合いそうになり、急いで座ろうとしたのだけれど、その弾みに、ローテーブルの角に膝をもろに打ちつけてしまった。ガツンと音が響いたほどだ。

「あっ」と、松崎がびっくりし、心配する。「大丈夫ですか？」

「え、ええ。どうってことは……」仕草は小さく、でも力と念を込めて撫《な》でさすりつつ、座った僕は性急に言葉を継ぐ。顔が赤くなっていないだろうか？「松崎さんは、痛みには強いほうですか？」

戸惑いの目になるのも当然だな。なにを口走っているのだ、僕は。すぐに続けて、

「いえ、そのぅ、女の人って、見た目と違って絶叫マシーンが大好きだったり、痛そうなホラーも好み、なんてことが多いでしょう……」

「わたしは、頼りない見た目どおりです」また、柔らかな表情。「怖いのも、痛いのもダメですね」彼女はちょっと口調を変え、「……それで、あのぅ、お招きいただいたわたし以外の人たちですけど――」

「間もなく来るでしょう。叔母から聞いているんですね。すぐに来ますよ。遅れている叔

母がちょうど間に合うタイミングかもしれない」

みんなに早く到着してもらったほうが、間が保つかな。

「あっ、これでもつまんでいてください」

テーブルに、菓子は用意されていた。それを勧める。大きな皿に盛られているのは、一つ一つ包装されたキャンディー類だ。

「ありがとうございます」

咳払いしながら視線を逸《そ》らし、皿の上に手をのばすと、菓子とは違うものに触れた。

――あっ。

彼女の指だった。向こうは取り出した携帯電話に目を向けながら手を差し出していたので、こっちの動きに気付かなかったようだ。「あら」という目になって手を止める。

ハッとなって腕を引っ込めた僕は、もじっ、と目を伏せ、身を固くする。

ラブコメの少年めいた我が身の反応に嫌気が差し、じんわりと汗ばんでしまった。

思いすごしに違いないが、相手が内心でクスクス笑っているような気がして仕方がない。

被害妄想だなぁ。……でも、女性アレルギーともいえるこっちの及び腰を、見透かされているようにも、やはり感じてしまう。年下の女に。

ここで、携帯電話が鳴ってくれた。発信者のナンバーを見ると――

「叔母です」

松崎に伝えて、電話に出る。

「まだなのかい？」

『もうすぐよ。どなたか、いらしてる？　松崎のミーちゃん？』

「そう。一人だけ」

『彼女となら、あなたも楽に話せるでしょう。気兼ねないしね。松坂夫人ご一行相手だと、あなたの粗相《そそう》が心配だけど』

「頼んどいて、なんだよ、それ」

『ミーちゃんか……』と呟《つぶや》いた後、叔母の声に、ニヤニヤとした気配が混じったような……。『あなたと、お似合いじゃないかしら』

「なにっ？」

僕は体を大きくひねって、松崎から口元を隠した。

『似合いっていうより、彼女、役に立つかもよ。あなた、どうも最近、女から逃げ腰でしょう』

慌てて立ちあがり、席から遠ざかった。耳の奥が脈打っていたが、声は極限まで潜める。

「なに言ってんだ」

『ミーちゃんと、気楽に仲良くしてみたら。リハビリに協力してもらうの。でも、彼女も変わり者すぎるかなあ』

「あのな。勝手に――」

『ま、向こうにも選ぶ権利があるしね。じゃあ、松坂さんたちが見えたら、くれぐれもよろしく』

好き放題に言って電話は切れた。こっちの気持ちはおさまらない。異性に拒否感が働いていることを叔母に勘づかれていた、そのことだけでも羞恥を覚える。その上、リハビリだ？　恥部をいいように暴かれたようで、首筋が熱い。

それでもどうにか感情をおさめ、携帯電話を仕舞った。

席へ戻ろうとして――止まってしまう足。

彼女がくたっとして、目を閉じている。

身を斜めにして、ソファーで眠っているようだ。

かすかに寝息が聞こえる。表情は穏やかだ。……眠っている。

しかし、そんな莫迦《ばか》な話はないだろう。今の今まで他人と会話をしていたのに、いきなり眠っているなどと……。

眠ったふりか？　そんな可能性を探るうちに、頭にカアッと血がのぼった。

からかわれている！

きっと、そうなんだ。それしかない。

しどけない姿で眠ったふりをし、女に小心な男をおちょくっている！　浮ついた誘いだ。

これには叔母も関係しているのか？　二人で仕組んだのか？　ふざけたお見合い、なんてことでもないだろうが、莫迦にしている。舐《な》めている。

僕は、松崎の横にドシッと腰を落とした。

「ちょっと」

肩を揺すろうとして、手が止まる。

清々しいまでの寝顔の無防備さ、華奢《きやしや》な体つき……。この人が、無神経に人をからかったり心を踏みにじったりするとは、とても見えない。

いや、また女を見誤ったんだ、と思うと、屈辱感が熱いエネルギーのようにして体内を駆け回った。後込《しりご》みなどしていられない。

この女は、どこまでしたら、目を覚ますつもりなのだろう？　寝たふりをやめていきなり目をひらき、「なにしてるのっ！」と、金切り声をあげるのか？　それとも、大人ぶって艶っぽいことを口にするのか？

まずは、肩に触れてみた。

ためらいが生じるが、情けないような憤りと、やけっぱちの反抗心とがブレーキをはずす。

手を握ってみるか？　首筋まで指を進める？

この時、ドアチャイムが鳴り、ある意味僕を救ってくれた。今の僕にとってはなんとも間の抜けた音だったけれど、それが、肩から力を抜くような役にも立った。

気持ちの整理はまだつかないながら、僕はただ機械的にふらふらと歩き、玄関ドアをあけた。

もちろん、人が立っていたけれど、視野を占めた第一印象は色彩だった。オレンジ色と、黒。

巨大な影を思わせる黒い人物を背景にして、オレンジ色に見える鮮やかな赤毛をした外国の女性が、小さな赤ん坊を抱いて立っているのだ。

3

赤ちゃんは寝ているようで、一歳ぐらいだろうか。でも、それ以上の観察ができなかった。抱いている女性のほうに意識が集中してしまうからだ。美貌の持ち主――。三十の手前……、いや、もっと若いか。

無表情だけど、美しい。顔は怖いぐらいに整っていて、冷ややか。氷の像のようにクールだ。

灰色の大理石めいた瞳には、変に力があって、目を合わせていられない。

後ろに立っている、世にも大きい黒服の人が、女性であることにやっと気がついた。こちらは日本人だろう。かなりの高齢だ。でも、なんて頑丈そうな……。いかめしい顔付きで、頭上で丸くまとめられた頭髪の形は、鉄板のように揺るぎそうもない。

身長は実際には僕とそれほど差がないのかもしれないが、見おろされるような感じがし、

「こんにちは。松坂がお邪魔しているでしょうか？」

と、その口が動いた。

「えっ……？」

「ここは、富野貴枝さんのお部屋ですよね？」

「はい、そうです」

「筧《かけい》フミと申します」丁寧で、落ち着きと深みのある声音《こわね》だ。「富野さんにお招きいただいておりまして」

続いて聞こえてきたのは、

「あなたは、富野さんの身内なの？」という、きれいなキングスイングリッシュだった。

僕に自慢できるものがあるとすれば、それは語学力だ。うまく操れるのは、主に英語だけれど。でもこれも、プラスの印象につながらないみたいなので、しょげてしまう。僕のように風采《ふうさい》のあがらない者が流暢《りゅうちょう》に外国語を使ったりすると、なにか鼻白《はなじろ》むような感じ

でもするのか、日本人は引いてしまうことが多いのだ。

でもここでは、思い切り使える。

「甥です」と、赤毛の美女に僕は答えた。「ちょっと遅れている叔母が来るまでは、私がお相手するように、と」

「この奥で、あなた、なにをしているの？」

鋭い瞳の威光もあり、僕は後じさりそうになった。

「な、なにを、って……」

「わたしたちが来ることを承知しているのに、ドアを狭くしかあけず、その隙間も体で隠そうとしています。見せたくないものでもあるのですか？」

「そ、そんなはず、ないでしょう」

僕はドアを大きくあけた。また冷や汗が浮かんでいた。ドアのあけ方なんて、意識していなかった。人の内面にあるものは、知らず知らずに表われてしまうものなんだな……。

「どうぞ」

大きな身振りで招き入れ、中へ進むと、松崎がまだ目を閉じて横になっていた。

――んっ？　松坂？

今頃になって、僕は混乱した。筧フミは、松坂がお邪魔していないか、と訊《き》いてきたのではなかったか？

赤ん坊……。子連れ……。外国の医学生……。

考えをまとめようとしているうちに、入って来た二人の成人の客人が、横になっている女を目にしてしまった。

「いえ、こ、これは……」

スッと進み出たのは筧フミで、

「発作が起こったのですね」と、ひどく優しく言った。

「発作⁉」

「心配はいりません。眠っているだけです。自分の意思とはかかわりなく、突然眠ってしまう、ナルコレプシーという病気なのです」

ナルコレプシー。き、聞いたことがあるぞ。

「五分か十分で、目を覚まします」

では彼女は、からかいなどとは無縁だったのか。不意に、意識を失っただけ──。

膝から力が抜けそうだった。

なんてことだ。とんでもないことをするところだった。

──ごめん！

そんな言葉では軽すぎるだろうが、それが正直な思いだった。

病気で意識のない女性を見つめ、僕は内心で強く謝罪した。

し、しかし、知らなかったんだし……、などとの弁解も、性懲《しょうこ》りもなく浮かんでくる僕の前で、赤毛の彼女がソファーのそばに身を屈めていた。スヤスヤと寝ている赤ん坊を、ナルコレプシーの娘に近付け、

「ママですよ。でも、ママも寝ているから、起きるまで待ちましょうね」

――ええっ⁉

こ、この高校生みたいな娘が、ママ⁉

では、叔母の言っていた〈子持ちの奥様〉というのが、この人なんだ。この人が、松坂夫人か――。

〃七パーセント溶液〃のメンバー、二〇二号室の、松崎のミーちゃんじゃない。

松坂夫人が怪訝《けげん》な目になったあの時は、自分とは違う名字、〈松崎〉と呼ばれたからだ。でも、聞き間違いか言い間違いと思ったのだろう。

そういえば、常連とは思えない様子で部屋を眺めていた……。

――あっ！

左の薬指に指輪！　気付かなかった。……いや、気付いたとしても、既婚者だと知らなければ、ファッションリングをする指が間違っているな、と軽く判断したかもしれない。

頭を掻《か》きむしりたくなってくる。とんでもない勘違いの連続だ。

叔母の客人として、シャーロッキアン仲間を連れて来るという松坂夫人。彼女たちの中

の一人は、外国の医学生。男ではなく女だったんだ。この三人――ベビーを含めた四人が、松坂夫人の一行ということだな。

「座ってもよろしいでしょうか？」との声が聞こえてきた。

篔フミだ。

彼女は大きなバッグを足元に置きながら、松坂夫人の体をそっと起こしているところだ。赤子を抱いた外国の女性は、椅子にとっくに座っている。

僕は立ったまま、「ええ、どうぞ」

松坂夫人を支える位置に、隣り合って、篔フミは腰をおろす。

「すると……」僕の頭は、少しずつ現実的に働きだした。「松坂さん一人だけが、皆さんより早くいらしたのですね？」

「そうなのです。アクシデントが発生しまして」そこから、老女の声は憤りを含んだ。

「あろうことか、スリングの肩紐《かたひも》部分が切れかかったのですよ」

「スリング？」

「こうした抱っこ紐」

と答えた赤毛の美女は、赤ん坊を撫でさするようにして見せた。赤ちゃんは確かに、たすき状に掛けている布の中におさまっている。

「ベビースリングともいいますが……」篔フミは、足元のバッグの中に太い腕を突っ込んでいた。「現物はこれです」

赤と黄色で彩《いろど》られた、抱っこ紐が引っ張り出されてくる。

「これの肩紐部分がちぎれかけたのですよ、突然。購入してまだ何ヶ月も経《た》っていないのですよ。もちろん、乱暴にも扱っていません」

「もう捨てたら、それ。新しいの買ったんだし」

英語でそう言葉が挟まれると、老女が淀みない英語で返した。

「証拠品です。明らかに不良品ですから、メーカーに申し伝えなければね。赤ちゃんの命にかかわる、大事な品なのですから」

切れかかっている肩紐をバシバシと叩く厳しい顔付きの筧フミは、これから鞭《むち》で牛の相手をしようとしているカウボーイさながらだ。

まあ、そういったアクシデントがあったので、彼女たちはベビー用品店を探すことにしたのだという。松坂夫人は、素手で抱くのでかまわないと言ったらしいが、筧フミはスリングの必要性にこだわった。

そのため、最も体力がある筧フミが赤ん坊を抱く役になり、スリングを探すのには時間がかかりそうだったので、富野貴枝と唯一顔を合わせている松坂夫人が、事情を伝えに一足先に乗り込んだのだ。松坂夫人は大事な我が子を二人に預けたわけだが、それだけ絶大な信頼を寄せている親友だということなのだろう。

……それにしても、スリングを選ぶのが、なぜ母親ではなくて、筧フミなのか？　名字が違うから、祖母ではないはず……。いや、松坂夫人の旧姓が筧なのだろうか？

もう一つ気になった――というか、気付いたのは、先ほどはきれいな英国語と聞こえた赤毛の女性の言葉に、微妙にどこかの訛《なまり》があるように感じられることだ。

すると、そんなこちらの内心を読んだのか、ちょっとゾッとするほどの的確なタイミングで、彼女が言った。

「わたしはドイツ人。名前は、クリスチアーネ・サガン」

「あっ、どうも」こちらも英語で、「私は、野村敬吾です」

取りあえず紹介も終わり、気持ちもひとまず落ち着いてくると、先ほどから耳に届いていた音が意味を持ちだした。

サイレンだ。消防車のサイレン。それが接近してきている。

筧フミも、窓へと首を回した。「近いですね。……この区ではたしか、最近、放火が続いているのですよね」

「実は三日前、この近くに消防車が駆けつけて来たんですよ。誤報かいたずらだったらしく、うろうろして帰って行きましたけど」

「いたずらは許せませんね。不届きにもほどがあります」

サイレンがさらに大きく聞こえだし、クリスチアーネ・サガンも窓へと視線を注ぐ。

心配になるほど近くだ。

窓にへばりつくが、消防車は見えない。煙も見当たらないが……。

緊張して聞いていたサイレンの音が、通りすぎて裏へと移動する。しかしそのまま通りすぎることをせず、消防車は速度を遅くしたような気配……。

外へ出て確かめたほうがいいかもしれないと思い、僕は玄関ドアへ向かった。

するとレバーがガチャガチャと回り、ドアが外からひらかれた。

立っているのは、貴枝叔母と、メガネをかけた茶髪《ちゃぱつ》の娘だ。

「ケイちゃんったら、なに言ってるのよ。ミーちゃん、こうして今着いたところじゃないの」

「それよりも、このサイレン、聞こえてるだろ」

「そうなのよね。停まったの、消防車？」

迫力満点のパーマヘアーの下、目鼻立ちの派手な縦に大きな顔にも不安が過《よ》ぎる。

二人のずっと後ろのほうにいる、道端の数人の視線や動きが、僕は気になった。こちらを見て、上のほうを指差している。

叔母たち二人を押し分けて、前庭である芝生の敷地を進み、ひとまずメゾンの建物から離れてみた。そして、振り返る。

見えた。煙だ。

外通路。下半分は側壁《そくへき》で隠されているが、その上では、各戸のドアも見えている。

「叔母さん、煙だよ」

血相を変えて、貴枝叔母が寄って来る。

黒煙が噴き出しているのは、三階のドアの隙間。

「あっ！　三〇一号室！　水尾さんの部屋だ！」

三つ隣が僕の部屋！

「う、うちが火事⁉」叔母が愕然となっている。

松崎のミーちゃんも、「うわあっ」と、それなりに目を剝く。「まずいよう、わたしの部屋は？」

そちらに行こうとするのを止めた。「危険だ」

「ど、どうすれば……？　ええと、なにからすれば……」

叔母はパニックながら、火災発生時の対処を思い出そうとしていた。

「消火器はどこにあったっけ？」僕は思いつくことを口にしていく。「それと、水尾さんに連絡だ。一一九番にも――。あっ、消防車は、もうきてるんだった」

叔母を引っ張るようにし、管理人室の前まで戻った。ドアがひらいたままの玄関から、筧フミが顔を覗かせていた。

「ここの三階から煙が出ています」

聞くなり、大きな体がクルリと室内に引き返した。体重を感じさせない素早さだ。

彼女に声をかけられたクリスチアーネ・サガンが、入れ違うようにして出て来る。赤ん坊を両腕でしっかりと包み、白く張りつめた表情。髪の赤さが際立つ。

――そうだ、松坂さんは？

土足でズカズカと入り、見ると、不思議な眠りの世界で彼女はまだ目を閉じていた。一人では移動できるはずもない無防備さ。

でも、心配ないな、と一瞬で覚《さと》る。すぐそばに、筧フミがいる。彼女の黒い服装は今、金属的な光沢を放っているかのようで、さながらフォークリフトのボディーを思わせる頼もしさだった。七十歳はすぎているだろうに……。

揺るぎないパワーを発散させる両腕が、松坂夫人を抱きあげようとしたが、それを僕は止めた。

「まだ逃げ出す必要はありません。ここまで延焼する危険は当面ありませんよ。松坂さんを運び出す先もないでしょう。しばらくはここで様子を見てください」

「……そうですか」筧フミは、一つ息を吐いた。

屈んでいた背をのばし、眠る女性の傍らに立つ。

僕は視線を走らせ、消火器を見つけた。そちらに駆け寄り、部屋に入って来ていた叔母に声をかける。

「三〇一号室と、隣に連絡を取って」

コクコクと頷《うなず》く叔母の脇をすり抜け、玄関に向かったが、急ブレーキをかけた。

「三〇一号室の合い鍵！」

叔母からそれを受け取り、僕は階段へ走った。エレベーターはない。

消火器が、意外と重いな。走りにくい。階段を駆けあがっていると、避難して来る住人二、三人や郵便配達人とすれ違った。二階の通路に立ち、不安や興奮の面持ちで現場のほうを見据えている者もいる。

三階が近付いてくると、火災報知器が発する音が漏れ聞こえてきた。通路に出ると、すぐに黒煙。鼻腔《びこう》を刺激する黒い煙が視野を横切っていく。

階段に一番近い三〇一号室が、煙の発生源だ。金属ドアの下の隙間から、主に煙は噴き出してきている。通路に人影はない。

ドアを激しく叩き、中に呼びかけてみるが、返事はなし。金属ドアは少し熱を持っているようだ。今度は靴でドアを蹴ってさらに大きな音を立て、「水尾さん！」と声をかける。

やはり応答はない。出かけていて、中は無人なのだろうか？　それならいいが、もし、万が一――。

ドアレバーも、触《さわ》れないほど熱くはないので、握って回そうとするが、動かない。

鍵を使おうと思って、ふと迷った。テレビで流れていた防災放送の内容を思い出したのだ。ドアや窓などをあけて火災現場に酸素を供給すると、爆発的に火が回るんじゃなかったか？　どうする？

裏のほうに停車している消防車のサイレンは止まっており、鋭い人声など、慌ただしい気配がさっきから伝わってきている。消火活動が始まっているのだろう。

荒い息と靴音が階段から聞こえ、貴枝叔母が姿を見せた。はあはあと息を切らし、

「水尾の奥さんとは、連絡が取れないわ。携帯《ケータイ》電話にも、お部屋の電話にも出ない」

手には、透明なフォルダーに入った連絡一覧表がある。叔母の携帯電話には、住人たちの連絡先は入力されていない。万が一携帯電話を紛失した場合、個人情報が漏れてしまうおそれがあるからだ。連絡一覧表などは、叔母が〝仕事用内緒《ないしょ》金庫〟と名付けている鍵の掛かるキャビネットに保管されている。

「お隣の上前《うえまえ》さんは、会社にいて連絡が取れた」

一人住まいだから、三〇二号室は無人ということだ。

「三〇三号室の――、うわっ、なに、この音？」

現場の室内から轟《とどろ》いてきた音に、叔母は腰を引く。

「放水だろう。裏の窓から放水してるんだ、たぶん」

猛烈な水音だ。ドアの内側では、炎の龍と水の龍が争っているのだろう。窓ガラスが割れるような音も聞こえてくる。

「三〇三号室は、一家で旅行中だったよね、叔母さん？」

「旅先にいる。連絡、取れたよ」

「肝心の水尾さんが……」

ドアに目を向け、ここで思いついた。室内は広いものではない。そこに放水が始まっているのなら、火勢も弱まっているはずだ。ドアをあけたからといって、炎が爆発的に広がるとは考えにくい。すでに、窓も破れているようだし。

僕は鍵を使って解錠し、ドアレバーを回して引いた。少しひらいただけで、ドアはガチンと止まった。

炎や煙に荒々しい変化はなかった。出てくる煙の量は増えたが、勢いはさほど激しくはない。放水された水が、通路まで流れ出てはきたが。

それよりも、ドアが止まった理由――。

煙から目をかばいながら隙間を覗くと、ドアガードががっちりと掛かっていた。細長いU字形のアームをかませてロックするタイプだ。

「叔母さん――」顔が青ざめているはず。「水尾さん、中にいるよ」

「えっ？　見えたの？」

無言で、室内の錠――がっちりとした金属棒でできたドアガードを示した。

少し離れた場所にいた叔母が寄って来て、覗く。二、三秒して、その目は丸くなり、顔から血の気が引いた。

「そ、そうよね。これは……」

言葉が立ち消えて数秒すると、階段から消防士の姿が現われた。銀色の防火服に包まれた隊員が、一人、二人——。

「離れて！」

僕たちの姿を認めたとたん、そう叫んだ。

従うが、叔母がおろおろと、

「消防士さん、な、中に、住人が！」

「見たのですか？」先頭の隊員が応じる。

「い、いえ……」

「住人が外から通報してきたのです。現場《げんじょう》は無人のはず」

外から？疑問に感じたが、今度は僕が声をかける。

「でも、中の錠が掛かってますよ」

それを確認する形になった隊員の様子は急変した。無線に何事かを口早に伝えると、後ろから来た隊員に叫ぶ。

「ハイパワーカッター！」

僕たちが階下へと追いやられる中、本格的な消火と救出の活動が始まった。

炎に炙《あぶ》られて、僕自身の心臓も発熱しているかのようで、ずっと鼓動が強いままだ。非日常的な混乱ぶりで進行する周囲の現実そのものも、熱に浮かされているかのようだったけれど。

そして……

消火活動は功を奏したが、救出、のほうは……。

水尾江美《えみ》は、やはり三〇一号室内で発見されてしまった。死体だ。

それも、首を二ヶ所も刺されていたという。

殺されていたのだ。しかも犯人は不明。

……でも、不思議じゃないか。

僕と叔母が確認したとおり、あの部屋は内側から施錠されていたのに。

4

黒煙を吸い取った青空が、晴天を保って四日め、日曜。

大変な事件によってお流れになっていた松坂夫人たちを招いての集まりは、今日仕切り直しされ、それも一段落したところだった。

松崎のミーちゃんは、格好いい外国の女性シャーロッキアンといろいろ話ができて、興奮し、感動して帰って行った。僕にはついていけない乗りが、随所にあったけれど。

ミーちゃんは、茶髪の割に、メガネが似合う意外とすっきりとした顔立ちをし、そして、変にグラマーだったな。僕の手には、彼女のメールアドレスがあった。

「それにしましても、松坂さんはシャーロッキアン歴が長いわけではないのですね。わたし、勘違いしていました」

叔母の言葉をきっかけに、僕は松坂夫人に目を移した。

場所は、前回と同じく、貴枝叔母の部屋。松坂夫人が座っている場所も同じだった。その横には、筧フミの姿もどっしりとある。

二人の座っているソファーの向かい側に、二つの椅子があり、それが僕と叔母さんの席。クリスチアーネ・サガンは、テーブルの脇に寄せられた肘《ひじ》掛《か》け椅子にいる。それと、忘れてはならないのが、松坂夫人の子供、大輔《だいすけ》くんだ。

少女にしか見えないお母さんの腕の中で、今日は目を覚ましている。室内でもスリングに入れられていて、さらにその上から、母親の両腕が大事に……。

なんて小さな手なんだい、大輔くん。指の細さは、まるで綿棒の先端。耳も、鼻も小さいね。そして、髪の毛。サラサラの、ぽわぽわだ。地肌が見えるほど密度が薄く、つむじが大きくはっきり見えている。

なむなむ、とピンクの唇で何事か呟きながら、黒い瞳で母の顔を見あげていた。

「ホームズのファンではありましたけど、シャーロッキアンとして大きく活動しているイギリスの伯母の所へ行ってから、シャーロッキアンと呼ばれるようになった感じですね」と、松坂夫人は貴枝叔母の言葉に応える。「それでクリスチアーネさんたちとお知り合いになり、〝ソサエティー〟のほうにもよく顔を出すのです」

松坂夫人の名は、慶子《けいこ》。

そう。あの、美人女優の代名詞でもある松坂慶子と同姓同名なわけだ。

そして息子は、日本を代表する若き大エース、松坂大輔と同姓同名。

つまり、僕の前には、松坂慶子と、松坂大輔がいるのである。……これって、すごい体験なの？

夫が野球ファンなものですから、と、子供の名を僕たちに告げた時には松坂慶子は恐縮さえしている様子だった。まして、自分の名を口にした時には――。

すぐに忘れてください、と身を縮めて恥ずかしがっていた。「両親が、あの女優さんにあやかろうとしたとか、ああなってほしいと願ったということではないのです」と、彼女は顔を赤くして、急いで言い訳した。確かに、いかに親の愛は盲目といっても、それは大それているよな。目の前の慶子さんも、とても魅力に満ちた人だけど、最初からあっちを意識するというのは……。無謀だ。

結婚して名字が変わり、こうなってしまったのだとか。それなら仕方ないさ、うん。

大輔くんの母親の慶子さんは、二十歳《はたち》をすぎたばかりといった年齢だそうだ。

「先日は、ごめんなさい」松坂夫人が、僕に頭をさげる。「病気のことを事前にお伝えできなくて」

「え……、いえいえ、なんでもないです」

思い出すと冷えた汗が浮かぶけれど、あの時の彼女の〝眠りの森の美女〟といった風情とは裏腹に、ナルコレプシーというのはやはり病気なので、深刻な面もいろいろと今回知ることができた。

「ご両親も亡くなっておられるのに、そのご病気、大変ですよね……」

という貴枝叔母の同情めいた言葉の後に続いた話もまとめてみると、松坂慶子の過去や現状はこういったことらしい……。

ナルコレプシーを発症したのは、十歳頃。

この病気は、代表的な過眠症なのだそうだ。いかなる時でも場所でも、耐えきれない睡魔に突然襲われるという。発症率はいろいろ言われているが、六百人に一人の割合ではないかと推定されているよう。けっこう、多い数字ではないだろうか？　この病気の人、そんなにいるのかな？

はっきりとした原因は不明。遺伝的要因はないとはいえず、日本人では、ある白血球型の特徴が患者全員に見られたとか、見られないとか。こうした要因に、他の誘発条件が重なって発症するのかもしれないのだそうだ。

特効薬や、根治できる治療法は、今のところないらしい。時間をかけ、薬で症状を軽減していくことになる。

突然眠くなる睡眠発作以外に、ナルコレプシーには、情動脱力発作という症状もあるということだ。これは、喜怒哀楽、激しい感情を体験した時に、急に体の力が抜ける症状。首がガクンと折れたり、表情筋が動かなくなったり、膝に力が入らなくなったり……。これも場合によっては危険であり、また、コンプレックスになったりもして、喜ぶ度にこの発作が起こる患者は、喜ぶことに臆病になったりもしてしまうようだ。

睡眠発作の危険は、いうまでもない。高い場所にいて、前触れもなく、睡眠という意識不明の状態に陥るとしたら——。ありとあらゆる日常のシーンが、危険に満ちることになる。

松坂夫人が屋内でもスリングを用いている理由がそこにある、というのも判った。赤ちゃんを抱いている時に、睡眠発作が起こったら？　母親はそれを恐れる。

だから、両腕から力がなくなった時のために、スリングを通して、肩や背中で子供を支えるのだ。それでも、もちろん、倒れてしまえば被害は容赦なく生じるだろう。でも、わずかにでもそれを軽減できるかもしれないのであれば、母親は手を打つわけだ。

彼女は極力、我が子を立ったままで抱く時間は短くしているという。家の中での移動にも、ベビーカーを使っているとか。他にも、入浴、階段、火気……。自分と赤ん坊の安全を護るために注意を払わなければならないものばかりで、いろいろと大変だ。

それでも、主婦の自分はまだ恵まれている、と松坂夫人は語る。

外へ出て働かなければならない人たちの苦労は想像にあまりあり、時には人生さえ左右する障害ともなる、と、これは筧フミが教えてくれた。

車の運転一つ取ってみても、ナルコレプシー患者は避けるべきだろうな、とこれは容易に想像できる。大事な顧客との会談中にも眠ってしまう。みんなでパワーを出し合う力仕事をしている時に、一人だけがフニャフニャとなる。商品やデータの持続的な監視もできない。すべてそうした具合で、根気よく付き合ってくれる理解者がいない限り、仕事が続かないのだ。

周囲に病気の説明をしても、「眠いだけだろう。カフェインでも摂《と》れ」「怠惰なだけだ」など、あしらわれるだけで終わってしまう。〈なまけ病〉のレッテルを貼る者もいる。どんなにやる気を出しても受け皿はなく、職を転々とすることになり、最終的に生活保護を受けるようになったり、性格自体が後ろ向きに変貌してしまったりすることもあるようだ。

松坂夫人が、事故で両親を喪《うしな》ったのは高校生の時分。大変なショックだったろう。事実傍目《はため》にも、消え入る直前の幽鬼のような心痛ぶりだったという。この悲嘆の時期は、情動脱力発作なども激しく起こっていたらしい。

心身の深いダメージから回復させるため、高校を卒業した年、一種の転地療法ということで、旧姓一条寺《いちじょうじ》慶子はイギリスの伯母のもとへ送られた。そこで彼女はシャーロッキアンの仲間たちや筧フミと出会い、立ち直っていったようだ。

筧フミにはイギリスの名門女子高で長く寮長をしていた時期があり、教え子の一人が慶子の母親だという縁があった。厳格な寮長——まさに、筧フミにはぴったりのイメージだ。僕はその寮に入りたいとは思わないけど。彼女は今日も、黒い服装をしている。黒しか着ないのだろうか。

そういえば、松崎のミーちゃんが長居せずに引きあげたのは、貴枝叔母以上に筧フミによって、女の独り暮らしの心得や注意事項を、きびきびと言われ続けたせいもあるかもしれない。それとももう一つ、火事騒動があったので、自分の新居を身近で見守っていたいという心理も働いているようだ。現場の真下の二〇一号室は天井からの水漏れがあったが、ミーちゃんの部屋は無事なようだ。ちなみに、出火の時、彼女は近くの公園で散歩中の可愛い犬と出合い、時間を忘れていたという。

さて、筧フミだが、慶子と出会って世話を焼くうちに、〝天職〟を得たと感じたようだ。以来、フミは慶子の祖母役であり、世話役であり、もっと言えば守護神のような存在になっていった。

こうして人々に力をもらった一条寺慶子は、電撃の勢いで結婚まで果たし、クリスチアーネ・サガンの言葉を借りれば「財閥に嫁入りすることに成功した」という。

子供に恵まれ、一時期ハムステッドで暮らしていた松坂夫人は、故郷である札幌に夫の一臣《かずおみ》と共に戻り、新居を構える。そして筧フミは、正式に家政婦となってこの家に住み込むことになったのだ。

クリスチアーネ・サガンはイギリスに住んでいるが、今回は、選抜された医学生の国際的な研修のために来日した。筧フミの、皮肉をきかせた言によると、自由時間の作り出し方が、クリスチアーネ・サガン七不思議の一つなのだそうだ。特に日本のイメージだと、医学の修得のみに邁進《まいしん》していなければならないであろうこうした勉学や研修の時期に、クリスチアーネ・サガンは神出鬼没にあちこちに現われ、気ままに過ごすかのように時間を使いこなしているという。時間が足りないと文句を垂れ続けている僕などは、うらやましい限りだ……。

今回の研修会場は札幌のパークホテルだったので、旧交を温める地の利はあったことになる。

……こうして聞いてみると、やはりユニークな人たちだ。このメンバーがまた集まると聞いたので、今日の集会には僕も顔を出させてもらった。女の人たちと接してもいいかと積極的に思ったのは、久しぶりのことになるなぁ……。

「でも、階上《うえ》の事件にコカインが関係していたかもしれないとはね」

自分たちの紹介話が終わって一段落の間が生じると、クリスチアーネ・サガンが物思わしげにそう口にしていた。

通訳してやると、叔母は溜息をつきつつも、膝を進めた。

「驚きましたよ、ほんと。あの水尾夫人が、まさか、コカインやモルヒネをねえ」

捜査の過程で判明したことだ。被害者となった水尾江美が、自身のペインクリニックで用いていたモルヒネなどの、麻薬扱いともなる医薬品を、不正に転売していたというのである。これはすでに報道もされており、知った僕はやっぱりショックを受けた。冷たく見える時もあった水尾夫人だが、気怠《けだる》げでいて豊かな上流のあの気配に、僕は憧れめいた視線も送っていたのに……。

被害者の側でも犯罪を犯していたということで、それが殺害事件の動機とも疑われているようである。

のばした背筋もいかめしく、嘆かわしいという顔をした筧フミが、

「コカインやモルヒネって、ヘロインとどれほども違わない麻薬なのでしょうね」

と口にすると、日本語だったにもかかわらず内容をほぼ察したようで、医学生サガンが応じた。

「どれも、アヘンに含まれるアルカロイドだ。ヘロインは興奮剤で、他の二つは抑制剤。モルヒネのジアセチル体であるヘロインは、さらに依存性が強まるね」

内容はほぼ理解できなかったはずの叔母が、僕に顔を向け、

「ホームズの時代のコカインの認識は、今とは違っていたからね、ケイちゃん」といきなり、かの名探偵の弁明でも始める気配だ。「当時は、コカインは癖のある嗜好品といった程度の扱いだったのよ。精神分析学の祖、フロイトさんも、当初は愛用していたほどなんだから」

「でも、僕の記憶だと、ワトスンはホームズのコカイン摂取という悪習に眉をひそめていたんじゃないの？」

「それは、お医者さんとしての潔癖と、先見の明の賜《たまもの》でしょうね。ワトスン博士は、医師としての勘で、親友をコカインから切り離すべきだと確信していたのよ」

本当にそうなのかな、と怪しんだ僕は、英語でサガンに訊いてみた。

「わたしもそう思うよ、野村さん。コカインは警戒しなければならない薬物だと、そのうち世間も気付きだす。それで、フロイトもコカインとは手を切ったからね」

ふーん。世間よりいち早く、ワトスンはそれを察知していたということか。と、現実のフロイトと架空のホームズが頭の中でクロスしたところで、僕の意識は今現在の問題へと戻る。

「でもさ、叔母さん、作中のこととはいえ、七パーセント溶液ってのがコカインの溶液のことだって警察に知られたら、まずいんじゃないか？」

「そう？　そうかな？」

「痛くもない腹を探られることになる気がするけど」

コカインを不法に扱っていた女性が殺され、そこの大家がコカインの別名を頂くグループを主宰しているなんて、刑事たちが知ったら怪しむだろう。

松坂夫人が、

「警察はまだ、七パーセント溶液の意味には気がついていないのですね？」

と尋ねてきた。

大輔を揺するようにあやしており、小さな手を握ったりひらいたりしている彼は、ご機嫌の笑顔である。

「気付いていたら、そのへんにもっと踏み込んで、あれこれと聴取されているはずですよ。今のところ、叔母の道楽のほうまでは、警察も深く気にしていないけど……」

「警察には、シャーロッキアンいないのかしらね」と、叔母はまだのんきだ。「いれば、コカインを扱うような人の内面にも肉薄できるかもしれないのに」

「ホームズがコカイン中毒だからって、そういった人間の内面の分析を、シャーロッキアンならできるの？」

「ケイちゃん、ホームズはね、ただ退屈しのぎでコカインを利用していたのではないのよ。心の中の、複雑な痛みがあったの。ちゃんと、重たい心理的背景があって、ホームズの様々な奇癖も成立しているの」

なんか、得意げだけど……。「そうなの？」

「『シャーロック・ホームズ氏の素敵な冒険』という、死後発見されたJ・H・ワトスン博士の未発表長編原稿で、見事にその秘密が明かされています」

「えっ⁉」そんな原稿、あったの？

戸惑う僕に、松坂夫人がこっそり、

「そういう設定で刊行された、ニコラス・メイヤーという人の著作です」と教えてくれた。

脱力する僕にかまわず、叔母は続ける。

「モリアーティ教授は、ケイちゃんも知ってるでしょう？」

「犯罪の帝王だろう？」

「でも、その実体は、ホームズがコカインを使用している時の幻覚にすぎなくて、モリアーティ当人は、ホームズとお兄さんが子供時代にお世話になっていた、気のいい家庭教師だったのよ」

また混乱しそうになったが、メイヤーという人の説ではそうなっているということだな。

「馴染みの家庭教師が、ホームズの幻覚ではなぜ大犯罪者へとすり替わってしまっているのか」叔母は人差し指を立てて熱心だ。「可哀想《かわいそう》な原因があるのよ。『シャーロック・ホームズ氏の素敵な冒険』では、最終的にその真相に達するの。いい？　この真相は、フロイトが催眠療法でホームズから直接聞き出すのだからすごいでしょう？　内心で葛藤《かっとう》し、額から粒のような汗を滲《にじ》ませながら、ホームズは、辛い過去を語るのよ」

ああ……、と、叔母は同情するような吐息。

「催眠術で潜在意識を呼び覚まされているホームズが明かす、信じがたい過去……。実は、ホームズの父親は、自分の妻を殺していたの」

ええっ⁉

「妻が不倫を犯していたからですって。ホームズの父は、妻も、不義の相手の男も殺してしまったのよ。そして、こうした悲劇を幼かったホームズに伝えたのが、家庭教師だったモリアーティ」

「……だからか」

ここまでの話を松坂夫人に通訳してもらって耳に入れていたサガンが、数式を唱えるかのように淡々と言う。

「不正や不義を心底厭《いと》い、悪と対決して世を正そうとする、ホームズが探偵となる大きな動機づけになっているという説明ね。そして、彼の女嫌い」

うーん！

「女に幻滅し、愛情への裏切りに怯《おび》え、ホームズは女から距離を取り続けたのよ。正義の渇望、そして女嫌い。どちらもがホームズの大きな傷から発生していて、その痛みは、本来意図的な悪意などなかった家庭教師のモリアーティを、悪の権化と捉《とら》えてしまうほどに激しいの」

……それらは、シャーロック・ホームズの芯にあった恐怖症ということなのか？

松坂夫人の通訳を介して、叔母がしみじみと言った。

「ホームズ様も、様々な傷を隠し持った、生身の人間というわけよ。その上で超人的な活躍をなさるんだから、素晴らしいの」

サガンも重ねて、

「そうした傷に耐えきれなくなって、ホームズはコカインにも手を出したということ。深い意味があったことになる」

と口にすると、眉をひそめた筧フミが、サガンに顔を向けて英語で言い返した。

「それ以上、架空の人物の架空の経歴や心理に心酔する会話はやめてくださいね。何度聞いても、大人の会話とは思えない居心地の悪さがあります」

せっかく英語で言ってくれたので、通訳はせず、

「筧さんはやはり、シャーロッキアンではないのですね」と僕は納得の思いを表明した。

「やはり、とは、どのような意味です？」ずしりとした眼光。

「い、いえ、現実的な、えー、堅実で理性的な人に見えますから」

「もちろん、そのとおりでございます」

ここで松坂夫人の、クスリという小さな苦笑が漏れた。

「フミさんは、わたしのシャーロッキアン病が深刻にならないところでなんとか食い止めようとしている看護婦でもあるみたいなんです」

それは判る。貴枝叔母がシャーロッキアン病に罹《かか》る前に知っていれば、僕も予防したかもしれない。

それにしても、クリスチアーネ・サガンは、まったく雰囲気が違った。叔母のように、ファン気質を丸出しにしてのめり込んでいるとは、どう見ても思えない。奇妙に分析的で、無感情……。この人は、〝普通とは全然違うスタンスで、〝ホームズ・ソサエティー〟に籍を置いているのではないだろうか。

その彼女が口調をいっそうクールにし、

「まあ、水尾江美の顧客たちが、深い心理的事情を抱えてコカインに手を出したのかどうかは、判らないけどね」

と現実に話を戻したので、その訳を僕を通して聞いた叔母は、さすがに痛ましげに表情を曇らせた。

実は、叔母は警察に疑われているのではないかと、僕は気にかかっている。大家であり、第一発見者の一人であるとしても、警察は叔母に、ずいぶん執拗に事情聴取しているように感じるのだ。

僕のそうした不安を察したのか、大輔の背中をトントンと叩いて、松坂夫人が静かに口にした。

「転売されていた麻薬が動機とも限らないのですよね、水尾さんの事件……。いろいろと深そうな謎も多くて」

そう。謎が多い……。

火事の原因が放火であったことは松坂夫人たちも知っているようだが、他には……。

5

当日、午後四時三十三分に消防署に連絡が入った。「うちから火が出た」という、女性の声での通報だった。「消そうとしたけど手に負えなくなり、外に出ている」と、パニックになっている様子。

消防車は数分で駆けつけてきたが、通報された住所が違っていた。現場であるメゾンを裏へと通りすぎた地点で、消防車の運転手は、この先に民家はないと気付き、車の速度を落とした。そして周囲に目を配ったところ、川沿いに建つ四階建ての建物から煙が出ているのを発見。三階だった。ベランダのガラスの引き戸の一方があき、黒煙が噴き出ている。消火活動の準備に移りつつ、メゾンの名を確認すると、これは通報どおりだった。そこですぐに、裏から窓へ向けての放水が開始された。先ほどの通報の折に、室内が無人であることは確認してあったので、消火活動へと迅速に移れたのだ。ただ、住所を確認しようとして、通報者の携帯電話に問い合わせの発信をしたところ、この時点で応じる者はなかったという。

メゾンの表から三〇一号室へ向かった隊員は、現場の前で野村敬吾と富野貴枝に遭遇、施錠状態を知ってドアガードを切断、放水をやめさせた室内に踏み込み、部屋の住人、水尾江美の死体を発見する。

死体はリビングの床の上にあり、仰向《あおむ》け。首の前部に、無惨に抉《えぐ》られた傷があり、これが死因。凶器である工具のコンクリートタガネは、背中側、首の根元あたりに刺さっていた。コンクリートタガネとは、硬い物質を突き崩す時に用いる工具の、先端部分だ。形としては、極太の釘《くぎ》。金属製の杭《くい》か。

首に残された二つの傷の位置関係から、犯人は右利きであろうと推定されている。凶器に指紋はなし。

死亡したのは発見の直前。また、首の前には、ロープ状のもので絞められた跡もあった。犯人は最初は絞殺しようとし、失敗して刺殺に切り替えたのかもしれない。そうではなく、動脈が絞まったか呼吸が阻害されるかして水尾江美が意識を失ったので、悠々と刺殺に変更したとも考えられる。しかし、返り血を浴びるかもしれない殺害方法にわざわざ変更することはないかな……。後頭部などに打撲の痕跡があったが、これは、放水によって死体や家具が動いたために生じたとも考えられる。室内は放水によってグチャグチャになっていた。

火災による被害は、半焼。玄関側の半分が主に燃えていた。玄関と室内を隔てるドアの内側はキッチンであり、この床のゴミ箱付近が火元と見られている。

「キッチンの床が出火場所といっても、調理の火が床に落ちたことが原因ではないのですよね」松坂夫人はまず、それを確認した。「放火のための装置が発見されたのでしょう？装置の残骸が？」

「そうなんです……」答える叔母の声も低い。

このあたりもずいぶんと報道されている。区内で不安を掻き立てている連続放火犯との関連があるかもしれないので、警察も情報公開したわけだ。

そして、僕や叔母さんは、事件のかなり細かいところまでを知ってしまう立場にあった。頻繁に事情聴取されるということは、逆に、情報を仕入れることにもつながる。それに、被害者の夫、直弘《なおひろ》と話をする機会も多かった。夫妻にはほとんど親類縁者がなく、直弘には葬儀に関する知識もなかったため、葬儀屋と一緒になって大家である貴枝叔母がこまめに協力していった。遺族と接することになるそうした機会を通じて、警察の捜査内容はある程度伝わってきていたのだ。

「なんでも、タイマーとリモコン、どちらでもスイッチを入れられる仕組みのものらしいですよ」

「富野さん」通訳を介してサガンが言う。「結局、どっちだったのでしょう。タイマーが作動して発火したの？　それともリモコン？」

「そこまでは聞いていませんねぇ。亡くなった江美さんの旦那さん、直弘さんから伺ったのですけど。燃えてバラバラでしょうから、警察にも判らないのでは？」

「放火の装置があったということは、三〇一号室に忍び込んで火をつけようとしていた放火犯が、江美さんと鉢合わせして殺害してしまった、ということも有り得るかな」

「いえ、でも……、放火の質が違うみたいですよ、まるっきり」叔母が警察の見方を代弁する。「世を騒がせている放火犯は、物陰にある段ボール箱などに火をつけているだけなんだとか。機械仕掛けを使ったりはしないんですね」

「その事実があったから……」ここで僕が発言に加わる。「水尾夫妻か、そのどちらかが連続放火犯なのかもしれないという無責任な憶測は下火になっていきましたね」

「ご夫婦が、放火犯？」松坂夫人が瞬《まばた》きをする。

「一部の雑誌やテレビのコメンテーターが言っていたじゃないですか。言ってたんですよ。三〇一号室に住む放火犯が、次の放火に使おうとしていた装置の扱いを誤り、その場で発火させてしまったのでは、って。でも、今回の発火装置が連続放火犯と無関係なのは、確実みたいですから」

好感を持っていた水尾夫人が麻薬を広めていた犯罪者と知っただけでも気持ちが沈んだのに、この上、連続放火犯でもあったなんてなったら、立ち直れないところだった。

三階の通路を使う度に、当然ながら三〇一号室の表が見える。ドアも周辺の壁も黒煙で汚れ、封鎖もされている部屋だ。殺人現場でもあるので、修繕工事は当分入れない。死と火災と犯罪の生々しい痕跡が、身近にあり続けている……。

そんなせいもあるのか、事件以来、僕は時々悪夢を見るようになった。最初は、心地よい世界に自分はいる。なにかがはっきり見えるといった具体的な理由はないが、とにかく心地いいのだ。ところがやがてその世界に、不快や不安な感覚が、黒雲のようにじわじわと広がる。黒雲ではなく、黒い煙か。固まっていく黒い煙は、耐えられない熱も吐きかけてくるようになるのだ。チラチラと、火の粉も舞う。熱く、痛く、恐ろしく、こちらが身をよじるうちに、巨大な人の姿になる黒煙。それは女の笑い声を発し、コロンか香水のにおいもしてきて、平安を蝕《むしば》んでいく……。

「放火のための機械だなんて」嘆き、憤るのは筧フミだ。「そうしたものが、専門知識を持つマニアでなくても作れるものなのでしょうか？」

「作れるそうなんですよ、それが」叔母が寛フミと似た表情になる。「手本となる配線の知識がしっかりしていて、よほど不器用でなければ、一般人でも作れるそうです。作り方は、今ではパソコンでいくらでも入手できますからね」

僕は、ふと感じたことを口に出した。

「皆さん、けっこう勘所《かんどころ》を突いた問いかけをなさいますね。鋭いと言いますか、ロジカルで、慣れていると言いますか……」

ためらうような微妙な間があき、松坂夫人が控えめに、

「わたしたち、世界中のシャーロッキアンが寄せてくる、ミステリアスな出来事の相談に乗ることもあるのです。それで、でしょうか……。クリスチアーネさんなんか、女シャーロック・ホームズとも呼ばれているんですよ」

これには叔母も驚いた。初耳らしい。

女シャーロック！

僕たちの驚きと羨望《せんぼう》の眼差しを浴びてもサガンは平然としており、傍らでは、急ぐ調子で松坂夫人が説明を加えていた。

「きちんとすべて伝えるようにと、クリスチアーネさんに日頃から言われているんですけど、彼女がホームズ流の推理を得意としているからそう呼ばれているわけではないのです。

もちろん、とても鋭い女性ですけどね。ただ、別に、ホームズ流推理を披露して回っている人ではありません。そしてご覧のとおり、ホームズのイメージに似ているのでもない」

ホームズがどれほどハンサムだとしても、こんな美女との相似は……。

「扮装や声色《こわいろ》が得意なわけでもありません。でも、それなのに、透徹した存在感のせいと言いましょうか、いつの間にか女シャーロック・ホームズと呼ばれるようになっていったんです」

判らないような、判るような……。

一つはっきりしたのは、クリスチアーネ・サガンが発する雰囲気には、なんらかの敬意を払って特別視したくなるものがある、ということだ。そもそも、錚々《そうそう》たる世界的なシャーロッキアンの集団の中にいて、神にも等しいシャーロック・ホームズの名をかぶせられたりしたら、プレッシャーで恥じ入ったり張り切りすぎたりしそうなものだが、この人の場合はたぶん、一切動じることもないのだろう。

今も、筧フミが取り澄ました様子ながら複雑な揶揄《やゆ》をかすかに込めるという高度な表現テクニックで英語に翻訳していても、女シャーロックは顔色を変えず、人事《ひとごと》のような冷静さだ。

僕は思い切って、サガンに、もちろん英語で言ってみた。

「では、もしかしたら、この事件の謎に目鼻を付けられる希望はありますかね？　ドアガードも掛かっていた現場から、どうやって犯人が消え失せたのかといった謎が立ち塞がっていますけど」

クリスチアーネ・サガンは、横顔を向けたままで応じた。

「なにができるかなんて、判らない。順序立てて情報を吟味《ぎんみ》して、なにが出てくるのか……」

誰でもいいから捜査を進展させてほしいのが、僕の本心だ。警察から、僕や叔母が変な目で見られ続けるのは耐え難い。

筧フミの目に、同情を含んだ理解の光があった。

6

凶器のタガネ、って、どういう品だったかな、と、サガンはまず、改めてそれを正確に確認した。工具だよね、壁などを突き崩す時に使う。

「そう」と、僕。「金属製の、細長い円錐形で、尖《とが》っているやつ。矢の穂先みたいな物ですね」

「工具の印象があったから、発火装置を調整していた放火犯を連想したんだけど……」違うようね、という色を見せ、「タガネには、柄《え》が取りつけられたりはしていないの？」

以下、僕はこまめに通訳するようにしたが、さっそく叔母が、

「遺体と対面して実際に凶器を見た直弘さんの話では、金属のタガネだけみたいです」と伝えた。「長さが二十センチ弱。遺体は火の影響を受けていませんから、刺さっていた凶器の柄の部分が燃えてしまったとも思えませんね」

考えてみると、凶器としては扱いづらい形状だろうな。発作的にそれを利用した、ということか。水尾夫妻の仕事や趣味にコンクリートタガネはまったく無縁だから、犯人が持ち込んだことになる。……柄の部分は、凶行後に犯人が持ち去ったのかもしれないな。

「遺体は、室内の燃えていた場所からは離れた所にあったのね？」

「キッチンと、ダイニングが半分ほど燃えていましたけど、遺体はリビングのベランダに近いほうにあったようです。わたしも、現場検証に立ち会わされて……」

「複数の人間を管理する責任者は、大変ですよね」筧フミが、同情と励ましを込めるが、

「わたしも寮長をしていました時、生徒のタバコの不始末の小火《ぼや》など、恥ずかしい失態に直面しましたものです。炎には、ゾッとする恐怖を感じますしね」と、思い出話が広がってくる。「ここが寮と違うのは、男女関係のけじめまで見守らなくてよろしいところでしょうか」

「男女関係というなら」うまく、サガンが軌道を修正した。「殺人事件では被害者の配偶者を、常に視野に入れておかないとね。被害者の夫——たしか直弘だね？彼は犯行推定

時刻には、どこにいたんだろう？」

目線で叔母に確認を取りながら、僕が情報を提供していった。

「水尾江美さんが亡くなったと推定されるのが、四時半頃。直弘さんはその十分ほど前に、隣町にいたことが確認されているみたいです。彼は医療機器メーカーに勤めているんですが、取り引きのある部品製作所が隣町にあるんです。そこを訪れていたのが、三時十五分から一時間少々。四時二十分には製作所を出ています」

「その先は？」と、サガン。

「会社に戻っています。四時四十五分に到着。すぐに出火の連絡を貴枝叔母から受けて、ここへ飛んで帰って来ることになりましたけど」

「隣町なら、十分ほどでここまで来ることはできない？」

「僕は、十五分かければ、できると思います」四時三十五分なら、死亡推定時刻の範囲内だ。「ここに立ち寄っても、会社に四十五分に着くことは可能でしょう。もっともその場合、ここで何事かをしていく時間の余裕はありませんけど」

ただ通りすぎるだけ、に近いだろう……。

「それに、やって来たとしても、ドアガードが掛かっていた現場に出入りできたとは……。ま、逃走不可能という点は、誰を容疑者にしても同じですけどね」

僕があの亭主にある程度の嫌疑を向けているのは、コカインやモルヒネの件があるからだ。警察も同じ見方をしているらしい。妻がペインクリニック経営者で、夫は医療機器メーカー勤務。江美夫人は単独で、夫にはうまく隠して麻薬をさばいていたのだろうか？その不法行為に、夫はまったく無関係なのか？

大輔の頭を撫でながら、松坂夫人が、

「コカインなどを水尾さんから入手していた人たちも、容疑者でしょうね？」と、着眼を口にする。「欲のぶつかり合いで、争いが生じることもあるでしょうから。買い手は判明していないのですか？」

「そのへんは、警察も口が堅いですね。なにも聞こえてきません。ねえ、叔母さん？　誰も見つけていないのかもしれませんし」

赤ん坊の声が、ぼうぼうと時々聞こえる中で犯罪を解き明かそうとしている、不思議な昼下がりだった。筧フミも、大輔くんの頭を撫でている。

「顔見知りの犯行に思えるね」そう推定するサガン。「水尾夫人に鍵をあけてもらって、犯人は三〇一号室に入る。後ろから首を絞められたのも、被害者に油断があったから」

「わたしもそう思います」

叔母の顔には沈痛な色があった。

「水尾さんは、警戒心の強い人でしたからねぇ。入居条件として、部屋は階段か非常口に近くなければダメだ、と言っていました。窓には補助錠。もちろん大家であるわたしの許可を得て、トイレの窓にも鉄格子を取りつけましたし、ベランダの手すりにも忍び返しを設ける。事件の六日前には部屋へ呼ばれまして、通路に防犯カメラを設置してほしいと要請されました。それで、わたし、現場の室内の様子もある程度は把握できているのです。水尾さん、火の管理にも神経質でした」

わずかな間《ま》の後、サガンが、

「でしたら当然、消火器は手近にあったのでしょう?」と叔母に尋ねた。「どこにあったのです?」

「キッチンにありました。そこから火の手があがったのですから、消火器には近付けなかったでしょう」

サガンは考え込む表情になると、ゆっくりと立ちあがった。

「タバコ、喫《す》わせてもらうよ」

歩きながら取り出したのは、当たり前というべきか、外国産のタバコだった。すごくスリムで、彼女の指にはよく似合う。

ここで筧フミが、クリスチアーネ・サガン七不思議の第二を話した。国際的に喫煙が罪悪視されているご時世にあって、サガンの場合は医学生でありながら、教授たちにさえ堂々と容認させてしまっているあたりが特徴的だという。しかも検査の結果、彼女の肺はサンプルにしたいほど健康的なのだとか。

風がほとんどないベランダへ出て、彼女はタバコに火を点《つ》けた。

「判明している限りで、被害者の姿を最後に見たのは誰？」

ベランダから問いかけてくる、涼しげなまでの声に答える。

「それは、宅配の人なんです」

「へえ。宅配」

「その人がいなければ、私が最後の目撃者になっていたかもしれませんけどね」

と、僕は、四時五分頃に、四〇一号室の松坂さんと話していた水尾さんのことを、眺めていたという実態が伝わらないように注意しながら、まずは語った。あの時は、元気で、素敵な笑顔をしていたのに……。

「その十五分後、四時二十分頃に、水尾さんの所に配達があったんです」

「大きな荷物？」

「よく見かける段ボール箱の大きさかな、叔母さん？」

「そうよね。その箱はリビングのテーブルの上にあって、半分、あけられていました。現場検証で見ました。毎週、あの曜日あの時刻に送られてくる、健康食品です」

「定期的な配達ということは、顔見知りの配達員ですね？」と、松坂夫人が訊いてくる。

「……いえ、そういえば、いつもとは違う、若い女の人でした」

「女性？」

「このメゾンまで呼び出されて事情聴取を受けていましたから、顔を見たんです。まだ仕事に慣れていないという感じでしたね」

「身元は確かなのでしょうね？」サガンは、なぜだかそこまで疑った。

「さあ、そこまでは……。でも、警察も一応調べたでしょうから、怪しかったらもっとなんらかの動きがあるのでは？」

しかしわざわざ現場まで呼び寄せて調べたということは、多少の重要性、ないし不審を、配達員に対して警察も覚えているのではないかと、今さらながら僕も思った。配達員の女性が三〇一号室を訪れた四時二十分頃は、死亡推定時刻の範囲内だ。

「配達員も無関係ではないかもしれないというんですか？」僕は、サガンや年下の松坂夫人に訊いていた。

答えてくれたのはベランダにいる女性だ。彼女の細い指の間から立ちのぼる薄紫の煙は、オレンジ色がかった赤毛と絡《から》まり合い、色彩を引き立て合う。彼女がそこにいるだけで、空も、素っ気ない外壁までもが彩りを持つようだ。洗濯物は邪魔だけど。

「配達員が、コカインなどの受け渡しに関係した人物とも想像はできる……、でも、大きな荷物のためにドアがひらかれたということは、実行犯の可能性は低くなる、か」

——えっ？　どういう意味？

そのまま問いをぶつけてみると、それに答えたのは、今度は松坂夫人。

「今のは、密室を作れるかどうかという観点での推理だと思いますよ」

そのとおりだと賛同するように、大輔は小さなこぶしを突きあげ、あーあーと景気のいい声を張る。それに励まされるように、若き母親は、

「大きな荷物であれば、当然、その荷を入れるためにドアガードもはずされますね。この場合、室内で犯行に及んだ犯人が、事後、ドアガードを外から掛け直す手段は、常識的にはありません。ですけど、荷物が小さく、ドアガードを掛けたままでも生じる隙間さえあれば、ある条件下の犯行は可能かもしれません」

意外と可愛く目をぱちぱちさせたのは、筧フミだ。「どのような犯行？」

「そうですねぇ……、中にいる水尾夫人をドア越しに刺す、などの犯行でしょうか。でも即死ではなく、被害者は部屋の奥へと逃げます。玄関ドアを閉め、施錠もしてから。そして、ドアの隙間があいているうちに、犯人は発火装置を投げ込んだ」

な、なるほど。

「ですけど、キッチンの手前にもドアがあるそうですから、発火装置はキッチンまでは届かないでしょうしねぇ……」

間取りの角度からしても、それは無理か。

「それに、水尾さんはほぼ即死だったと、警察も……」

叔母の情報を受けて、松坂夫人が逆に訊いてきた。

「その配達員さんが、手掛かりになりそうななにかを見聞きしてはいないのですか？」

「なにか……？」

「室内に誰かがいるようだったとか、通路で誰かとすれ違ったとか」

僕はなにも聞いていなかったし、それは叔母も同じだった。遺族である水尾直弘も、配達員の情報はほとんど持っていないだろう。

「その時以降、水尾江美が生きていたことは立証できないのかな？」

このクリスチアーネ・サガンの問いに、僕も叔母も答えられなかったが、携帯灰皿でタバコを消していた女シャーロックは、さらに呟くように、

「それ以降で、わずかにでも玄関ドアがあいた時間は……」

しばらく生じた沈黙の後、筧フミが、

「被害者が生きていた証拠といえば、消防への通報がありますけど、あれはもう、水尾夫人本人が掛けたと見ることはできないみたいですね」と発言した。

僕は強く頷き、判明している事実をまとめて説明する。

三〇一号室の住人だと告げての一一九番通報だったが、まず、住所が違っていた。これはパニックによる混乱とも受け取れるが、全体の不合理から見れば、いずれにしろ些末事《さまつじ》だった。大きな問題は、この通報が水尾江美の携帯電話から掛けられていないという点だろう。警察は、発信元の携帯電話を突き止められなかった。いや、正確に言えばナンバー

は割り出されたが、それは誰とも結びつかなかったのだ。いわゆる〝とばしの携帯電話〟で、使い捨てのようにして犯罪に利用される端末だった。

水尾江美の携帯電話は、現場リビングの、カーディガンのポケットに入っていたらしい。どう考えても、犯人が水尾江美を騙《かた》ったという状況だ。

「声からして、犯人は女ということになりますね」筧フミは今さらながら頷き、「男女の共犯も有り得ますか……」

「そんな初歩よりも……」サガンのこのあしらいに、老女は眉根をわずかに歪《ゆが》ませることで不快を表明した。「問題は、そもそもなぜ、犯人が消防に通報したのかということだ。自分で点火した炎を、すぐに消す必要があったのか？」

「それに、もっと言えば」そう叔母が言いだした。「犯人はなぜ、現場を燃やそうとしたのですか？」

「確かに」

サガンは、叔母のコレクションである扇やコケシ、ガラスケースの中の弓などを珍しそうに眺めながら、室内へと戻って来た。

「自分の不利になる現場の痕跡を消そうとしたのかしらね」と、筧フミが意見を出す。

松坂夫人は小さな声で、

「自分の体を炎で消せる魔法があるわけでもないでしょうし」

と、ファンタジーみたいなことを口にし、我が子をじっと見つめていた。

さっきまで、もにゃもにゃと動いていた赤ん坊が、今はもう眠っているようだ。その寝顔に、少女みたいな母親は見入っている。いや、寝顔になにかを問いかけているかのようにも見えた。

席に戻ったサガンは、

「殺害と、発火装置をセットしたタイミングの前後関係は、どうなのだろう？」と、自問の様子だ。「殺害した後に、装置を置いて立ち去ったのか……。それでいて消防を呼んだということは……、まさか、放火犯と殺害犯が別人とか？　火災保険？　……他には……」

そんな彼女をよそに、筧フミは筧フミで、

「発火装置はゴミ箱のそばで火を噴いたということですけど、ゴミ箱の中にあったと考えてもいいでしょうね」

「それは充分あると思います」叔母が頷く。

「犯人がもし、水尾夫人の隙を突いて動いたのだとしたら、ゴミ箱はいい隠し場所でしょう。伺った水尾さんの性格ですと、神経質そうですから、見慣れない物は気にしたでしょうが、ゴミ箱の中までは覗かないはずです」

これにも叔母は頷いたが、僕は、松坂夫人にじっと見つめられていることに気がついて

驚き、たじろいだ。こちらが気付いたことを察して気まずくなったのか、彼女は視線を下に向け、

「あのぅ、水尾夫人が倒れていたリビングの床も、ここと同じくフローリングなのでしょうか？」と、奇妙な話題を持ち出した。

「そうですよ」大家である叔母が応じた。

「被害者の、首の前のほうの傷は大変ひどかった。そうですね？」

「ええ……」

ここでなぜか、松坂夫人とクリスチアーネ・サガンの視線が交錯した。短い時間で、なにかがやり取りされたような……。

そして、松坂夫人の、こもるような声――。

「コンクリートタガネという、珍しい凶器……。これはもしかすると、犯人は……」

叔母が食いつく勢いで膝を乗り出す。「判ったのですか、犯人！」

松坂夫人は反射的に、「え、ええ……」

愕然、だ！　二重の驚きだった。事件の真相が、もうつかめたというのか？　それも、女シャーロック・ホームズであるクリスチアーネ・サガンが解き明かすのではなく、幼すぎる母親がやっちゃうのか!?

無論、僕と叔母は松坂夫人の推論を知りたがったが、彼女は、

「推理にすぎませんし……」と、言いにくそうだった。表情が重く、慎重だ。

僕は、真剣な思いで身を乗り出した。

「言ってください。真犯人が身を潜めていて、僕や叔母が疑われ続けるなんて、許されない。マスコミまでそんな風に騒ぎだしたら……」

ややあって、

「では」と、彼女の細い声が聞こえた。「わたしたちが知っているすべてのことをする必要のあった人間。そして、犯行が可能であった人間は、ただ一人しかいないのではないでしょうか。残念ながら、野村さん、その犯人は……」

松坂慶子は、こう告げた。

「四〇一号室の住人、松坂さんでしょう」

7

叔母は、目を剝《む》き、息を止め、体の動きも止めていた。そのうち、

「松坂伊都子《いつこ》さんが!?」と、驚きを爆発させた。

言うまでもなく、僕も驚天《きょうてん》のショックの中にいる。か、彼女が？　信じられない。信じない、簡単には。お粗末な推理だったら、断固として反論しよう。

筧フミも見つめる中、

「さ、殺人も、装置を使った放火も、日常から大きく逸脱した重罪です」と、大輔の背をさする松坂夫人は、伏し目がちで始めた。「その両方が、一つの現場で偶然重なったとは考えにくいです。やはり、殺害犯が、放火もしたのです。ではなぜ、火をつけてすぐに、消防署に通報したのか？　それに、装置まで作った計画的な犯行なのに、住所を間違えて伝えたのはなぜなのか？　……富野さん、被害者の水尾江美さんは、リビングの窓際、つまりベランダとの際あたりに倒れていたのですね？」

「そ、そうですが……」

「では、こうしたことが起こったと考えられます。配達された箱の梱包を水尾さんが半分ほど破った時、四時半頃ですね、いきなり、キッチンの床から火の手があがったのです」

「待ってください」僕は口を挟まざるを得ない。「その時、三〇一号室には松坂伊都子さんはいないのでしょう？」

はい、と答えた松坂夫人より、長く話しだしたのはサガンだった。

「ようやく判ったが、この事件は、被害者と加害者の間で双方向に、濃密な憎悪が流れている。殺意はそこにあった。だから表向きはともかく、松坂伊都子は、水尾の部屋に招かれるはずがないことは重々承知していたんだ。現場に入ることはできない、と」

濃密な憎悪？　……なにを言ってるんだ。あの松坂さんのことを知らないのか？　あの素敵な……。

それに、現場にいない人間に、どうして、首を絞めたり何度も刺したりできるんだ？

サガンに同意するように小さく頷き、松坂夫人は、

「燃えあがった炎は、水尾夫人の行動をある程度規定します。それも、充分に予想できる範囲内で。恐怖と避難の本能は、誰でもさほど違いませんから。火の柱があり、消火器には近付けない。炎をくぐり抜けて玄関まで逃げることも無理。では、どうするか？　どこへ向かうか？　窓ですね。ベランダです」

……なにかが、カチリと動きそうだけど……。

「荒々しい熱と、目や鼻を襲う煙に追われて、水尾さんは戸外の空気を求めます。ベランダへと、ひとまず待避します。慌てていたので、携帯電話は手にしていなかったようですね。もう少し時間が経ち、多少でも冷静さを取り戻せば、携帯電話か固定電話で助けを呼ぼうとしたでしょう。ですが爆発的な炎に追われたこの瞬間は、ベランダに逃げ出すだけで精一杯だったと思います」

僕も叔母も、強張《こわば》った顔のままで頷いていた。

「そして水尾さんは、手すりから身を乗り出すようにして、助けを求めます。声が届きそうな所の人影を捜します。ですけど、三〇一号室は角部屋で、隣も、その隣も留守だったのですよね？」

僕たちは無言で頷いた。

三〇二号室はサラリーマンの一人住まいで、平日の昼間は、当然、出勤中。三〇三号室は、長期の家族旅行。

「階下の、二〇一号室はどうでした？」

「ご夫婦が、共働きで出ていました」

「そのように、周りの部屋に人がいないことも、松坂伊都子さんの計画のうちでしょう」

ゴクリ、と、絞められたように喉が鳴る。

「水尾さんは、手すりから身を乗り出していました。この時、上のベランダ、四〇一号室のそこには、松坂伊都子さんがいたのです」

――そ、それで？

「そして伊都子さんは、物干し用ポールでも使って狙い澄まし、水尾さんの体を下に突きました。不意を突かれたのですから、ひとたまりもありません。水尾さんの上体は、手すりに覆いかぶさるようにしてぶつかります。そして、手すりの先端、忍び返しが、彼女の喉元に突き刺さったのです」

「ああっ……!!」

なんてことだ！

寛フミも驚愕しているが、叔母は、話の内容が判っているのかどうかも危ぶまれるほど、呆然としている。

「三〇一号室のベランダの手すりの上端は、鋭い作りになっているのですよね？」と、松坂夫人。「矢じりか、タガネのように」

また、ああっ！　と声が漏れそうだ。

「無惨な傷によって短時間で絶命した水尾さんの体が、手すりにのしかかっています。それを見おろしている伊都子さんは、次に、長いロープを手にします。両手でU字形に握ったロープを垂らしていき、水尾さんの首の下、顎のあたりに、下からあてがいます。そしてロープを引きあげ、勢いよく反動をつけると、手すりから引き剝がした水尾さんの体を、室内側へと放り出すように倒したのです。首の前のほうの擦過傷《さっかしょう》は、こうしてできたものではないでしょうか」

前のほうだけにあった、首を絞めたような跡……。

「そして、これだけ乱暴な扱いをしたのですから、喉の傷は荒々しく乱れます。凶器の正確な形状が再現できるはずもなく、凶器と目されたタガネで作られた傷として大きな矛盾はない、と判定されるだけではないでしょうか」

と、ここで筧フミが、ふっと疑問を口にした。

「ですけど、慶子さん、凶器のタガネは、実際に現場にあったでしょう。それも、首の後ろのほうに刺さっていた。だから、凶器と断定されたのよ」

そのとおりだ。それはどうなる？

「言い忘れていました」謝るような風情で応じる松坂夫人。「その工作が行なわれたのは、水尾さんの体が、まだ手すりに刺さっている時だったはずです。こうした状況で、四階からタガネの尖った先端を下にして落とせば、首の後ろに刺さりますね」

驚きが重なり、僕は唸りそうだった。

「いえ、もっと確実な手段だったかもしれません。タガネを、狙いをつけた細いパイプ――もしかすると物干し用ポールの中を落とすというような。これですと、目標から逸れないでしょう。最悪、首に傷をつけるだけでタガネがベランダに落ちたとしても、大きなマイナスにはならないという判断だったのだと思います」

水尾夫人の体が後ろへ倒された弾みで、タガネは深く刺さったのかもしれない。

ここまで閉じていたサガンの口が、この時、ほとんど感情を伴わずに動いた。

「そうした一連の犯行の様子を目撃されないようにタイミングを見計らい、四〇一号室の女は、発火装置のスイッチを押したのさ。あの装置は、リモコンで作動したということになる」

「目撃……」

という叔母の呟きに応えたのは、松坂夫人だ。

「このメゾンの裏は、とても人通りの少ない場所ですね。建物も、一軒もないのでは？

伊都子さんは、ベランダから周囲を遠くまで見回し、しばらくは誰も来ないことを確かめた上で、発火装置のスイッチを押したのです」

「消防署に通報したのも、その犯人なの？」

と、筧フミが松坂夫人に訊いた。

「そうですね。消防車は、犯行の仕上げに必要でした。住所を間違えて伝えたのも故意です。ベランダから放水してほしかったためですね。誤った住所を目差してここを裏へと通りすぎた消防隊は、ここから先に民家など確認できないことに気付き、やがては、ここの三〇一号室からの煙を発見します。そして、川を隔てた裏から、あいているベランダの窓を狙って、放水ですね。中に人はいないとの通報でもあったため、最短で最速の確認作業の後には消火活動が始まっていたのです。ベランダの室内側に倒れている被害者の体は、地上からでは死角になって見えません。ベランダの一部には、流血の痕跡があったでしょうが、黒煙が舞っていて視界が悪いですし、距離が離れていますから、消火活動中に注意を喚起するほどの異質な痕跡とは感じられなかったと思われます。そして、手すりやベランダの血液は、猛烈な水流が洗い流してしまいました」

利用された放水の作用に眩暈《めまい》を覚えそうになっていると、松坂夫人がさらに言った。

「伊都子さんは放水に、他の期待もかけたはずです。遺体の移動ですね。ベランダから少しでも離れたほうが、トリックを見破られる危険が減りますから。放水は、ベランダの窓を破るほどの勢いなのですよね。その猛烈な水流に押されれば、摩擦の少ないフローリングの床の上を、小柄な遺体は室内へと移動するでしょう。ただ逆に、室内を巡った水が、床の上をベランダへと流れてきて、遺体を外へと押し出すかもしれませんが、だからといって無策で放置せずに、犯人は手段を講じたということでしょうか。実際、遺体は室内側へ移動したようですね」

「現場や死体が水流で乱された、という事実と印象だけでも重要なのさ」と、サガンが自分の意見を足した。「死体がどこにあったのか、もう正確には判らない。犯行時の家具や日用品の配置がどうだったのかも不明。そうしたことで、推理するための手掛かりを失うんだ。手すりから後ろへ投げ出された死体の後頭部には打撲の跡ができたようだし、物干し用ポールなどの棒で突いた跡も、わずかに生じたかもしれない。しかしこれらも、水流でなにかとぶつかったのかもしれないという見方によって、手掛かりとしての重みを減じさせられる」

僕は、めくるめく推理劇に圧倒されて、そして、松坂伊都子さんを無罪にできそうもなくて、声を失っている。

名の知られたシャーロッキアン一行にしてもここまでの活躍をしてくれるとは想像もできなかったろう、貴枝叔母も、放心の体《てい》だ。

ただ、

「いたずら電話でもあったのか、この近くまで消防車が来て無為に引き返したことが事件の三日ほど前にあったと聞きましたが、通報してから何分で消防隊が来るか、伊都子さんが確かめたのかもしれませんね」

という松坂夫人の推測が耳から頭まで達した時、僕は反論する隙を見つけた。

「でも、松坂伊都子さんは、発火装置を現場にセットできないじゃないですか。入れないんでしょう？　あいているベランダの窓から投げ込んだって、玄関側のキッチンまで到達させるなんて、絶対に不可能だ。いや、お二人の推理だと、殺害する前に、発火装置はすでに現場にあったことになる。どうしたら、そんなことができます？」

僕に目を向けたのは、クリスチアーネ・サガンだった。

「そのへんの謎解きは、慶子はぴんときていないだろう。わたしが話すよ」

こうして、耳を疑いたくなる仮説が話されていったのだ。

## 8

大学へ行く気にもならず、僕はベッドの上で天井を見つめていた。

まいるよ。やり切れない。

このメゾンでの、僕の準マドンナといえた水尾江美さんが殺され、その犯人がマドンナの松坂伊都子さんだったとは……。

伊都子さんは逮捕されていた。

なにかと警察に聴取される立場だった大家として、貴枝叔母が、筧フミに付き添われて、おずおずとあの推理を刑事に伝えたのだ。どうやら松坂伊都子さんに目をつけ始めていた警察は、手すりの推理に興味を引かれたらしい。そして、裏付けとなりうる血液反応を得た。死体から流出した血液は水によって拡散されたため、死体が倒れていた場所を含めて現場のあちらこちらから薄い血液反応が得られていたらしいが、改めて鑑識捜査の的を絞った結果、手すりやベランダの床から、濃い血液反応が検出されたのだ。

警察は松坂伊都子に同行を求め、一一九番通報で記録されている声と、声紋の一致を調べたいと伝えると、彼女は自供を始めたという。

動機は、伊都子さんの夫を巡る痴情。彼は、水尾江美からコカインの提供を受けるうちに、江美と愛人関係になったようだ。伊都子さんは必死で、夫をコカインから引き離したという。献身によって、夫は薬物への依存から足を洗い、健常に戻った。しかしそれにもかかわらず、彼は江美との関係を絶たなかったのだ。この時から、伊都子さんの中には、狂おしい魔が蠢《うごめ》きだしたといえるだろう。無理もないように思える……。

伊都子さんは、物干しなどベランダで家事をしている時に、下のベランダの水尾江美の姿を意識的に見るようになった。そこで息をし、鼻歌を歌っている女……。陰では、夫を取られた妻を嘲《あざけ》り、優越の冷笑を浮かべる女。

憎悪が、滴《したた》り落ちていった。それは殺意となり、下の女の頭頂部や項《うなじ》に集中していく。だから、殺意はそこで爆発しなければならなかったのだ。そこが、死の決着をつける場所だった。

方法は簡単に具象化した。目に見えた。尖った凶器の上に、水尾江美の細い首が差し出されることがしばしばあったからだ。

ただこの方法を採《と》ると、水尾夫人は必ずドアガードをしているだろうから密室状況ができあがるが、これは松坂伊都子さんにとってはありがたくない条件だった。犯人は玄関から出入りしたと普通に受け止められるほうが助かるのだから。しかし、致し方ない。魔女を退治する儀式の手段は、定まってしまっている。

それでも一応の抜け道の意味で、あの時間帯、定期的に配達があることは利用することにした。一度ドアがあけられたという事実があれば、容疑が分散されるだろう。配達員だって疑われる。

このあたりは、松坂慶子さんがあの後、推理の補足として語ったことと一致していた。

放火魔のことがヒントになり、伊都子さんは炎を利用することにしたらしい。

彼女が……、こつこつと殺人のための機械を作っていたと思うと、たまらない。あの彼女が……。通路で会ったりした時、挨拶だけではなく、優しく言葉をかけてくれていた人……。時折気持ちが塞ぐことがあった僕にとって、天上の女性美だった……。

あの伊都子さんが、決して工学的な知識も技術もないのに、放火用の装置を、日々組み立てていたのだ。自分の黒々とした殺意を凝視し、そして積みあげるかのように、一つ一つ慎重に――。一種、鬼気迫るものがある。

防犯意識が強く、火災にも神経質なほど気をつけていた水尾江美を、こうした方法で追いつめるという暗い満足に、伊都子さんは溺れていったようだ。さらに、防犯を気にするあまり過剰に鋭くさせた忍び返しに致命的な危害を加えられる水尾江美、という皮肉にも、夜叉《やしゃ》となっていた伊都子さんは報復の美を見いだしていたのかもしれない。

伊都子さんが消防に通報した理由の一つには、自分の部屋までが燃えないようにとの配慮が当然あったろうと僕は思ったのだけど、それはまったく違った。彼女は、自分の財産がすべて燃え、焼け出され、このメゾンが焼け落ちたとしてもかまわなかったのだ。自分の計画に一番ふさわしいタイミングで放水する役を呼び寄せただけ……。

そこにあるのは、燃え盛るような狂気か。

殺人の直接の道具は、物干し用ポールと、物干し用ロープだった。主婦の日常の品に、殺意を染み込ませていく、ここにも狂気が――。

手の平に、じわっと汗が滲むけれど、あれを知った時にもズシンと心が割れた。発火装置を三〇一号室内に設置した方法だ。

僕がそれを尋ねた時、クリスチアーネ・サガンはこう答えた。

「野村さん、あなたは、それが現場の中へ持ち込まれる瞬間を目撃しているよ」と。

四時五分頃、僕は見ていた。笑顔の二人を。

三〇一号室の玄関ドアがあいており、水尾夫人に伊都子さんが、お土産《みやげ》かなにか、届け物を手渡していた。小さめの箱。――あの中身が、発火装置だったのだ。

そして、受け取った贈り物を――、笑顔で受け取ったそれを、水尾江美は、ただちにゴミ箱へ捨てたのだ。

彼女がそうすることを、伊都子さんは知っていた。取り繕いの裏にある、ダークを。最近の部屋の中の様子、ゴミ箱の位置なども、夫を通して伊都子さんは知っていたのだ。それを計画に利用した。

……なんてことだろう。

結局、真犯人松坂伊都子は、一歩も現場に立ち入ることなく犯罪を完遂したが、サガンは、「そんなところは、あの大事件の犯人とそっくりだな」と述懐を交えて感想を口にしていた。彼女たち面々は、どれほどのミステリーに遭遇してきているのだろう……。

それにしても――。

事件を振り返って僕はもう一度、なんてことだ、と慨嘆せざるを得ない。

持参された品を笑顔でもらっておきながら、それを投げ捨てられる心理。そして、そうした相手の悪意すら逆用して殺害を実行する精神。

ズシンとくるよ……。

赤ん坊を囲んだ三人の客は、個性的すぎる面もあったけど、魅力的な女性たちだった。特に松坂慶子さんは。

それでもやっぱり、やっぱり……、僕の女性恐怖症は、しばらく治りそうにないな。

それとも、恐怖症を克服して、シャーロック・ホームズみたいに大きな花をひらかせろ、とでも？

いや、ホームズだって、コカインに頼っていたんだろう？

# 翼のある依頼人

1

松坂邸の窓の外、高く広がるのは夏空だ。

入道雲と、藻岩山《もいわやま》の平和記念塔が白さを競っている。

軽く身を乗り出して眺めているのは、二人の女性。松坂慶子と筧フミ。

その後ろ姿には、ずいぶんと極端な差があった。年齢以上のひらきといえる。年齢も、たいがいひらいているが。

かたや、美の代名詞的大女優と同姓同名という人騒がせな重荷を背負った慶子のほうは、成人式の記憶もまだ新しい年頃。かたやフミのほうは、七十代も半ばである。

慶子はどちらかといえば小柄で、表情もおっとりとし、もう少ししっかりしたほうがいい少女といった趣《おもむき》も未だ残している。

反してフミの体格は、巨大と表現してもいいだろう。背は当然高く、肩幅の広さは、年齢や性別を超越していた。その体つきが実際の体積以上の威圧感を与えるのは、黒ずくめの服装のせいだけではなく、厳格さを太い筆で描いたような彼女の風貌にもよっているはずだ。とにかく、揺るぎない信念を持っていそうなたくましい顔付きである。

服装の色も対照的で、今日の慶子は、肩口が涼しげな白いワンピースだった。

「あらっ？」

飛びあがっていく小鳥の姿を目で追っていた慶子は、そう声を漏らした。

フミも、わずかに眉根を寄せる。

この二階の窓からは、閑静な住宅街を眺めわたすことができ、右手には、低い山へとつながる林も広がっているのだが、その木々の中から舞いあがった小鳥が奇妙な動きを見せたのだ。

小鳥は、小さなシルエットにしか見えない。

フラフラしたな、と思うと、その小鳥は急に羽《はね》を震わせ、こちらに近付いてくる角度で落下を始めた。

二人が驚いて顔色を変える間《ま》もなく、小鳥の姿は住宅地の屋根の下に見えなくなった。

鳥が落ちる姿など、滅多に見かけるものではない。

「……どうしたの？」慶子はほとんど独り言の口調。

「飛び立った時から、弱々しかったですね」

確かに、銃かなにかで撃たれて落ちたという様子とはまったく違っていた。

「そういえば、小鳥の大量死が話題になっていますけど、それと関係あるのでしょうか」

問いかけるフミが顔を向けた時、慶子の体は力を失って頽《くずお》れていくところだった。

その彼女の体を、黒い旋風の如き俊敏さで動いたフミが、片腕で支えていた。

慶子は両膝を床に突き、ぐったりとしたままフミに身を預けている。

小鳥の大量死の話題にショックを受け、失神したわけではない。

ナルコレプシーと呼ばれる睡眠障害の〝発作〟により、瞬間的に眠りに落ちたのだ。

住み込みのハウスキーパーにして看護役である筧フミは、慣れた様子で女主人の体を抱きあげ、部屋の隅にある寝椅子へと、軽々運んだ。

こうした病を持つ女主人のため、松坂邸には随所に寝椅子が配置されている。造りが上質なので、客人用の長椅子として充分に通用するものだった。

この時、あいたままの戸口から、この春に三歳の誕生日を迎えた少年、大輔がトコトコと入って来た。そしてすぐに、寝椅子の上の慶子に目を留める。

「ママ、また寝ちゃった？」

「大ちゃん、付き添ってあげる？」

「うん！」

小走りに近付いた大輔は、寝椅子の横に膝小僧を突き、若き母の顔に見入った。

前髪が撥《は》ねあがっている癖毛が特徴的な少年の頭は大きく、三頭身にも見える可愛らしいシルエットを作り出す。親指の爪を唇に当て、じっと母親を見つめる黒い瞳は、自分も眠りの世界に連れて行ってほしいと念じているかのようでもある。

かすかな物音のような、気配のようなものを感じ、フミは窓へと目をやった。慶子と二人で今まで並んでいた窓だ。

物音は、羽ばたきのものだった。

窓から白い小鳥が舞い込んできたのだ。

フミの驚きの気配を感じたのか、羽ばたきの音を耳にしたのか、大輔も振り向いていた。

「あっ、鳥！ 小鳥！」

少年が甲高《かんだか》く発した声にも驚かず、鳥は悠然と空中を舞うと、部屋の中央の肘掛け椅子に止まった。背凭《せもた》れの頂上だ。

そして、椅子に姿のない不在の主《あるじ》を捜すように、小首を傾《かし》げる仕草で辺りを見回した。

目を輝かせて迫ろうとする大輔をかわすように飛び立った小鳥は、少年とすれ違うコースを飛んで寝椅子の縁に止まった。慶子の顔の近くだ。

その直後には、くちばしが動く。

「ピヨチャンデス。ピヨチャン、カワイイ。ルイチャンモ、カワイイ」

しゃべった！ と、大輔が歓声をあげる。

「びっくりさせないように、声は抑えてね」フミの口の前に、人差し指が一本立っている。

「捕まえようとしてもダメ。怖がってしまいます」

頷《うなず》く大輔は、興奮を抑え、そっと首をのばして小鳥を眺める。

白い小鳥は、慶子のそばをチョンチョンと移動していた。

このペットを逃がしてしまった飼い主が外を歩いていないかと思い、フミは窓へ寄って通りを見渡した。

人の姿は一つだけ。松坂邸の正面玄関へ通じる小道を近付いて来ている若い娘の姿だ。ブロンドの髪が、夏の陽射《ひざ》しをくっきりと跳ね返している。頭の上に、金色のヒマワリが咲いているようだ。イングランドから来ている、松坂家の客人、ルシイ・マカリスター。

その彼女が、両手でなにかを包み込むようにして持っており、それに視線を注ぎながら歩いて来ている。

どうも嫌な予感がし、フミは急いで部屋を出た。

ルシイは、手の平の上にある小鳥の死体から目が離せなかった。メジロだ。やせている。野良猫たちの間をはしごしながら散歩していると、小さな影が急に空から落ちてきて、前方の生け垣の中に突っ込んでしまった。

野生動物は大抵、体調が悪くなると姿を隠してじっとしているので、死体を人に見せることが少ない。弱い被捕食者は特にそうで、ぎりぎりまで体調の不良を隠して平静を装う。

だから、動物に好かれて、彼らとなにかと縁のあるルシイにしても、野鳥の死の瞬間に出合ったのは初めてだった。豊かな自然に囲まれた生家にいた頃は、怪我《けが》をしたり、翼を休めたい鳥が庇《ひさし》の下に来ていたものだけれど……。

空を飛べずに落ちた鳥——。

普通ではないよね……。

この可哀想《かわいそう》な姿が、なにかを訴えかけてきているような気がして仕方がなかった。

意識を小鳥に集中したままだったので、いつの間にか松坂邸の玄関までたどり着いていた。

どうやって玄関レバーを回そうか。メジロを片方の掌《て》に移すしかないだろうな。

と思った時、玄関内でズシズシと足音が響き、レバーが回った。

黒い壁。はるか頭上に筧フミの顔。

「ナイスタイミ——」

「なんですか、それは?」

フミの厳しい眼光は、門を守る衛士のものだった。

ルシイの中に、対抗意識がむくむくと起こる。

「メジロよ」もちろん英語で、冷ややかに応じた。「見てのとおり、死んじゃってるの」

「家の中に持ち込むなんて、とんでもありませんからね」

英国生活の長かったフミも、感情がなめらかに英語にこもる。

「どうして？」

「スズメやメジロなどの大量死のニュース、知っているでしょう。最近判明したところでは、原因がサルモネラ菌なんだそうですよ。そのメジロも、同じ死因かもしれません。サルモネラ菌にまみれた野鳥の死骸を、大ちゃんたちに近付けていいはずがないでしょう」

「近付けずに処理する」

「処理なら外でしてください。ドアのレバーに触《さわ》りましたか？」

ひどく不安そうな声が、どうも不思議と気に障《さわ》る。

このおばちゃんは、昔からそりが合わない天敵だな、と意識しながらルシイは食いさがり、

「空き箱を用意したいけど、わたしに触らせたくないなら、フミさんがやってね」

大爆発用に息を大きく吸い込んだフミだったが、足元に大輔が寄って来たのに気がついて咳き込んだ。

「大ちゃん、どうしてここに！　ママのこと、お願いしたでしょう？」

うん……、とあやふやに応じる大輔の傍らには、真っ白な大型犬バクーの姿もあり、彼に誘われたの、とでも弁明するかのように、大輔は犬の頭を撫《な》でていた。

バクーの犬種は、グレート・ピレニーズで、慶子の夫が独身時代から飼っていた愛犬だ。

白い毛を風になびかせるような優雅な身ごなしをし、聡明そうな、深く穏やかな瞳をしている。

彼と大輔の興味の視線は、ルシイの掌に注がれていた。

彼女が身を屈《かが》めて小鳥を見せようとすると、

「ダメです！」

と、黒く大きな体が割り込んだ。

しかし、小鳥の姿は大輔の目に留まったらしい。

「死んじゃったの？　可哀想……」

「ええ、可哀想ね。でも、近付いてはいけませんよ。お病気が伝染《うつ》るかもしれません。ルシイ、離れて」

「お墓、作るの？」大輔は悲しい目だ。

クーンと鳴いたバクーも、雪山で遭難者を見つけたセントバーナードのような目をしている。

「寝かせてあげる箱は、このフミが用意しましょう。バクー、このコは、もう助かりませんからね」言い聞かせてからフミは、ルシイをキッとにらみ、英語を発する。「庭の隅のほうにでも埋めてください」

「埋めるわけにはいかないよ」

「フミさんも言ったとおり、このコは大量死の中の一羽かもしれない。保健所に届けたほうが、情報として役に立つよ。それに、なにかが変な気がする。調べてもらったほうがいい感じだね」

「なんですって！」

「だからって、家の中に入れる必要はありません」

「外に置いておくわけにもいかないって。野良猫や大型の鳥にやられたらどうする？　ねー、大輔ちゃん」

物置の戸を閉めて云々《うんぬん》と抵抗したフミも、結局、大輔の同情論やバクーの哀切な目の色に押し切られて、大きく妥協した。玄関から中へは入れないこと。箱の蓋《ふた》はあけないこと。大輔たちは絶対に近付かないこと。

フミとルシイの手で、小鳥は脱脂綿を敷いた箱におさめられ、シューズボックスの高い位置に仕舞われた。ルシイや自分はもちろん、大輔も殺菌ハンドソープで何度も洗い立て、その上うがいもさせるという一騒動の後で、フミはようやく、少しばかり落ち着いた。

2

白い鳥が迷い込んできた二階の部屋へ戻ると、慶子が目覚めるところだった。

寝椅子で身を起こし、瞬《まばた》きをしてから、フミ、ルシイ、大輔、バクーを見回す。

「その鳥、なに？」

と真っ先に声を出したのはルシイだ。

例の小鳥はまだいて、飾り棚の縁を、チョンチョンと移動していた。

「窓から、きたの」

との大輔の一言に続き、フミは、不思議そうに小鳥を眺めている慶子にも、まとめて英語で事情を伝えた。慶子の英語能力も大したものなのだ。

バクーは鼻先を鳥に向け、生き生きした目で動きを追っている。

「迷い鳥……」

慶子が呟《つぶや》くと、ルシイは、

「今日は、小鳥に縁があるね」

「……他にも小鳥がなにか？」

慶子に、死んで空から落ちたメジロを巡る騒動が語られた。

この夏の、小型の野鳥たちの大量死は、札幌やその周辺、そして旭川でも観察されていた。謎めいた異変だったが、フミも語ったとおり、ようやくその原因が突き止められた。

死んだ野鳥たちに共通していたのは、人が用意したエサ台からもエサを得ていたということらしい。それが不運だった。

エサ台が不衛生だったため、サルモネラ菌が発生、エサと一緒に野鳥たちはそれを摂取してしまったのだ。今夏、北海道は記録的な暑さで、例年は重宝されないクーラーも爆発的に売れている。そうした、食中毒警報も発令される折、雨が少なくて洗い流されることもなかった野鳥たちのエサ台が、前例のない中毒の場となってしまったようだ。

「フミさんと目にした、あの小鳥がそうだったのかもしれないわね。急に落ちていった……」

「そうかもしれません。でも、死骸を拾ってくるとはねぇ」

よりによってルシイの前に落ちるだなんてありがた迷惑な、といったフミの咎《とが》める視線を背に受けても、金髪の娘は我《われ》関せずで、白い鳥に顔を近付けていた。

鳥のほうも物怖《ものお》じしていない。まじまじと見つめる犬と子供に迫られても、平気な様子を保っていたのだ。

「インコね」

ルシイのその声にフミが反応した。

「白文鳥じゃないのね？　そういえば、目が赤くないか」

「白いセキセイインコ。でも、真っ白じゃない。尾羽《おばね》の付け根のお腹《なか》のほうには、水色と薄緑色がある。きれい」

ある程度英語を解した大輔も、同意して頷く。

慶子と並んでインコ観賞に加わったフミが、

「この鳥は、サルモネラ菌、大丈夫なんでしょうね」と不安にかられ、表情を曇らせた。

「外に出てから、下のメジロと同じエサを食べてしまっているとか……」

慶子に英語にしてもらってからルシイが口にした、

「食べてないわ」

という断言調が、フミの皮肉な口振りを誘った。

「このインコがそう言ったのかしらね？」

ルシイ・マカリスターは、動物の言葉が判る、と一貫して主張し、あの『ドリトル先生』シリーズにちなんで〝ミス・ドリトル〞とも呼ばれているが、現実主義者のフミは、ファンタジーとしてすら、それに耳を貸すことはなかった。大輔が言葉を覚えてからはなおさらだ。大ちゃんを惑わす戯《ざ》れ言《ごと》は慎《つつし》んでもらわなければならない、との気持ちを強めている。童話は童話でけっこうだが、現実にまで越境させるのは間違った教育だ。

慶子やフミが、ルシイと初めて出会ったのは、四年前の秋だった。ルシイは十四歳。田舎《いなか》に住んでいた女の子だ。絵に描いたような可憐な美少女ながら、口が達者で性格的にもはっきりとしたところがあり、当時から堂々と、筧フミと火花を散らせていた。

それでも彼女たちは、世界的な大企業である〝ゴールドバーグ・松坂・カンパニー〞がイングランドで企画したイベントで出会い、その時に巻き込まれた大冒険や悲劇を通して、分かちがたい親交を結ぶこととなった。

その企画は、熱烈なシャーロック・ホームズ愛好家、いわゆるシャーロッキアンたちのためのものだった。慶子は当時、新人シャーロッキアンといったところで、ルシイに至ってはまったくの門外漢だったが、彼女も今では、〝英国・シャーロック・ホームズ・ソサエティー〟の元気のいい会員だった。

父親に代わって〝ゴールドバーグ・松坂・カンパニー〟を実質的に引っ張り始めている長男が松坂一希《かずき》で、その弟、一臣が、慶子の夫である。彼も、〝ゴールドバーグ・松坂〟財団の中心的人物として腕を振るっていた。

そうした次第で、大輔は英語に馴染む環境にあるといえるだろう。慶子の義母、ローラは、長男夫婦と一緒にイギリスにいるとはいえ、やはり英語で孫と話したがるし、慶子と一臣も、国際舞台を意識して、大輔には早くから英会話に触れさせている。

一方のルシイも、せっかく日本人が友人になったのだから、と、日本語を勉強。片言《かたこと》ながら、そこそこ話せるようになっている。ただ、大輔の英語習得能力のほうが早いので癪《しやく》に障っている様子ではあった。

十八歳になったルシイは大学一年生。夏期の休みを利用して、旧友を訪ねて来ていた。

キャンパスでは男子の目を引く存在であろうが、身長はあまり高くならず、慶子とはまた違う雰囲気で少女の気配を残していた。素朴さと、自分を曲げない率直さが同居している印象でもある。

しかし、十八にもなって「動物の言葉が判る」と言い続けていることには、フミは顔をしかめた。再会した当初は案じる様子さえ見せ、親身に、真剣に、カウンセラーの役目をしようとしていたほどである。

ルシイは一臣のファンでもあるので、彼がいればフミとのいがみ合いも、もう少し抑制されたものになっていたかもしれない。彼は今、東京に泊まり込んで仕事をしており、世界中を駆け巡るいつもに比べれば、距離的には近い場所にいるといえるだろう。

彼と会う時間がなくて、ルシイは不満そうだ。

「自己申告によると、ピヨちゃんという名なのね、このコ？」ルシイは、白インコを見たままで、慶子たちに確認を取る。「彼、外へ出て以来、お腹空《す》かせてるのよ」

「男の子だというのも、あなたへの自己申告かしら、ルシイさん？」

「くちばしの、鼻の穴の周りの色で判るのよ」と、ルシイはフミではなく大輔相手に、ゆっくりとした英語で丁寧に説明していった。

この時、部屋にはないのに、パソコンのシャットダウン音がして、皆を一瞬不思議がらせた。

「ピヨちゃんの鳴き真似ね」慶子は白インコに向けて視線を走らせる。

「あらまあ、そっくり」フミは目を瞠《みは》り、「すごいや！」と、大輔は手を叩く。

「ソニーのパソコンの終了音だね。わたしのと同じ機種だ」ルシイは微笑《ほほえ》んだ。「驚きのパフォーマンスじゃない」

人の声真似よりも、機械音は遥かにリアルだった。

もう一度大輔が、

「ピヨちゃん、すごい！」

そう讃《たた》えると、インコも慣れた早口で、

「ピヨチャン、スゴイ！」と谺《こだま》を返す。

明るい笑いが起こった。

ワフッ、と、バクーも賛辞を送った気配。

「ねえ、ママ。お腹空かせてるんなら、ご飯あげないと」

「そうねぇ。エサを買いましょうか。飼い主さんを見つけるにしても、ひとまず鳥カゴも必要かな」

「鳥カゴ！　鳥カゴ！」

と、自分に新しい部屋を与えられたかのように大輔ははしゃいだ。

「フミさん、鳥カゴなんてありましたっけ？　ないですよね？」

「あいにくと、ありませんね」

ということなので、鳥カゴは購入されることに。

部屋を出ようとする母に、大輔は不思議そうに目を向け、不安まじりの声をかけた。

「ママ。窓は閉めないの？　帰って来るまでに、ピヨちゃん逃げちゃうよ」

「お外に行きたいなら、そのまま行かせてあげましょう。仕方ないわ」

「……鳥カゴ、余っちゃう？」

「その時は、大ちゃんが小鳥さんみたいに小さくなって、カゴで遊んでちょうだい」

「えーっ？」

「可愛い妖精になると思うわ」

「ムリだよぅ！　なれないよぅ！」

弾む声の一同が部屋を出ようとする時、白インコがくちばしを動かした。

「ピヨチャンモ、イッショニイク？」

驚いて、人間たちの足は止まる。

——ピヨちゃんも、一緒に行く？

「偶然でしょうね」フミは、しゃべるインコを静かに見返した。「意味を理解して口にしているはずがありません」

英語で伝えられると、ルシイは言う。

「理解している鳥も多いよ」

四人とバクーは、

「ピヨチャンデス」

の声に送られるようにして、部屋を後にしていた。

鳥カゴを購入して彼女たちが戻って来たのは五十分後。

大輔が、そーっとドアをあけた。

室内に、小鳥の気配はない。

失望感と、やっぱりというあきらめの気持ちを懐《いだ》きつつ、大人たちも足を踏み入れた。

と、その時、屋外から救急車のサイレンが聞こえてきた。目がベランダに引き寄せられ、その手すりの上には――。

白インコが止まっていた。

くちばしが動き、救急車のサイレンがまた聞こえる。

「サイレンもピヨちゃんだ！」大発見をしたように、大輔の目は輝く。

本物のサイレンほどの強い調子はないが、これもバカにできない酷似具合。

「まだいたのね」慶子は微笑み、そばにいたバクーの首筋を撫でた。

小鳥は、逃げるどころか、人の姿が戻った室内へと舞い戻り、ピピピと鳴く。

「ピヨにとっては、外の生活は大変だったみたい」ルシイがさらりと言った。「今は、人の庇護がほしい時なのよ」

「カゴが無駄にならず、よかったです」フミはその点で胸を撫でおろしていた。「必要なくなったら、フリーマーケットに出すか、ネットオークションにかけるべきか、とか、いろいろと頭を使いましたよ。せっかくカゴがあるんだから小鳥を飼いたいなんて大ちゃんが言いだしたら……」

そんな愚痴《ぐち》まじりの声を伴奏に、鳥カゴの用意が進行した。

カゴは金色のハウス型だ。左右対称に、勾配のある屋根。おしゃれである。

花瓶をどかした台の上に置かれた。

新聞紙が敷かれ、玩具《おもちゃ》のブランコがさがり、エサと水も整った。

水面の光の反射に誘われたかのように、白インコは自分からカゴの中へと入っていく。

「さてと……」

喜んでいる大輔とバクーの横で、ルシイは背中をのばした。

「次は、メジロくんを保健所に持って行かないと」

フミが一歩進み出た。

「わたしが同行しましょう」

「なんで？」

「日本語を満足に扱えない人が、一人でなにができますか」日本語に切り替え、「大ちゃんは絶対にダメですよ。あの野鳥には、一歩も近付かないで」

さあ行きましょう、と、フミは廊下へ向かう。

3

保健所の中はひんやりと涼しく、それは冷房の効果というより、外光を徹底して排除したためのものとも感じられた。窓はもちろんあるのだが、外の光はどこかよそよそしく、廊下は蛍光灯の下でひっそりとしていた。

「こちらです」

案内してくれた女性職員は、フミとルシイにドアを示した。

生活感染対策課の中で、動物を扱う部署だという。

礼を述べて、二人は中に入る。

慶子は大輔と一緒に留守番で、フミとルシイだけでメジロの体を届けに来た。

若い男がすぐに二人に気付き、外国人女性の登場にちょっと気を奪われた後、彼はカウンターのこちら側まで体を運んで来た。

「連絡はもらってます。野鳥の死骸ですね」

男は三十の手前といった年齢。中肉で背が高く、短い髪が似合う顔立ちは、体育会系にも文化系にも見えた。白衣を着て、サンダルを履いている。胸にある名札に、滝口《たきぐち》、とあった。

彼は、「どうぞ」と椅子を勧める。

パイプ椅子が、ちょうど二脚、用意されていた。

広い部屋の奥にはガラス容器がたくさん並び、白衣の職員が二人、音もなく立ち働いている。

滝口はカウンターの向こう側に戻ると、椅子に掛け、

「それですね」と、用件のとっかかりを口にした。

カウンターに、白いビニール袋が置かれる。

「このマカリスターさんが言うには、メジロだそうですけれど」

「種類はこちらでも判ります」

余計とも思える一言を返しつつ、男は手袋をはめてから袋の中身を取り出しにかかった。

小鳥の棺《ひつぎ》である箱と、保冷剤が入っている。

「袋、ここで、捨ててください」ルシイが、身振りも交えて日本語を使った。

「袋ごと、保冷剤も」と、フミが言い添える。

滝口は、箱をカウンターの上に載せながら、

「いつ発見されたのでしょう？　場所、状況は？」

時刻と場所など、ルシイに聞いたとおりにフミが答えた。

「目の前の生け垣に落ちてきたそうです」

「確かに、メジロだ。……目の前に落ちてきた、ですか。大変珍しい」

意味をおよそ察し、ルシイは日本語を交えてたどたどしく、

「わたしに、鳥、くる、サムタイム」

「動物愛護主義者の私には、鳥も寄って来ると言うんですね？」

あしらう冷笑の気配に、ルシイは眉をひそめ、一気に英語でまくし立てた。

「悲嘆にくれている人々はよく、灯台にあつまる鳥のように、相談にくるのです。わたしの場合、本物の鳥が来ます。人より、動物とのコミュニケーションのほうが、有意義かもしれません」

滝口がいきなり、淀みない英語で、

「ホームズ作品からの引用ですね、悲嘆にくれている人々……云々《うんぬん》のところは」

と的確に口にしたものだから、ルシイは二重に驚き、目を丸くした。

「『唇のねじれた男』の中の文章かな」今度はさほど嫌味ではない笑みを、男は浮かべていた。「ワトスンが、ホームズのことを、そう語る」

「残念でした。ワトスンは、自分の奥さんのことを、そう言ってるの」

「そうなの。なら、おじさんのホームズよりは、あなたに近いかもね。あなた自身は、ホームズかぶれ？」

「シャーロッキアン」

「ようこそ、東洋の島国まで、シャーロッキアン」

最初こそ二人の掛け合いにハラハラしていたフミだったが、今は、リズムの良ささえ感じ、「おや？」との思いで眉を上下させた。

「日本にも、シャーロッキアンは大勢います」

「僕はそうではなくて、常識人ですから」

メジロを指先でそっとひっくり返していた滝口は、保健所職員の口振りに戻り、日本語で、

「外傷はありませんね」

彼は、フミにもしっかりと視線を向け、

「実は、今朝方、市の清掃職員がスズメの死骸を見つけ、ここへ持ち込んできているのです。この一帯でも野鳥の大量死が発生したのかもしれません。今は、調べたスズメの、様々な数値が出てくるのを待っているところです」

「そうですか……」

松坂邸の近隣で野鳥の大量死が発生したという恐れは、杞憂《きゆう》ではないのかもしれない。

「このメジロも、慎重に調べてみます」

「よろしくお願いします」

英語で繰り返した滝口は、「よろしく」は二度いらないとばかりにルシイを手で制し、その代わりに、

「この死骸に触った後、手洗いなどはしっかりなさったでしょうね?」と二人に質《ただ》した。

それはもう、と、フミは徹底した殺菌処置を再現して聞かせた。

「もし万が一、どなたかの体調が悪くなるようでしたら、すぐにお知らせください」

英訳を聞いてから、ルシイはぴしりと言う。

「そちらも、調べた結果が出たらすぐに知らせてくださいよ」

彼女は携帯電話の番号を、滝口に教えた。


松坂邸では夕食を挟んで、迷い鳥ピヨの告知作戦が展開していった。

ピヨは足輪もしておらず、身元不明だった。幾つか言葉をしゃべり、音の真似もしたが、名字までは口にしない。住所も。

犬などと違い、鳥の移動範囲は広いから、近くにビラを貼っても効果は薄いだろう。

そこでまず、ネット掲示板で情報を流してみることにした。

信用できそうな〝ペット尋ね人〟サイトを選び、〝迷子〟の特徴を書き込む。

その作業を担当したのは慶子と大輔だ。母子《おやこ》で肩を並べ、キーボードをポチポチと打ち、文章を作っていく。

「電話番号も載せるようになってますね」

サイトの書式を覗き込んでいたフミが、気懸かりそうな声を出した。ペットを探す側が問い合わせを書き込める画面の欄があるが、連絡先としてこちらの電話番号も要求されている。

「安易に電話番号を公開すると、いたずら電話なども掛かってくる恐れがありますよ。未記入でもいいのでは、慶子さん？」

「……でも、キーボード操作が苦手な人もいますしねぇ。それに、パソコンは常時見ているわけにはいかないでしょう。飼い主さんにすれば一刻も早く、直接話を聞きたいと思うはず」

これには、「わたしの番号を使えばいい」とルシイが案を出した。

「この携帯電話は、空港でレンタルしたものだから、返せば終わり。通じるのはそれまでの間だけ。それに、いたずら電話なら、英語で話しかけてやれば即刻退散するんじゃない？　日本人って、そんなもんでしょ？」

苦笑しつつ、「そうかも」と、慶子は答えるしかない。

「必死な飼い主さんなら、英語だろうとなんだろうと、すぐには切らないよ」

こうしてルシイ・マカリスターの携帯電話番号がサイトにアップされた八時半頃、リビングの電話が鳴った。

ピヨが寂しいだろうと、鳥カゴはリビングに移されており、その近くの電話が着信ベルを鳴らしている。

掛けてきた相手は、東京にいる一臣だった。いわば、定時連絡だ。

『接待ディナーを済ませてきたところだけど、そっちの食事はとっくに終わったろうね』

「小鳥も交えてにぎやかに」

『小鳥だって？』

大輔も割り込みながら、今日の迷い鳥騒動が伝えられる。

『そりゃあ、ぜひとも実物のピヨちゃんを見たいところだよ、残念だな』

その話が一段落したところで、ルシイが代わって電話に出た。

「バクーがさっき、寂しいって言ってましたよ」

ダイニングテーブルを拭いているフミが、「あなたの内心でしょう」といった視線の矢を飛ばしている。

電話の近くにいるバクーは、ワフッワフッと、頬の肉を揺らして低く吠えた。

『バクーはもう慣れてるでしょうけど、遠方からの客人がせっかくいらしている時に、本当に申し訳ありませんね。いや、女同士のほうが楽しいかな』

「一人、男性的な方がいるものですからねぇ」

『えっ？　男性的……、大輔のことじゃないよね。フミさんのこと？　ははっ、彼女は頼もしい阿修羅神《あしゅらしん》ですよ』

「あしゅら……」

『女神ということにしておきましょう、一応』一臣の声が、穏やかに笑う。『ところで、明日の支笏湖《しこつこ》行き、楽しんでくださいね』

「……その予定、変更になるかもしれませんよ」

『えっ？』

「他にやることができるかもしれないので」

慶子に送受器を戻したルシイに、フミは近寄って来た。

「他にやることなんて、あるの？」

「たぶんやることになるって、ピヨの意見」

白インコは、松坂邸のものとは機種が違う電話の、ベルの音を真似た。

4

翌朝、といっても十時近かったが、リビングには大輔も含めて四人全員が集まっていた。これから、ピヨの飼い主を捜すための相談会がひらかれようとしている。小鳥を預かっていますというサイトでの告知に、今のところ芳《かんば》しい反応がないためだ。

この件で、ルシイの電話は二回鳴った。

一度はいたずらしく、ルシイの英語を聞くと、案の定ただちに退散した。もう一件は、おろおろするほど真剣にペットを探している中年女性からだったが、白いインコと明記してあるにもかかわらず、彼女が探しているのは黄色いインコだった。じっくり言い聞かせるようにして通話を切った。

サイトへの書き込みは四件。

そのうちの三つは、私も迷い込んだ鳥を世話していたことがありますといった体験談や、励ましのメールだった。一件は問い合わせだったが、これも明らかにピヨとは別のインコのことで、飼い主ではなかった。

「だからって慶子さん、ピヨを手掛かりにして、こちらからも飼い主を捜してみるんですか？」

フミの問いかけに慶子ではなくルシイが、

「理屈の上では有効な手段だと思う」と意見を返した。「ホームズも、ペットのそうした面について論文を書こうとしていたほどなんだから。鳥じゃなく、犬だけど」

「家庭の生活を反映する、というやつね」思い出して慶子は微笑んだ。

「『陰気な家庭には、陽気にじゃれつく犬はいないし、明るい家庭には、悲しそうな犬はいない』……。これほど単純じゃないかもしれないけど、飼い主との関係性がペットに表われるのは確かよね」

「でもね、ルシイ」フミは、止まり木の小さな生き物に目をやった。「犬とは違って感情表現が乏しくて、人の行動への反応も少ない小鳥では無理でしょう。わたしはピヨちゃんから、普通に平和なご家庭で飼われていたんだろうな、という印象を受けるだけですけどね。それ以上、どんな特徴を感じられます？　悲しそうとか、気分屋だとか、そんなことまで判るはずがありません。それとも、ミス・ドリトルのルシイには、もっと繊細に判ることがあるということ？」

「少し判るけど、みんなの目や耳にも留まるはっきりした特徴があるじゃない。ピヨちゃんの言葉よ」

「ああ。だからこれなんでしょうけどねぇ……」

四人の中でフミだけが立っており、彼女はテーブルの上に広げられたA4サイズの紙を見おろした。

「ここに書かれているのも、ごく単純なことばかりじゃないですか。違います、慶子さん？」

手書きされているのは、今までピヨが口にしてきた声真似などだ。

「それでも、身元調査に役立つ手掛かりがあるかもしれませんよ」

慶子はそう思い、耳にした言葉を全員に記録してもらっていたのだ。

目の前の紙には、それが整理されて記載されている。

「そうですかねぇ」

期待できそうにないですけど、といった顔で、フミは文字を目で追う。

音の真似
パソコンのシャットダウン音
救急車のサイレン
電話のベル。二種類
ドアチャイムらしきもの

人の言葉
ピヨチャンデス
↓ピヨちゃんです
ピヨチャン、カワイイ
↓ピヨちゃん、可愛い
ルイチャンモ、カワイイ
↓ルイちゃんも、可愛い

ピヨチャンモ、イッショニイク?
↓ピヨちゃんも、一緒に行く?
ピヨチャン、オハヨウ
↓ピヨちゃん、おはよう
オハヨウ
↓おはよう
ゴハンデスヨ
↓ご飯ですよ
ナニヤッテルノッ
↓なにやってるのっ
イッテラッシャイ、クルマニモキヲツケテ
↓いってらっしゃい、車にも気をつけて
アナタ、トウジョウジュウニジカンマエ
↓(?)
ルイトオルスバン
↓ルイとお留守番
ピヨチャンノ、ツバサホシイ

↓ピヨちゃんの、翼ほしい

「ピヨの居場所の手掛かりなんて、やはりないでしょう、慶子さん」

フミには、そうとしか思えない。

「話しているのも、よく聞く言葉だし。ちょっと特徴的なのも、少しはありますけど……。お子さんのいるご夫婦が飼っていたといった様子が伝わってくるだけじゃありません？」

「何人の言葉を真似しているのかは、正確には判らないけどね」ルシイがそう指摘する。

「そうね」と、慶子。「賢いピヨちゃんも、声質の忠実な真似まではしてくれていないから」

機械音のリアルな真似とは違い、人の声には明瞭な区別がなかった。男女の性別差も判然としない。どれも、ピヨちゃんの声になっているのだ。

「でも、フミさんの言った、ちょっと特徴的な言葉には、やはり注意してみてもいいと思うんですよね」

「具体的には、どれ？」ルシイが訊《き》く。

これ、と慶子が指差したのは、〈トウジョウジュウニジカンマエ〉の部分だった。

英語の会話が続いていたので参加できずにいた大輔は、指で紙面のカタカナを追っていたのだが、母親と同じところを急いで指差してニッコリ笑った。

それを見て表情をほぐしながら、フミは、

「でもその言葉は、意味がはっきりしませんね。トウジョウ――って、舞台への登場でしょうか。その下にジュウがくっつくと、登場中……という、変な言葉になってしまうでしょう」

「そのジュウは、下の単語に付くんだと思いますよ、フミさん」

「下ですか……」

「トウジョウ十二時間前、だと思います」

「十二時間も前に、なにかに登場することを話題にしているんですか？」フミは納得できないという顔だ。「ピヨちゃんがこの言葉を覚えたということは、そのご家庭では頻繁に口に出されている一言なんでしょう。そんなにいつも、半日も先の舞台かなにかを話題にしているなんて、ありますかね？」

「トウジョウというのは、飛行機に乗る搭乗だと思います」

「飛行機……」

「パイロットの人たちは、飲酒が制限されるでしょう。搭乗十二時間前になるとお酒はダメ、という規則になっている航空会社は多いはずです」

「ああ」

フミは、なるほどという顔になり、ルシイも頷く。

慶子は続けて、

「この考えの裏付けになる、ピヨちゃんのもう一言もありますね。〈ピヨちゃんの、翼ほしい〉です。空を駆けるパイロットにしても、自由に羽ばたく鳥の翼には憧れるでしょうから」

「なるほどね」と、ルシイ。「ピヨちゃんに、君の翼がほしいよ、と、ジョークのように話しかけるパイロットがいる」

「口癖なんでしょう」

「そして……」フミも加わった。「あなた、そろそろ搭乗の十二時間前よ、と、いつも知らせてあげる奥さんがいる」

「旦那さんは新千歳《しんちとせ》空港まで通っているか、それとも、市内の丘珠《おかだま》空港が職場なのか。新聞社やテレビ局の、ヘリの操縦士かもしれないけど。でも、その都度《つど》知らせる必要があるほど〈十二時間前〉が変動するということは、毎日定時に出かければいい職場ではないということになるでしょうね。やっぱり、国内線か国際線のパイロット」

「面白いけど、でも……」ルシイの声の調子は、少し沈んだ。「〝ペット尋ね人〟のサイトに、飼い主の職業はパイロットらしいと書き加えるということ？　それでどれほど効果があがる？」

「そうね」と、珍しく同意するフミ。「ピヨちゃんの本当の飼い主かどうか、確認する役には立つかもしれませんけど」

惜しい、という顔色が二人に広がっても、慶子は前向きだった。

「ピヨちゃんの飼われていた場所の手掛かりは、実は、ピヨちゃんが真似る音のほうにあると思うんですよ」

慶子が言うと、ルシイは、

「あっ、音のほう？　そっちでわたしが気になるのは、電話のベルだな」と、軽く身を乗り出した。「二種類の電話のベルは、珍しいよね。一つの部屋に二台の電話、それも違う機種というのは変わってる。もっとも、途中で代わっただけで、電話機は一台なのかもしれないけど。ピヨちゃんは、その新旧両方を記憶している」

「でもその場合も、ピヨちゃんの家を探す手掛かりにはならないでしょう」フミが言う。

「見つけてみれば、そうした事情だった、と知ることができるだけで」

ここで慶子が、

「いいえ、電話のベルじゃないんです」と口にする。「手掛かりかもしれないとわたしが思ったのは、救急車のサイレンのほうなの」

「普通のサイレンが？　と、フミとルシイの顔は怪訝《けげん》の色に染まる。

「普通のサイレンでしょう？」ルシイは耳に残っている音を再生している様子だった。

「救急車がよく通る道沿いにいたんだな、ということは判るけど」

「でもよく聞くと、救急車がただ通過しているのとは違うことが判るのよ」

「どういうこと？　救急車は走りすぎているだけで、停まったりはしていないよ」

「走り去ってはいくけど、近付いてはきていないと思うんだけど」

ん？　と、これも二人の表情は揃う。

「ピヨちゃんの家の近くの道を救急車が通りすぎていくだけなら、近付いてくる時のサイレンも聞こえるはずでしょう？　ほら、思い出してよ、ドップラー効果。緊急車両が出すサイレンのような音では典型的。近付いてくる時には高く聞こえるのよ」

あっ！　と息を合わせた二人の顔を、大輔が珍しそうに見比べた。

「この高齢なわたしでも知っていましたよ、それ。音源が移動することによって、音波がどうのこうの、というやつでしょう」驚きの色を浮かべたまま、フミは白インコに目をやる。「……なるほど、そうですね。ピヨちゃんが真似するサイレンは、高い音への変化なんてしていない。低くなるほうの変化をしながら、小さくなっていく……」

「はい。そのように、遠ざかる時のドップラー効果は忠実に再現しているんですから、近付く時だけ真似していないというのは考えられません」

ルシイは考え込む。

「……でも、どういうこと、それ？　救急車が近付いてきていないって？」

「不思議だから特徴的で、手掛かりにもなるのよ」

「わたしには不思議すぎますけどねぇ」

「いえ、フミさん、答えは単純です。ピヨちゃんが長くいた場所――飼われていた家は、救急車のサイレンのスタート地点なんです。スタート地点の、すぐ近くですね」

「――そうか。そうよね」ルシイのコバルトブルーの瞳には、じわじわと理解の光が広がった。「救急車が出発し、遠ざかっていくだけの場所。ピヨちゃんがそうしたサイレンを覚えてしまうほど、いつも救急車がそう動く場所」

「では、その場所というのは……」

「消防署ですよね、フミさん」

「すごい！　これは大きな手掛かりじゃない、慶子さん！」ルシイは歓喜し、フミも、

「確かにこれは立派な指針です」と、胸を膨らませた。

「救急車が消防署に帰ってくる時は、サイレンは消していますからね。ピヨちゃんは、行きのサイレンだけを聞き続けたのです」

　この推理を大輔にも話して聞かせた後、慶子は、

「調子に乗ってもう一つ、思いつきを話したいんですけど」と、窺うような視線をフミとルシイに送った。

「まだ手掛かりが？」

　フミが問う形で促し、慶子は紙面に目を向ける。

「また、このリストの〝人の言葉〟に戻ります。ちょっと気になる一言がありまして……」

フミとルシイは、白インコの語った言葉のリストに視線を集中させた。

ほとんど意味不明の大人たちの話を聞いているしかない大輔は、椅子の上に膝を曲げて座り込み、組んだ両腕でテーブルに寄りかかっていた。エサや水を熱心にあげたピヨをもっぱら目で追って遊び、〝ハ〟の字形にひらいた足先をプラプラと動かす。

ピヨの飼われている家でも、こうした光景があるのかもしれない……。

慶子の人差し指がのび、

「この言い方、含みがあるように思えません？」

と、リストの一行を指差した。

「〈いってらっしゃい、車にも気をつけて〉という言葉が、気になるのです」

わずかな間《ま》で、ルシイは察したらしい。

「〈車にも〉のところね。車以外のなにに、気をつけるのか？」

「この真似は一度しか聞いていませんけど、〈車にも〉と言ったのは間違いないはずです。〈車に気をつけて〉ではなかったはず」

人が声にしていたのが刺激になったのか、この絶妙のタイミングでピヨは、得意げに翼

を広げ、

「イッテラッシャイ、クルマニモキヲツケテ。ハーイ」

としゃべった。

「〈ハーイ〉も付いてるよ」

可愛い響きの一言の効果もあって、誰の顔も明るくなっていた。

「お母さんが子供にでも言っているのでしょうね」フミは順当に想像し、「でも、普通の、〈車に気をつけて〉ではありませんね、確かに。〈車にも〉です」

「車の他の、なにに……？」

「鹿や牛の大群のはずがないですしね」

フミの極端な一言に、ルシイは故郷の地名を出す。

「家《うち》のタイドストン周辺でも、そんなことはありませんよ、フミさん。論外」

慶子は急ぐ口調で、

「電車ではないでしょうか」と、二人のやり取りに割って入った。「路面電車です」

札幌市には一路線、市電が走っている。ここ松坂邸からもそれほど離れていない場所に軌道がある。

フミは吟味《ぎんみ》するように……

「電車にも車にも気をつけて、という意味だと……」

「するとこういうこと？」ルシイは指を一本立て、「このセリフを言われている人は、電車相手の事故かなにか、以前に危ない目に遭っているのね。それで、電車ももちろんだけど、車にも気をつけて、と、出がけに言われる」

「電車通りの近くに住んでいる子供が言われそうな注意ですね」

そうフミはイメージを固めるが、ルシイのほうは感心する様子が薄かった。

「でも、市電だと確信できるほどではないわね。他の可能性もいろいろとありそう。消防署の推理ほど確定的ではない感じ」

「ええ、それはそうなの。この思いつきは、補助線みたいなものね。消防署の近くというエリアからもっと絞っていく時に役立つかもしれない仮定よ。この条件で違っていたら、考えを変えましょう」

「ひとまず、その仮定でやってみる、ということですね」

そう言うフミに慶子が頷くと、

「そうね、やってみましょう」と、ルシイは腰をあげた。「パソコン使って、消防署を洗い出してみる？」

リビングの隣室で、デスクトップパソコンが起動していた。

慶子がキーボードで入力し、クリックをするのが大輔の役だ。

鳥とはいえ、札幌市の中心部を越えて市の反対側から飛んできたとも思えないので、最寄りの消防署をピックアップすることになっていた。

「まずは、この三ヶ所でしょうね」

松坂邸の西側には程なく山が広がるので、消防署は東側に点在した。

中央消防署は、市消防局の中心施設で、住所は南四条西十丁目。

豊水《ほうすい》出張所は、南九条西五丁目。

幌西《こうさい》出張所は、南十一条西二十一丁目。

三番めの消防署が松坂邸には最も近く、距離は一キロほどのものだった。そこからもっと東に豊水出張所。その北西方向に、中央消防署が位置する。

中央消防署はもちろんだが、各所のホームページを覗くと、どちらの出張所にも救急車が配備されていることが確かめられた。

そのどれかの救急車のサイレンを、ピヨは耳にしていたのだろうか……。

「市電の路線、重ねてみる？」

ルシイの一言を合図に、画面には市街地図が呼び出された。消防の出張所も当然載っている地図だ。画面を見る慶子とフミは、出張所を探し、市電路線との遠近を測る。

札幌の市電は、始発停留所の一つ、西四丁目をスタートすると、反時計回りに市街地を回る。そして、もう一つの始発停留所、すすきのへと到着。碁盤の目状に構成された街路に沿っているので、路線の全体像は四角形に近い。南北に位置する二ヶ所の停留所、西四丁目とすすきのはそれほど離れていないので、ここもつながると環状路線となる。

こうした路線の南西の一角に、慶子たちは地図上で注目しているところだった。

「どう？」

と問うルシイの視線に、慶子は応えた。

「面白いことに、三ヶ所とも市電の路線に近いみたい」

「……でも」フミは、ルシイのために指で画面を示しながら、「中央消防署はさすがに、市街地の中心すぎないかしらねぇ。近くにマンションぐらいあるかもしれないですけど、小鳥を飼っている家庭環境とはそぐわない印象が……」

「消防署の規模も大きすぎると思います」と、慶子も同調するように言った。

「規模が関係あるの、慶子さん？」

「消防署ですから、消防車のサイレンも鳴って当然ということです。でも、ピヨちゃんはその音を覚えていない。出張所ほどの規模でしたら、幸いなことに、消防車の出動は少ないんでしょう。ピヨちゃんが覚え込むほど頻繁ではないんです」

「なるほど」ルシイは強く言う。「じゃあ、残りは二ヶ所ね」

「この幌西出張所は、市電路線と離れすぎていると思いませんか？　一キロほどの距離ですよ」

「電車が一キロも先を走っている家庭で、電車にも車にも気をつけて、などと注意するでしょうか？」

「一キロ……」

「玄関前を線路が走っているぐらいでないとね」ルシイは目を光らせた。「残る一ヶ所はどうなの？」

フミがすぐに、嬉しそうな声をあげていた。

「これは近いわね。線路のすぐ近くよ。条件にピッタリの消防署は、豊水出張所」

「わたしもこれが、最有力候補だと思います」

慶子は言った後、フミとルシイの目を見返した。

さあ、どうする？

ニッコリと笑ったルシイが、フミにこう言った。

「ほら、やることができたでしょう？　支笏湖でのレジャーは、今日でなくてもいいわ」

5

これから豊水出張所の近くを訪ね、自分たちでピヨの飼い主を捜すことになった。

「お母さんと、パイロットのお父さんがいて、ルイという子がいるご家庭を見つければいいわけね」と、フミは張り切った。

〝聞き込み用〞の、ピヨの写真は何点かある。携帯電話で撮影したものと、パソコンを通してプリントアウトしたものだ。しかし、ピヨ自身も連れて行くことになった。鳥カゴは遠くからでも注意を引くだろうし、おしゃべりの特徴を直《じか》に聞かせることができる。

天気予報では三十度まではならないそうだが、今日も暑い。ピヨへの直射日光などを慶子が心配すると、フミが、陽に灼《や》けたために引っ込めておいた古いレースカーテンを持ち出し、ミシンをダーッとかけて、鳥カゴの覆いを仕立てあげた。

支笏湖行きを遠足のように楽しみにしていた大輔も、今ではピヨの飼い主捜しに夢中だ。……ピヨとの別れを思ってちょっと寂しそうではあったが、ピヨは迷子なんだということを理解していた。この夏に特別な思い出をくれた、翼のある迷子だ。

サイトの〝ペット尋ね人〞に有力な書き込みがないことを確認してから、いざ出発となった時、ルシイの携帯電話が鳴った。

保健所の滝口がかけてきたものだった。

二言《こと》、三言話すと、ルシイの顔色が変わり、

「毒――!?」

という言葉がこぼれた。

「もう一度最初から話して。筧さんたちもいるので」

と伝え、ルシイは電話のスピーカー機能を使った。

『あのメジロの検査結果が出ました』

英語を操る滝口の声は、さすがに沈痛だ。

『昨日の朝持ち込まれたスズメのことも話したと思いますが、あの死骸からはサルモネラ菌は出ず、砒素《ひそ》系の毒物が検出されたのです。で、それと同じものが、メジロからも出ました』

慶子やフミの顔も白く引き締まる。

『無味無臭で、大変危険な毒物です』

「自然界に存在して、たまたま口にするものではないのね？」

『違います』

ルシイは視線を厳しくし、爪を噛むかのように、人差し指を唇に当てた。

「人にやられたんだわ。……やっぱり、あのメジロ、わたしに伝えたかったのよ」

電話の送話口に、フミが英語で声をかけた。

「人が故意に、小鳥たちに毒を盛ったということですか？」

『そうとしか考えられません。エサ場のエサに、毒を混ぜたのでしょう。他にも何羽か死んでいるんじゃないでしょうか』

「なんてことを……」

『届けると、警察でも調べることになりました。といっても、警官たちが聞き込みに歩いたりする程度ですけどね。ま、そのうちの一人が、私の兄でして。お巡りさんなんですよ』

ルシイが特に、「へえ」という目になる。

『そちらに伺っても、あの時の話以上のものは聞けないでしょうから、まだお邪魔はしないみたいですが、事態が進展したら協力を願うことになるかもしれません』

「判りました」

『ではそういったことで、よろしく』

通話が切れた後、

「なにやら不穏ですね」と、フミが厳《いか》めしい顔でひっそりと言った。

慶子も憂う顔だ。

「バクーはしばらく、外へ出さないようにしましょう」

カゴの中のピヨは元気だった。

少し早めの昼食を食べて気分を変え、迷い鳥の保護者捜索隊は暑い陽射しの下《もと》へと出た。

運転席も窮屈そうにフミが車のハンドルを握ると、鳥カゴを抱えるルシイが、

「フミさんがそうやると装甲車に乗せられた気分になるけど、優しく運転してよ、優しく」と、さっそく軽口を叩いた。

「わたしの運転は、インコの羽もうらやむ軽《かろ》やかさなんですよ！」

ルシイは後部座席だ。水やエサは別の容器に移されている鳥カゴは、風は通すが簾《すだれ》のように日陰を作るレースの覆いをかぶせられている。

ルシイの隣に座るのが大輔。慶子は助手席だ。

車は住宅地の道へ出て、市道へと進む。

フミの運転は確かに穏やかで、慎重すぎるほどゆっくりする時もあり、クラクションを鳴らされたりもしたが、そんな時はルシイが振り向いてキッとにらみ返していた。

気をつけた運転でも震動は当然あるし、窓の外を流れる景色にも戸惑うのか、ピヨは最初落ち着きがなかったが、大輔が盛んに、「なんでも百円で買えるお店だよ、判る？」とか「ピザの配達屋さんだよ」などと話しかけていると、ペースを取り戻し、「ピヨチャンデス。オハヨウ」と声を発し始めた。

「そういえば慶子さん」と、後ろの席からルシイは呼びかけた。「ホームズの語られざる事件に、〝ある政治家と、灯台、そして調教された鵜《う》にまつわる物語〟なんていうのもあったわね。その鳥がどんな風に事件とかかわったのか、俄然《がぜん》興味がわいてきたな」

語られざる事件というのは、ホームズ作品の中で概要などに触れられながら、詳細は書かれていない事件のことだ。ホームズは生涯で二千件の犯罪を解決したとされているが、コナン・ドイルが著わしたのは六十作あまりだから、未発表の事件のほうが圧倒的に多いことになる。

「ドイルさんは、日本には鵜飼いという伝統漁法があると聞いて、とても驚いたんでしょうね」慶子は柔らかな表情で想像を口にした。「鵜を飼い慣らして魚を捕《と》るなんて、本当なのか、って。オリエンタリズムも感じて、書かないわけにはいかなかったんだと思う」

「わたしが読んだ時も、とても不思議だったもの。なんで、鵜なの？　って。後で鵜飼いのことを知って、これか！　と思った。作品発表当時の読者にしたら、ガリバーの国の逸話に思えたかもね」

「いくらなんでも、これは有り得ない話だろう、って」

「いったい誰が、ドイルに鵜飼いのことを教えたんだろうね。今度、研究してみようかな」

　ルシイが顔を近付けてピヨを見守っていると、

「ルイトオルスバン」とインコは言い、電話のベルを真似た。

　しばらく小鳥を見つめていたルシイだが、その体には少し考え込む気配が生まれた。

　そんな微妙な変化も察したかのように、

「どうかした？」と、後ろへ体をひねりながら慶子が訊く。

「うん、いや……。わたし、このコは普通に、動物を可愛がる人たちに飼われていたんだと思っていたけど、なにか少し……、悲しみみたいな、行き違いが生む波風みたいなものも感じられてきちゃった。具体的な理由はないけど」

「……そう」

車の速度がさらに減じ、

「さあ、目的地ですよ」とフミが告げた。「どこから攻めます？」

東西に走る市電の線路よりは北の一画。小規模の消防署も見えている。コンビニやガソリンスタンドがあり、ビルも建っているという、住宅地と商業区域が混在する一帯だった。

レンタルビデオチェーン店の駐車場に車を停め、まずはその店の店員に尋ねてみた。ピヨの写真を見せ、よく人の声を真似るこうしたインコを飼っている人を知らないか、と。どの店員も空振《からぶ》りだった。

店内を歩きながら、この近くにペットショップがないかどうか携帯電話で検索してもみたが、そうした店もなかった。

車に戻り、聞き込みチームを二組に分けることにする。松坂母子《おやこ》と、残り二人。

「じゃあ、お母さんのこと、まかせたわよ」

と、フミが、携帯電話を入れた大輔のポケットを叩く。

「はい！」

母親が突然の睡魔で意識を失った時、直通でフミに伝えられるようになっている。

車は日陰に停めてあるが、小鳥を長時間車内に置いたままにはできない。聞き込みにはそれほど熱中せず、適当な時間で引き返すことも頭に入れなければならなかった。

フミとルシイは、近くに見えている二階建てのスーパーを担当した。二階にはカルチャー講座が交代で入る文化教室と、靴売り場、フィットネスジムなどが入居していた。

「奥様方なら、けっこう来ていそうな場所ね」ルシイは髪を掻《か》きあげながら辺りを見回す。

「期待できそう」

文化教室の窓口担当者、靴売り場の店員と、ピヨの写真を見せながら尋ねていくが、もちろんそう簡単にいい反応は返ってこなかった。ただ、外国人が困っているという印象を与えるためか、それとも、小鳥の可愛らしさが同情を誘うのか、誰もがかなり真剣に話を聞いて記憶を探ってくれた。

フィットネスジムの責任者である派手めの四十歳ほどの女性は、「この地区の大抵の若奥様はここを利用してくださっています」と豪語したが、捜すべき相手の肝心の名前が判らないのだからお手上げだった。白いインコを飼っている会員や職員にも心当たりはない。

慶子と大輔は、市が管轄する大きな都市公園のほうにある交番を目差していた。

いつもはいろいろなものに興味を示して、プチ道草めいた脱線をする三歳児も、今は目的地に急ぐかのようにしっかりと足を運んでいた。

「ママ、この広い公園にピヨちゃんを放してあげたら、喜ぶかな？　木がいっぱいあるよ」

「大きな池もね。でも、ピヨちゃんは、自分でご飯を見つけて食べるのが苦手みたいだから、大変かもよ」

「そうかぁ」

大輔用の水筒から冷えたノンカフェインのお茶を飲ませたりしながら、慶子は交番に到着した。

だが、成果はなし。逃げ出した小鳥の届け出などないし、ピヨのようなインコを飼っている家庭の情報も、警官たちは持ち合わせていなかった。

車まで引き返すと、ピヨは無事に待っており、筧フミチームもすぐに戻って来た。

それぞれ首を振って報告しながら一汗《ひとあせ》拭《ぬぐ》い、シートにおさまると、羽をパタパタと動かすピヨを見て大輔が言った。

「ルイちゃんて、ピヨちゃんのお友達の小鳥かもしれないよね」

大人たちは一瞬黙り、

「そうかもしれないわよね、大ちゃん」と、フミが感心した様子を見せた。「子供じゃなく、他のペットの可能性はある」

ペット同士でお留守番、ということもあるだろう。

確実な手掛かりは少ないということを改めて頭に刻み、彼女たちは、クーラーを効かせた車をゆっくり走らせて次の聞き込み対象を探す。

マンションが建ち並ぶ細い道をトロトロと走っている時、

「これだけの数の窓があるんだから、鳥カゴを見せて歩こうか」とルシイが言いだした。

「目に留まれば、逃げたインコのことを心配している飼い主なら、飛んで来るはずだよ」

ルシイが、鳥カゴを持って歩道へ出た。鳥カゴだということが見て判るように、手製の覆いははずし、日陰はできるように一方にまとめてぶらさげた。

車をのろのろと伴走させ、ルシイは一画の歩道を歩ききった。

路肩に停めた車の中で四人はしばらく待ったが、呼び止めようと腕を振りながら駆けて来る人の姿は現われなかった。

「これぐらいの空振りは覚悟の上よ」

「住人のことに詳しい管理人さんがいたりすると助かるでしょうけど」

ハンドルをポンと叩いたフミがそんなことを口にした後、慶子が、

「さっき、マンションの一階に美容院を見かけたの。そこへ行ってみます」そう言ってドアハンドルに指をかけた。「美容院だと、私生活も話題にしたりしますからね」

いい着眼だという女性たちの反応を受けた慶子は一人で出かけるつもりだったが、大輔

が、どうしてもと言ってついて来た。

美容院では三人の客が順番を待っており、ライバルをにらむような視線が雑誌から一斉にあがったが、大輔に気がつくと彼女たちの表情も緩んだ。人なつっこく大輔がチョコチョコと近付くと、声もかけられ、場が和《なご》みさえした。

その空気を利用し、慶子はピヨの写真を出して事情を説明した。迷い鳥の話はずいぶんと興味を集め、髪のセットをしてもらっている客も美容師たちも話に加わったが、とうとうめぼしい情報は聞き出せなかった。

後部座席にいるルシイの携帯電話に着信があり、それは再び滝口からのものだった。

「はい。ルシイ」

『またオレですけど、嫌な続報です。今朝、動物管理センターに運び込まれた犬の死因が、毒殺だって判りました。メジロやスズメと同じ毒です』

大輔の手を取って美容院を出た慶子は、隣が理容室であることに気がついた。ガラス壁越しに覗くと客が一人もいなかったので、入ってみることにした。

すっきりとした顔立ちの中年マスターに、「すみません、お客ではなく、尋ね人なのですが」と一礼した。

「おや、そうですか。なんという方？」丁寧な口振りだった。

「名前は判りません。この小鳥を探しているのではないか、と……」

慶子は写真を見せ、事情を伝えた。

「……よくしゃべる、白いインコ、ね」思い当たることがあるのか、写真を手にしているマスターは額《ひたい》に皺《しわ》を寄せ、「そういえば、お客さんの誰かが言っていたな、飼ってるって」

「そうですか！」慶子は、上体を突き出すほど勢い込んだ。「どのような方です？」

有力情報が初めて得られそうだ。

大輔も、マスターを見つめる。

「えっと、誰だったかなぁ」

「パイロットをなさっている方じゃありません？　お子さんがいらっしゃる」

「あれっ、じゃあ違うか」

「お子さんはいないかもしれません」

この時、大輔のポケットの携帯電話が鳴った。

マスターが写真を見て慎重に記憶をたどっている気配なので、邪魔をしないように、慶子は電話に出て隅へ寄った。

『慶子さん』

相手はルシイだ。

『急いで知らせたほうがいいような気がして。よその人の耳には入れないほうがいいみたいだから、電話で』

「なに？」ごく小さな声で聞き返す。

『毒殺された犬が見つかったって、滝口さんが。例の、砒素系の毒よ』

言葉も出ない。

『ペットのマルチーズなの。昨夜いつもどおり、小さな公園で放して遊ばせてたらしいんだけど、姿が見えなくなったので飼い主さんが探すと、茂みの陰で死んでたって。死に方が変だって、飼い主さん、今朝になって泣きながら動物管理センターに持ち込んだのよ。死因を突き止めたいって。センターは、滝口さんの保健所とデータのやり取りをしていたから、もしやと思って調べたら、やっぱり同じ毒だった。それでね、慶子さん』

ルシイの声は低くなり、さらに緊張をはらむ。

『マルチーズが毒殺された公園って、この近くなのよ。……なんだろうね、これ？』

ひとまず通話を終え、慶子はマスターの前へ戻る。「パイロットといっても、自衛隊とか、航空測量、農薬散布――」

「ごめんなさい」と、

「自衛隊――。それだ！　そうか、江杉《えすぎ》ですよ、江杉さん。ただ、パイロットは奥さんのほうですけどね」

「奥さんのほう……」

「たしか、航空自衛隊でヘリかなにかを飛ばしているって。でも、そう、頭のいい白いインコのことを話していたのは、間違いなく江杉さんです」

見つかってよかったね、と言うかのように、大輔が慶子のスカートを引っ張っていた。

マスターは写真を慶子に戻しながら、もしや？　という顔になる。

「そのインコがお宅へ迷い込んだのは、何週間か前のことですか？」

「いえ、昨日のことですけれど、……なにか？」

「奥さんがノイローゼ気味だと、江杉さんがおっしゃっていたものですからね。大事にしていたペットに逃げられて気を病んだのかと思ったのです。でも、違いました。奥さんの変化は二、三週間前からだということでしたから」

ノイローゼという言葉が、慶子の胸に引っかかった。

「江杉さんのお名前と、ご住所はご存じですか？」

江杉のファーストネームは聞いた覚えがないし、住所も電話番号も知らないということだった。

慶子は厚く礼を言ってその理容室を後にした。

ルシイの提案に従ってフィットネスジムへ引き返すと、成果があがった。大抵の若奥様が来ているという豪語に嘘はなかったということか。江杉という比較的珍しい名字なので特定することができた。ここには夫人が通って来ている。もっとも、この時点では、フィットネスジム会員の江杉が、ピヨの飼い主らしい江杉と同一人物とは限らないが。

「連絡先を教えてもよろしいか、先方にお伺いしてみます」

と責任者の女性は応じ、携帯電話を耳に当てて関係者用出入り口のほうへ引っ込んだ。

しかしすぐに、なにも口を動かさずに引き返して来ると、

「留守番設定です。お宅の電話番号、吹き込んでおきましょうか？」

用件と、慶子の携帯電話のナンバーを伝えてもらった。


停めた車の中で、慶子たちは待機していた。すぐに返信があるのかどうか判らないので、行動計画が立てにくい。

「それにしてもねぇ」ルシイは、膝の上の、鳥カゴにいるインコに話しかけるかのように、「奥さんのほうが自衛隊のパイロットだったとは。格好いいけど」

「じゃあ、ピヨちゃんのあの言葉は……？」

フミが言っているのは、〈あなた、搭乗十二時間前〉のことだ。

「あれはそうなると、こういう意味でしょう」慶子は推測する。「〈あなた、わたしは搭乗

十二時間前だから、もうお酒は付き合えません〉とか、〈節制時間ですからね〉と、言って聞かせていたということでしょうね」

「犬への躾《しつけ》みたいな感じ？」ルシイが遠慮のない喩《たと》えをする。「〈ステイ！〉みたいに、〈はい、十二時間前！〉って、いつも言い聞かせてる」

ここで携帯電話が鳴り、慶子が出ると、相手は女性で、江杉だと名乗った。

『家《うち》のピヨを見つけてくれたんですね！』

喜びと安堵に輝いている声だ。

「たぶんそうだと思います」

止まり木を移動した白インコが、この時、背のびをするようなポーズで大きな声を出した。ちゃんと聞かせようとするかのような、ゆっくりとした調子で。

「ピヨチャンモ、イッショニイク？」

『今の、ピヨの声ですね？　……そんな言葉は覚えていなかったけど。ああ、でも、ピヨちゃんに間違いないわ』

「他には、〈ルイとお留守番〉とか、〈車にも気をつけて〉といった言葉を話しますよ」

『ああっ！　やっぱり、ピヨです！　車にも気をつけてって夫に言われているの、わたしなんですよ。電車や自転車に撥ねられた経験があるので。ああ、ピヨのこと、保護してくださって、本当にありがとうございます！』

ところが話を進めるうちに、慶子の様子が奇妙に硬くなっていく様を、フミたちは怪訝な思いで見ることになった。

連絡事項がすべて交換された後、慶子は電話の相手に言った。

今すぐお届けしに行くわけにはいきませんけれど、と。

6

ピヨの奴と一緒に、三人の人間までもが家へやって来た。

しかも一人は制服警官。滝口と名乗った。

もう二人の若い女たちは、警察とどんなつながりがあるのだ？　たまたまピヨを見つけたので、送り届けてくれるという話だったはずだが……。

一人は外国の女。日本語はほとんど話せないようだ。

松坂とマカリスター。

席を勧めた女房の千恵《ちえ》に、

「ありがとうございます、奥様」と、松坂が礼を言った。

俺の前の席には、制服警官。脱いだ制帽を膝の上で抱えている。

ピヨが戻って来るというので胸が高鳴るのを覚えたが、警官の存在は予想外の重苦しさをもたらす。なぜこうなる？　あってはならない影。人生を覆うのかもしれない重苦しい影が、ここに……。

いや、有り得ない。そんなことはまだ起こるはずがないと、自身に言い聞かせ、動揺を鎮《しず》める。それでも、背筋が硬いままだった。

白いインコが入っている豪華な鳥カゴは、本来のピヨの鳥カゴと交換されてスタンドにさがっている。鳥はピヨに間違いない。

ピピピと鳴いた後、「ピヨチャンノ、ツバサホシイ」と言う。千恵がよく口にする言葉だ。

愛鳥の元気な姿に、千恵は舞いあがり気味で、「良かったわねぇ、ピヨちゃん。こんな立派なお家まで買っていただいて」と、頰ずりしそうになっている。

あのインコを相手にする時だけは大甘《おおあま》だ。

一般家庭の日常にはふさわしくない警官の姿も目に入っていないのだろう。

「ありがとうございます。お代は払いますので」

と、松坂たちに盛んに礼を繰り返している。

しかしそんな女たちとはまったく違った重い気配と顔付きのまま、警官は真っ直ぐにこっちを凝視していた。

「お仕事帰りでお疲れのところ、すみませんね、ご主人。実は、ご近所で毒殺された犬が見つかりまして」

「毒殺！」千恵がようやく表情を硬くする。「なんてことを……」

「しかしお巡りさん、そのことと私たちに、なんのつながりが？」

「ここで話を伺えば、犬の毒殺犯のことにも大きな進展があるかもしれないとの意見がありましてね」

警官の目が、横の女たちへチラリと向けられた。

この二人の女が、重要な進言をしたというのか？

千恵が話の内容に戸惑いながらも、「お茶をご用意しますね」と移動しようとしたタイミングで、「野鳥のためのエサ台はこちらでしょうか？」と、松坂という女が立ちあがった。

「ええ、そこに」

千恵が、庭へ出ることもできる大きな掃き出し窓へと案内する。

「その木の、枝と枝の間にあります」

「ああ、見えました」

もう夕暮れの薄闇も迫っているが、その程度は見えるようだ。

松坂は、背は低いほうだが、まあスタイルはいい。一方、上背もある千恵は、当然ながら、鍛え抜かれた引き締まった体つきだ。整いすぎていて、三十一歳の女というよりサイボーグのようですらある。

マカリスターは金髪で青い目。典型的な西洋美女ではないか。なにかに怒っているような、不機嫌そうな表情が艶消《つやけ》しだが。

「昨日なのですね、ここに鳥たちがこなくなったのは」

松坂が女房にそう声をかける。

「はい。今日は少し戻ってきていますが……」

「でも、いつもきていたメジロは見当たらない。そうですね？」

「はい」

スズメやメジロの様子がなんだというのだ？

「なんの話をしているんです？　今回の用件に関係あるんですか？」

「ありましてね」と、警官が応じる。「奥さんは昨日、非番だったそうですが、朝にエサをあげてから、この庭に集まる野鳥たちの様子が一日おかしいのが気になっていたんだそうです。松坂さんに、電話でそう話しています」

「集まってこなくなったというか……」窓から振り向いて、千恵が自分の言葉で説明する。

「姿が減っちゃって……。そんな時に、ピヨまでいなくなったでしょう、だから、鳥たち全体に異変でも起こっているのかって、すごく心配になったのよ」

「いやあ、すまない。ピヨをうっかり逃がしちゃって」

まったくうかつだった。今までそんなミスはなかったのに、こんな時に、よりによって──。

ご褒美《ほうび》のカルシウムをあげようとしている間に、カゴからスルリと抜け出し、折悪《おりあ》しく、窓まであいていた。

松坂が、「ピヨちゃんを散歩に連れ出したりするのですか?」と訊いてきた。

「まさか。鳥ですよ。窓から逃げてしまったのです」

「うっかりは仕方ないわよ。……庭の鳥の様子も変だから、ピヨのこともとっても心配していたって、電話で松坂さんに伝えたの。無事でこんなに嬉しいことはないって」

笑顔を取り戻した千恵の姿は、ダイニングキッチンに消える。

席に戻った松坂は、「このマカリスターさんが、昨日、空から落ちてきた小鳥を見つけたのです」と話しだした。「メジロです」

……家《うち》の庭から消えたのもメジロだと強調していたな。

鳥の死骸は保健所に持ち込んだという。

トレーを抱えた千恵が戻って来たので、話が一時中断した。

コーヒーカップを配りながらお愛想を言う千恵に、松坂は笑みを向け、

「ところで、ルイちゃんというのは?」と訊いた。「お子さんはいないのですよね」

ピヨが、「ルイチャンモ、カワイイ」とさえずる。

「それがルイです」

照れくささを隠すためなのだが、千恵はまじめくさった顔で、ソファーとクッションの隙間にいる大きな人形を指差した。手入れはされているが古びている。

「少女時代からの付き合いなので、捨てられません。あの棚のヌイグルミもルイですけどね」少し表情がほぐれた。「ヌイグルミ系統は、みんなルイなのです」

松坂も目元をかすかにほころばせたと思ったら、次の瞬間彼女は、目蓋を閉じて急に項垂《うなだ》れた。まるで、脱力するような説明を聞いてしまったと言わんばかりの失礼な態度だと思ったら、それもどうやら違い、彼女は眠り始めているようだった。

「なんです、この人？」呆《あき》れる。「ふざけてるのか？」

頭を起こしたり、松坂の様子を見ながらマカリスターが英語でなにか言うと、千恵が驚いた顔になった。

「病気なんですって。突然眠ってしまう」

……眠ってしまう病気？

これは想定外なのか、警官も驚き、若干慌《あわ》てている。

厳しい顔付きでマカリスターがさらになにか言い、千恵の顔色が変わった。

「野鳥たちが毒で死んだって、本当ですか、お巡りさん？」

「見つかった死骸は二羽だけですが、もっと多く死んでいるでしょう」

警官は姿勢を正した。

「毒は、砒素の一種です。即死するほどのものではありませんが、致死性はかなり高い。そしてこの毒と同じものが、昨夜、犬にも使われたのです」

俺を、また真正面から見据える。

「どうです、ご主人。両方の話がつながったでしょう?」

……鳥たちに毒? 慎重に考えよう。どういうことだ?

「お巡りさん。さっきからの思わせぶりな話からすると、死んで見つかった鳥たちが、このエサ台にきていた鳥たちだってことなのかい? そう言いたいわけ?」

「違いますか?」

「私に判るわけがない、そんなこと!」

千恵が唇を震わせ、

「ここのエサ台、って……そうなんですか?」と警官に訊く。

「時間的に符合します。メジロという共通点もある。奥さんは、昨日の朝、エサ台にエサを置いてあげたのですよね?」

「六時半頃に……」

「順次エサを食べにきた鳥たちが、毒を摂取、それぞれの場所へ飛び立ってから命を落とした。いわばこのエサ台の常連たちがみんな息絶えたので、昨日はこの庭に野鳥の姿がな

かった。今日になると、少しは、ここのエサを見つけた新しい鳥が訪れるようになってい
る。……筋が通ります」
筋は通るが……。
「ど、どうして、エサ台に毒が？　砒素なんて毒が……？」
千恵の言うとおりだ。なぜ、小鳥たちに毒が？　小鳥たちを殺す動機なんて、誰にもあ
るはずがない。
警官は膝の上の制帽に落としていた視線をあげた。
「殺された犬と同じく、毒を仕込んだエサを人が与えたと考えるのが妥当でして――」
「ちょ、ちょっと――ちょっと待ってよ！」
千恵が激して立ちあがった。怒気と反発心を発散している。過酷な訓練で叩きあげられ
た鉄板めいた心身のパワーが、荒々しく漲《みなぎ》っていた。
「動物たちの毒殺だなんて！　わたしたちがそんなことするはずないでしょう！　砒素だ
かなんだか、そんな毒には触ったこともない！」
激しい抗議を受けても、警官も大したもので、ほぼ平静を保っている。
「仮定として話を進めましょう。奥さんが、動物を殺して快感を得る魔力に取り憑《つ》かれた
とします。しかしこの場合、犬と小鳥の殺しの順序が逆という気がしますね。犬は目の前
で死にますが、小鳥は飛び立っていくので、死んだかどうかも判りません。犬に毒を与え、

毒の力も充分認識した後で、鳥にも与えたというのなら判ります。どこかで確実に死ぬ鳥たちの姿を想像して快感を得るという、狂った思考でしょうね」

「わたしには想像もできない感覚です」

「しかし逆に、早い段階で鳥に毒を与えるというのは奇妙です。飛び立つ相手では、毒が効いたのかどうかもつかめませんから、効能の試験にすらなりません。実験にならず、快感も得られず、大事な毒を損するだけです。……どうも、犬が後で殺されるのは、順序が逆のような気がするのですよね」

「そうとも限らないだろう」

自分の舌が動いていた。

「犯人は、毒を使えばドラマのように一瞬で死が訪れると錯覚していたのかもしれない。小鳥も、目の前でバタリと死ぬと期待していた。ところが、みんな飛び去ってしまう。その失望を埋めるため、確実に死を目撃できる犬を次に狙ったのさ。いや、こういうことかもしれない。鳥たちが空からバタバタと落ちて、街がパニックになるのを狙ったのに、誰も気付かなかった。それで、標的を犬へと変更」

なるほど、と、警官は澄まして言う。

「いずれにしろ、この庭を自由に利用できる者が犯人ですね」

——腹の底に岩が落ちたようだった。失策だ。

ここに集まっていた鳥に毒が使われたという確証がない、と論じるべきか。

……それにしても、野鳥に毒を与えるなんて、俺は与《あずか》り知らないことだ。では、千恵がやったと？　……だが、それもおかしい。どこかで、なにかが……。

「推論用の確実な根拠を得るために」

持ちあげた制帽の鍔《つば》でこめかみを掻く警官は、窓越しに庭を見ていた。

「エサ台を調べさせてもらうのもいいかもしれませんね。エサ台は洗っていないでしょう、奥さん？」

「ええ……」

「砒素系の毒が検出されるかもしれない」

混乱して青ざめ、千恵が黙り込んでいると、マカリスターが言葉を発した。

ぼんやりとしたまま、千恵が二、三、英語でやり取りをする。

それから俺のほうを向き、

「どこまで話が進んだ？　って訊くから、教えたの。同じ犯人なら、犬のほうを先に殺すのではないか、とか。エサ台にあるかもしれない砒素の痕跡とか……」

マカリスターが言葉を続け、聞いているうちに、千恵が愕然となった。

「どうした？」

よほどのショックだったのか、女房の口は動かない。

警官も焦《じ》れたように、

「マカリスターさんは、『いつもと違う物を、鳥たちにあげなかった？』と訊いたのではないですか、奥さん？」

この警官も、少しは英語が判るのか。

「あげたのですか？」

氷の軋《きし》みのように、唇が動く。

「あげ……ました」

宙を凝視する両目は、暗い洞穴《ほらあな》も同然だ。

「なにを？」

ほんのわずかに、暗い瞳が俺のほうに泳いだようにも見えた。

……なにを言う気だ？

「哲晴《てつはる》さん。……昨日の朝食の時、パンを作ってくれたよね。ベーグルを」

心臓が跳ねた。そして、危機を知らせる鐘を鳴らす。胃がよじれた。

――まさか？

「作るのが日課ではないのですね？」

警官が細かく知ろうとする。

「珍しいです。……あの朝は、唐突に……。小さなベーグルを二つ。一つを彼が食べて、もう一つを……」

千恵は、土気色の顔。汗ばんでいる。半ば虚《うつ》ろな、潤みもある目。悪い熱病にでも罹《かか》っているかのようだ。

「あなたが食べた？」

「一口だけは……」蚊の鳴くような声だ。

「なぜ、一口だけ？」

うつむいて、答えない千恵。

だから警官が、予測を立て、目の前にぶらさげる。

「単純に、美味《おい》しくなかったから？」

ふらついたかのように、千恵は首から上を揺らし、

「あれは口に合わなかったの、哲晴さん……。そしてあなたは、出勤のための仕度で近くにいなかった」

そう。俺は席を立った。見たくはなかったから。

「ふと庭を見ると、エサ台のエサがもうほとんどなくなっていた。だから、わたし、細かくちぎって、あのベーグルを、エサ台に撒《ま》いたの」

そうだったのか。

だから――

だから千恵は、死ななかったのだ。

あの凶器が形を変え、そんな死の演出をしていたとは……。俺にはまったく見えなかった、小鳥たちの死。

「では、殺しが計画されていたと……？」

警官の顔が強張《こわば》っていた。今日一番、うろたえているのではないだろうか。

殺人事件が浮かびあがってくるとは知らなかったようだ。そこまでは、女たちから聞いていなかったのか。細部まで、完全なコミュニケーションが取られていたわけではないようだ。

千恵の姿は視野の隅にあり、影絵のようだった。

警官が、千恵に声をかける。

「一口は食べた……。体調は？」

「そういえば、貧血の感じで、胸がむかむかしていましたけど、ただの体調不良だろうと……」

「ごく少量だから、命を取り留めたのですよ」

続いてマカリスターが口をひらき、それを聞いた千恵の様子が、また深く沈んだ。

「哲晴さん、あなた……、毒を食べさせたはずのわたしが死なないから、毒が変質して無力になっているのかと疑い、犬に使って致死性を確認したのね」

警官は緊迫感に満ちた顔のまま、真実に直面したという目をしている。

しかし……

エサ台も調べていない今、証拠などどこにもない。

「あなた、本当にそんなことを？」千恵の声は、地の底から響くかのようだ。「わたしを殺そうとしたの？」

「憶測を重ねてそれらしくしただけの話を、信じるな。お巡りさん、マカリスターさん、傍証など、どこかにあるかい？　え？　千恵、俺が毒殺しようとしたなんて、信じられるのか？　そこのマカリスターさんに訊いてみろ、なにか、もっと確かなものがあるかって」

千恵がのろのろと話しかけると、マカリスターはしばし口を閉じていたが、それからやおら、ピヨに声をかけ始めた。

その様子を見るうちに、千恵が多少呆《あき》れた様子になった。

「おいおい、ピヨが見ていた、なんて言ってるんじゃないだろうな」攻守の潮目が変わったかもしれない。「インコの証言から組み立てた推理か？」

マカリスターと千恵の会話の様子を見ていて、警官もちょっと不安げになっている。

俺は畳みかけた。

「妻を殺そうとしている俺が、犬を殺して効力を確かめたって？　じゃあなぜ、その晩のうちに実行しない？　翌朝も、そして今までも、なにもしていないじゃないか。そうだろう、千恵？」

警官が考え込むと、マカリスターが、

「ケイコ」と声を漏らした。

松坂の目が、ゆっくりとひらくところだった。眠りの世界から戻ったか。

マカリスターから口早に事態を伝えられたらしく、一つ頷くと、松坂は言った。

「ご主人が犬を殺害した後、奥さんになにもしなかったのは、ピヨが戻っていなかったからです」

――くそっ。

松坂は白い肌をしていると思ったが、緊張で血色がよくないためでもあるらしい。張りつめている。

「どういう意味ですそれは？」警官が松坂に向かって首を突き出した。「あのインコが、なにか？」

「あのコが覚えさせられた言葉が明かすものがあります。〈ピヨちゃんも、一緒にいく？〉とピヨちゃんが話すのを、奥さんは初めて聞いたそうですが、あなたはいかがですか、ご主人？」

ここは、どう答えればいい？　なにが最善だ？

返答が出てこなかった……。

警官と千恵の表情が再び厳しくなり、疑いを感じているのが判る。

「奥さんが嘘を言っているとは思えません。ピヨちゃんがしゃべる言葉の中で、これだけが、テンポがゆっくりなのです。覚えたてであるかのように。天才のピヨちゃんも、言葉を自分のものにしてから、スムーズに言えるようになるのではないでしょうか。そうでなければ、いかにも大事そうに、じっくりと教え込まれたということかもしれません。教えた人が、ゆっくり、はっきり口にし、力を注いだのです」

「ピヨが覚えた新しい言葉は……」千恵は、声に込める力もないかのようだ。「時間と共に早口になります」

松坂は、了解したという身振りを柔らかく見せ、

「〈ピヨちゃんも、一緒にいく？〉は、日常の言葉を拾ったものではありません。しかし、他は違います。鳥に言葉を教える時の定番である、〈ピヨちゃんです〉という自己紹介型のセリフ以外はすべて、ピヨちゃんの言葉は人の生活の中にあるものです。〈ルイとお留守番〉も、〈ルイちゃんも、可愛い〉もそうです。〈お留守番してね〉という言葉を、いわば勝手に、ピヨちゃんが覚えたと見なせます。〈おはよう〉という挨拶《あいさつ》もそうです」

もちろん、と、松坂は注釈を付ける。

「どの言葉でも、教え込むことはできます。〈ご飯ですよ〉と教え、〈いってらっしゃい〉と仕込む。ですけど、日常会話でも有り得るのです。例外が、〈ピヨちゃんも、一緒にいく?〉だということですね。この疑問形は、何気ない日常ではありません。犬ではないのですからね、鳥に、〈一緒にいく?〉と尋ねる人はいません——インコがその言葉を覚えてしまうほど頻繁に。この江杉家でも、ピヨちゃんを外に連れ出したりはしないのですよね。面と向かって教え込むしかない言葉です」

「だが、奥さんが教え込んだものではない」

「残るのはもちろん、ご主人だけになります。ご主人、どんな意味で、この言葉を教え込んだのです? しかも、教え込んでいる姿を、奥さんに見せないようにして」

背筋が冷え、腋の下が熱っぽくなった。

口をひらかずにいると、警官が松坂に言う。

「どんな意図があったと?」

「……〈いく〉という言葉が、急逝するの〈逝〉、〈天国へ逝く〉の〈逝く〉だとしたらどうでしょう?」

「〈ピヨちゃんも、一緒に逝く?〉だって?」驚きつつ、警官の顔は翳《かげ》った。

「そうなると、〈ピヨちゃんの、翼ほしい〉も、別の意味になります。天国へ逝くために、ピヨちゃんのような翼がほしい、となりますね」

千恵がブルッと身を震わせ、

「でもわたしは、そんな意味で言っていたのではありません。空を飛ぶ者の憧れで……」

「そうでしょうけれど、〈ピヨちゃんも、一緒に逝く？〉を加えることによって、別の意味に変えられたということです。こんな言葉を話す小鳥が、自殺した女性の部屋で見つかったらどうでしょう？」

この仮定が聞き手の頭の中に成立する時間を与えようとするかのように、松坂はマカリスターに、今までの話の概要を英訳して急いで伝えていた。

「……自殺した女性、って、わたしのこと？」

「奥さん。あなたがノイローゼ気味だと、旦那さんは周囲に信じさせています」

「わたしがノイローゼ⁉」

驚きに砕けたような目が、俺に注がれる。

「精神的に不安定だと思われている女性が、砒素系の毒物を呑《の》んだ死体で見つかる。後は、ピヨちゃんが口をひらくタイミングですね。警察か、葬儀のために集まっている親族の前で、女性の飼っていた小鳥が言う。〈ピヨちゃんも、一緒に逝く？〉と。思い詰めている女性が、愛するペットに、〈あなたも逝く？〉と囁き続けている姿を思い起こさせるのです」

「そこで旦那が涙の一滴《ひとしずく》でも落とせば、同情と納得の空気が広がる……。巧妙だ」

「自筆のしっかりとした遺書など偽造できないために、自殺の幾つかの兆候を偽造したのですね。ピヨちゃんへの細工は、音声担当といったところでしょうか。録音は、現代では日常行為です。携帯電話でもできます。でもそれだけに、機械的な、デジタルな音は疑われやすい。その点、遺《のこ》されたペットの声は、効果的かもしれませんね」

警官は視線で俺を縛り、

「するとこの男は、あのインコが〈ピヨちゃんも、一緒に逝く？〉という言葉を覚えたタイミングで、妻の毒殺を決行した……」

「でも失敗し、ピヨちゃんまで逃げてしまったのです」

……まったく、よりによってこんな時に。

でもそのインコが戻ってきて、再トライできると思っていたのに……。

軍隊の教育士官のように振る舞う女は、もう御免だ。金も支配された。今度あいつの金を使い込んだら訴えると最後通牒《さいごつうちょう》を突きつけられながら、また手をつけて巨額の負債を抱えた俺も、どうかしているが……。

「では、この男の身近に、まだ毒が残されているでしょう。捜索令状は取れる」

そんな警官の声を聞きながら、俺は思い返していた。

インコが逃げた昨日、その夜、俺は悪夢を見た。大小様々な鳥に、内臓を引っかき回される夢だ。それはくっきりと意識に刻まれ、昼間も脳みその襞《ひだ》に染み入ってきた。犬の死を観察した体験が悪夢を呼んだのだろうと思ったが、死んでいった何羽もの野鳥の怨念もあったのかもしれない。

……それにしても、ピヨや死んだ野鳥が、この女たちのもとに集まってしまうとは不運だった。

どこかで読んだり聞いたりした覚えはないはずなのに、こんな言葉が頭をかすめた。

灯台に集まる鳥のように――。

ピヨの奴が、

「ケイコサン、フミサン、ルシイ」

と、さえずった。

# 見えない射手《しゃしゅ》の、立つところ

1

それを殺意とは認めたくなかった。

自分の中に、そのような暗い洞穴《どうけつ》があるとは……。

自分は自分の王であり、支配者だ。制御できない心の渦があるなど、恥としなければ……。

すべては悲しみ、辛《つら》さのせいだ。痛みが傷口を意識させるように、過《よ》ぎる辛さが心の奥を一瞬垣間見《かいまみ》せる。亀裂のような暗黒。

そんな、決して明るくはない思考を追っていたせいか、今朝方見た夢も思い出した。悪夢といえるか。

前にも、似たような夢を見たような気がする。

家に飾られている〝生《せい》なき守護騎士〟が登場してきたが、あの西洋甲冑《かっちゅう》にまつわる言い伝えの影響をもろに受けているらしい内容には、我《われ》ながら情けなくなる。子供でもあるまいし。これもまた、恥ずべきことだ。

あの夢の中で、自分は正義なのか、悪なのか?

あの甲冑は、勇者か、魔物か?

それさえも曖昧だ。

その鎧《よろい》は、飴《あめ》色の靄《もや》が漂う神殿に立っている。いや、もっと暗い……、岩が……。地下牢か? 彼は、足を踏ん張り、両腕を振りあげ、威嚇する姿勢を示す。巨大なのかもしれない。人間どもを捕まえようとしているのか、踏みにじろうとしているのか……。なにかを守ろうとしているようでもある。

そいつは動き始める。追って来る。追われ始める。

金属の響き。鉄靴がめり込む地面。情《じょう》なき脅威。

武器も通用しない。

彼に挑む者はいる。矢を射かけ、銃弾を浴びせる。

だがそれらはすべて、石と化す。彼の金属の皮膚に触れた途端、矢も弾も、石となって砕け落ちる。

人の武力は、なにも通用しない。馴染んだ弾も、頼みの弾も通じない。

逃げまどう。恐怖の汗。息があがる。火となって喉を焼く息。——だが、向こうは息すらしない。疲れもなく追って来る。

背後すぐに、剣の気配。万力《まんりき》の握力を持つ指が首筋に迫る。

――そこで場面は変わり、〝生なき守護騎士〟と向き合っている。その背後に、女の気配。ヒロインとしての聖なるシグナルを発する女だ。

恐怖と緊迫感で汗を滴《したた》らせながら、鎧の怪物の脇をかいくぐる。必死さで息を固まらせ、女に腕をのばす。つかんで引く。

共に走る。

……救ったのか？　すると自分は、夢の中で、アンドロメダを救うペルセウスにでもなっているつもりなのか？

しかし伝説は違う。〝生なき守護騎士〟の伝説はそうではない。

悪人が女に手を出したのだ。女をさらって逃げようとした悪党がいた。危機のその時、〝生なき守護騎士〟は輝かしい力を発揮した。伝説となる、不可解な力を。

逃げる。逃げる。女を守って逃げる。

しかし、力は尽きようとする。女も走れない。

氷より冷たい金属の騎士が腕をのばしてくる。女を引き剝がされ、次にはこちらの首を――。

残されたのは最後の手段。唯一の、通用する武器。神聖な力を込めて作られた銃弾。それは一発だけだ。金色をして、青白い光を発している。

魔力を封じるその弾丸を込め、銃を向ける。撃つしかないが、同時に知ってもいる。撃ってはならないと。

それしか倒す力がないのに、使ってはならないという矛盾を持つ銃弾なのだ。

使えば、それは――。

しかしもう、ためらっている余裕はない。時間がない。

眼前の死に戦《おのの》いて引き金を引く。捨て身の反撃。

青白い光の矢を引いて、黄金《こがね》の弾丸が飛ぶ。

その一弾は、魔物の騎士の寸前で光となって消え、再び形を成したのは兜《かぶと》の前だ。額《ひたい》の近く。そこに光が凝集し、弾丸となる。それが撃ち返されてきた。

伝説のとおり、弾は発射した者へと戻ってきた。

撃ち返す甲冑。銃も持たず、射手《しゃしゅ》を倒す。

自分の撃った弾で胸を貫かれた。

見開く目――。愕然と、見開かざるを得ない。その視野が赤く染まる。

驚愕と苦痛は、悪夢から帰還する号砲にふさわしい。

あの悪夢の記憶が、見なくてもいい心の奥底の亀裂を刺激するのか……。

それともその二つは、どこかでつながっているのだろうか？　悪夢に漂う曖昧な薄暗さと、理性の最下層に流れる闇の部分は……。

いや、闇などという大げさなものではない。違うとも。そう意識する。

たとえてみれば、普通の星空の一部だ。カーテンの隙間から見える、ありふれた夜の光景。細い一断面。そんな、日常的な暗さに違いない……。

ミリ単位でも自分の理性や平穏を揺るがせるものではないのだ。

普段どおりに息をする。

途切れなく、平穏な心と日常が続いているかのように……。

庭を眺めて気持ちを落ち着かせよう。

目の前にさがる現実のレースカーテンにも隙間があり、前庭が見えている。

陽《ひ》の光……。

一日が始まったことを告げる陽光だ。

乾いた砂と、短い芝草。塀に沿って並ぶ楡《にれ》の木々は、古木と呼んでいい樹齢だろう。

――おや。

四人の人影。

あいたままの門扉を抜けて、やって来る。

そういえば、来客の予定があった。槙《まき》がインターフォンで相手をしたのだろう。

子供が一人。大人は全員、女性だ。

くつろいだ、明るい様子だが、凸凹《でこぼこ》というか、ちぐはぐというか、奇妙な印象の一行だ。一人ずつ、印象が違いすぎるといおうか……。それでいて、まとまりが全然ないのではなく、親密な雰囲気に包まれている。

一番老齢の女性が、最も体が大きい。あの年齢では考えられないくらいの大きさだ。黒ずくめの服装なので、重量もある鋼鉄の如き威風が感じられる。

一人は外国人のようだ。二十歳《はたち》ぐらいだろうか。だがもっと若い少女の気配もあり、小柄だ。金髪を軽《かろ》やかに揺らして視線を四方に向け、好奇心の強さを感じさせる。

最後の成人女性は、まあ、一番普通だろう。五、六歳と思える少年が寄り添って手を握ったりしているところを見ると、母親なのだろうか？　姉か？　そのへんが見極めづらいが、二十代の前半に見える……。まあ、会ってみれば判《わか》ることだ。

——あっ。

緊張を覚える。

ドーベルマンのスピアが、彼女たちに足早に接近しているではないか。

つないでおかなかったのか。

スピアは番犬として訓練されており、しかも、気が荒い。

鋭い息を細かく発し、雄のドーベルマンが行く。引き締まった黒褐色の体に陽光が流れるように映り、まさに黒い槍《スピア》だ。

彼が特に警戒するのは男だが、一行にはいないから——、いや、あの老女の迫力はどうだろう？　気概もありそうで、スピア相手に反抗心など見せたりしたら——。

万が一の時は制止命令を発せられるように、窓の錠に指をかける。

四人の前に距離をおいてスピアが止まると、金髪の女性が身を屈《かが》めて声をかけた。危険だ。愛玩犬ではないこと、判っているのか。

金髪の女性が話しかけている。笑顔だ。

真っ直ぐ後ろにのびていたスピアの尻尾《しっぽ》が、少し垂れた。首筋からも力みが抜け、相手を受け入れるように頭部が低くなる。

尻尾が振られ始め、遂に、近付いた女性の手がスピアの首筋を撫《な》でていく。

信じられなかった。目を疑う。

初対面の人間にスピアがこのような反応をしたことなどなかった。

舌を出し、甘えている。

少年が近寄り、他の二人も前へ出て、ドーベルマンを囲む。

ひとしきり交歓を済ませると、彼女らは玄関へと歩き始めた。スピアを従えて。

なにが起こったのか、今度は白昼に夢でも見ているようだ。

日常の中で、奇妙な光景を作り出した四人組。

玄関前で歩を止める寸前、黒衣の老女と日本人の女のほうが、何事か目配せをした。取り決めを確認し合うかのように、心持ち視線をさげて。

……ともあれ、あの四人を迎える準備をしようか。

2

弓弦《ゆづる》家の玄関では、ハウスキーパーの槇たづ子が、慶子たち四人を迎えていた。

歓迎の一声の後は、「あらぁ、ごめんなさい！」と、甲高《かんだか》い声で謝罪する。

誰かがスピアを放していたらしい、と恐縮の顔色で事情を説明するのだ。

そして、六十歳を超えているこの初老の使用人は、同時に目も丸くしている。客人の横で愛想良く座っているドーベルマンを見て。

「あらぁ、こんな！」

筧フミが笑みを返す。

「害もありませんし、かまいませんよ」

三人の背後に立ち、彼女らの影を集めたかのようにしてそびえる黒色《こくしょく》の女丈夫《じょじょうふ》の、しかし思わぬ上品な微笑には、槇はかえってひるむものを感じた。

「は、はあ。ただ、珍しいのですよ、この犬が初めての人たちにここまで懐《なつ》くなんて」

肉付きのいい、短軀《たんく》の使用人は、両方の手首の外側を腰に当てる。そうやって、抗議するかのようにスピアに顔を突き出した。

「あんた、わたしにだって、まだ怖い顔をすることがあるくせに」

それから槙は、客人たちに顔を向ける。

「未だに、家の方に押さえてもらう時があるんです。もう、長く働かせてもらっていますのにねえ。ええ、もう長いのですよ、ほんとに」

背後の廊下から男女が姿を見せ、男のほうが声をかけてきた。

「客人をいつまでそこに立たせておく気だい？」

慶子にとっては聞き覚えのある声だ。夫の一臣と東京でビジネスの集まりに出席した折、彼と出会っていた。同じ北海道在住で、しかもシャーロッキアンだというので通じるものがあり、話が弾んだ。それで今回、彼の兄のこの家への招待となったのだ。

群《ぐん》馬《ま》清司《きよつか》。三十二歳。

幾分やせ型で、顔も細く、顔色が大抵良くないのだが、落ちくぼんだ目には歓迎の色があった。ちぢれている長い髪を無理に七三に分けており、その髪に隠れている耳から、音楽プレーヤーにつながっているらしいイヤフォンをはずしている。

「まあまあ、本当にそうですわねえ」失礼しました、と槙は笑顔で低頭しながらスリッパを指先で示す。「どうぞ、おあがりください」

「お邪魔いたします」

と、慶子やフミが頭をさげ、靴からスリッパへと履き替えられる。

「こちらは、兄の奥さんの芳《かおる》さんです」

「ようこそ」

穏やかな笑みで会釈をする女性は、シャーリングの入った水色のシャツを着ていて、スリムな体形。肌のきれいな瓜実顔《うりざねがお》だが、輪郭が大きく強い目には化粧映えしそうな幾ばくかの華やかさがある。だが今は、そうしたメイクも控えめだ。

慶子の今日の服装は、グレーのジャケットの下にサテンのシャツ。大人しめのフォルムの膝丈スカート。ルシイ・マカリスターは、刺繍《ししゅう》模様の多い白のブラウスで、瞳の色と同じリボンも胸元にさり気なくあしらわれている。

手すりに指先を当てながら廊下を進む大輔は、浮世絵がプリントされたTシャツに重ねて可愛らしいヨットパーカー。Tシャツは自分で選んだものだ。

歩調を緩めた清司が、「あれ?」という視線をスピアに向ける。

「スピアが、なんでこんなにフレンドリーに?」

「不思議でしょう?」槇が軽やかに受け答えをする。「わたしもそれで戸惑って、おしゃべりしてしまったんですよ」

大輔が言う。

「ルシイのおねえちゃんが、仲間だよって、お話しできるから」自慢するでもなく、普通の出来事を伝えている口調だ。「猫でも鳥でも、お友達になれるの」

「へえ」と、清司は面白がる様子。

ルシイは、身につき始めている日本語で、

「翻訳家です」と表現して微笑《ほほえ》む。「子供の頃から動物の声が聞こえたのです。この歳になっても、まだ聞こえます」

反応に困るらしい槇は愛想笑いを顔の肉に定着させ、寛フミのほうは同情するかのように首を小刻みに振っている。

「スピアくんは、お日様に温められた首の上を撫でられるのが好きなんだそうです」そう言う大輔は、ドーベルマンの首筋を撫でてみせる。

「本当に喜んでるわ」

「そう？」

清司には、犬の様子に義姉ほど見て取れるものがないようだが、芳は、

「優しくしてくれてありがとう」と、少年に話し続ける。それから上体を屈め、「大輔さんは何歳なの？」四歳？　五歳？　と探るように、パーにひらいた指をひらひらさせる。

「五歳です」

「そう……」

目を細めながらも、かすかに寂しげな翳《かげ》も芳の表情にはあるようだったが、この時、玄

関扉が勢いよくあいた。

「あっ、スピア、こんな所に」

体を半分乗り出して、男は軽く息を切らしている。彼はすぐに、

「これは失礼しました、お客様方」

と、すっかり姿を現わして一礼した。

「夫の雄太郎《ゆうたろう》です」

芳に紹介された弓弦雄太郎は、四十手前の年齢。ギンガムチェックのコットンシャツで、しっかりとした体形を包んでいる。肉厚の顎が四角く見えるが、刈り込んだ頭髪のせいもあって、頭の形も四角く感じられた。群馬清司の実兄に当たる。

「大丈夫でしたか、皆さん？」

彼は心配しながら、靴を脱いであがって来る。

「散歩から戻ったところだったのですが、スピアがまだ外にいたがっているようだったので、自由にさせていたのですよ。お客さんが来られる時刻になっていることに気がつきまして、探していました。呼んでもカムバックしないし」

まいりましたという顔色の説明の後、慶子たちの紹介が行なわれ、それが済むと雄太郎は、ドーベルマンに声をかけた。

「犬舎に行こうか、な？」

「いえ」と応じたのはルシイだ。手振り身振りも加え、「彼はまだ、この家にいたがっています。しばらく、一緒に。いかが？」

「はあ……」

「久しぶりに、いいじゃないですか、あなた」芳が夫に言う。「家を歩かせてあげましょうよ」

「うん。まあいいか。こいつもリラックスしているみたいだし」

広い廊下を進んだ一行が角を右に曲がると、すぐに部屋の入り口があり、扉があいていた。室内に、老齢な男の姿がある。

「ようこそ、皆さん。声がしてから意外と時間がかかりましたが……」

高級そうな椅子のそばに立つ痩身《そうしん》の彼は、眼光を抑えるかのように半分目蓋《まぶた》を閉じてから、スピアを見おろした。

「その犬がなにかをしましたかな？」

何人かが同時に、弁明でもするように声を返した。「いいえ、なにも」「いいコでしたよ」「ちょっと話題にして時間を取られましたが」……。

誰もが——初対面の客も含めて、老人の顔付きが厳しくなるのを反射的に回避したがったかのようだった。老人は不機嫌な顔をしているわけではなかったが、気分を損なわせたくないと思わせる、威厳を伴う雰囲気の持ち主だ。

雄太郎が、義父だと紹介した。

芳の実父、建史《たてふみ》。半ば白い頭髪を丁寧にまとめ、メガネを掛けている。手足の細さや頬が削《そ》げている様子は、老いよりも病を感じさせるが、目配りや瞳の力には衰えは見当たらない。

改めての挨拶《あいさつ》と客たちの紹介の後、「お掛けください」と席を勧め、建史自身もそばの椅子に腰をおろした。

それほど広くはない洋間だが、装飾性と生活感が程よく調和して、落ち着きある空間となっている。中央にあるどっしりとしたテーブル席に、槙たづ子以外の者が腰掛けた。

彼女は、お茶を淹《い》れるために動き始める。

スピアは、老主人の椅子のそばに姿勢よく控えていた。

立派なお宅ですね、と筧フミが話を向けると、廃園した幼稚園を安く入手して手を加えただけです、と弓弦雄太郎は謙遜口調だ。

フミから恭《うやうや》しく手土産《みやげ》を渡された彼は、しきりに礼を述べてから、慶子に問いかけた。

「ところで、皆さんがシャーロッキアンなのですか？」目には、同好の士を歓迎する熱っぽさがあった。

「わたしはシャーロッキアンと呼べるほどの年季はありませんけど、一応、そうした集まりの会員です。この子はまだ違いますし――」

雄太郎や芳たちの視線が、先回りをして黒服の老女に飛んだが、当人は、無表情の中にも「冗談ではございません」といった毅然とした防壁を早くも打ち立てていた。疑われるだけでも心外ですから発言に気をつけて、と全身で警戒を呼びかけている。

生物の自衛本能でそれを嗅ぎ取った雄太郎は、

「では、慶子さんとマカリスターさんがシャーロッキアンなのですね」と、早めに頷《うなず》いた。

「もう一人は、遅れて到着することになっています」と、慶子は頭をさげる。

「明日が、その方の誕生日なんだ」そう説明したのは、事情をある程度知っている群馬清司だ。「そして、明日は同時に、こちらの方たちが属しているシャーロッキアン団体の創立記念日でもあるんだよ」

「八月七日……。すると――」雄太郎の目が輝いた。「お二人は、〝英国・シャーロック・ホームズ・ソサエティー〟の？」

「さすがに、よくご存じですね」

慶子は感心して微笑んだが、老主人・建史は、嘆かわしげに、

「毒にも薬にもならぬことに血道《ちみち》をあげて。なんだって、義理の息子らが二人も揃って……」

困ったものだ、という言葉はかろうじて呑《の》み込んだようだが、筧フミは、殿に気を合わ

せる皇太后のように、両手を膝の上で慎ましやかに組んだまま、大様《おおよう》に頷いていた。

「前から気になっていたのですよ」雄太郎は義父の批判は聞き流し、慶子とルシイに目をやった。「W・S・ベアリング＝グールドの説によれば、八月七日って、ジョン・H・ワトスンの誕生日ですよね。〝英国・シャーロック・ホームズ・ソサエティー〟のスタートがその日と同じというのは、偶然ではないですよね？」

慶子が応じる。

「はい、意図的ですね。ちょうど八月の頭に創立できそうだったので、でしたら、メモリアルな日に一致させよう、と」

「やはりね。それにしても、明日が誕生日だというその方、すごいなぁ。ワトスンと同じ誕生日とは」

自分のことのように、清司は満足そうで、

「いろいろめでたいことが重なっている、一大イベントの日だ。それを盛大に祝おうと、皆さん集まったらしいよ」

それは楽しみですね、との言葉に、大輔も大きく笑みを浮かべる。

お盆に緑茶を載せた槙がやって来て、建史に「召しあがりますね？」と声をかける。

「ああ」

と応え、立ちあがった建史は、窓際にある小さなテーブルのほうへ慎重な足取りで向かった。足腰が頑健でないのは明らかだった。

その建史に、

「そういえば、川瀬《かわせ》くんは？」と、雄太郎が声をかけた。

「トイレにでも立ったようだった。ちょっと遅いようだが……」

席に着いてお茶を出されると、建史は慶子に目を向けた。

「清司くんから聞きましたよ。松坂さんの旦那さんは、お若いのにあの大財閥の重役なのですな。勤務しているというより、一族だ」

「財閥なんて、そんな……」慶子は肩を小さくする。「手広くやっているだけだと思います」

「世界的にね」笑顔のルシイが、困らせるように一言添える。

「やめてよ、ルシイ」

そんな金髪の娘を相手に、清司が息を弾ませる。

「マカリスターさんは、〝英国・シャーロック・ホームズ・ソサエティー〟の本拠地、イギリスにお住まいなんですよね。本場ならではのお話を、ぜひ伺いたいと思っていますので」

「わたしは、清司さんのコレクション、楽しみにしています」

ここで、慶子たちが通ったのとは別のドアがあき、男が姿を現わした。

室内の人間が大勢に増えていることに驚いた様子の男は、肘《ひじ》にパッチが当たっているジャケットを着ており、年齢は三十すぎ。体つきはしっかりしているが、顔立ちは優男《やさおとこ》とも見える。ただ、眉は太く、表情が豊かそうで、唇は皮肉な笑みを浮かべそうだ。

「ああ……」さっそく、自嘲の笑みに口元が変形した。「お邪魔虫が一匹、こうして紛れ込んでしまい、すみません」

「川瀬くんです」雄太郎が紹介した。「家業の大事なお客さんでして」

この時弓弦家にいる者が、こうして全員集まった。

時刻は、あと十分で九時になろうとしている。

3

北海道、日高《ひだか》地方。南端は襟裳《えりも》岬。海岸線に沿って北西方向、道央《どうおう》に向かえば、苫小牧《とまこまい》市や千歳《ちとせ》市へと近付く。

馬産地としても有名で、G1をわかせた名馬の誕生や、余生を過ごした地として知られている。温泉や紅葉の名所も多く、海産物の豊富さでも日本有数の地だ。

慶子たちは、前日から襟裳で観光も楽しみながら、当地のシャーロッキアンたちと交流を深め、今朝早くに発《た》って来たところである。

弓弦家の所在地は、日高地方の中でも道央に近い。樹林を背負う弓弦家の二階から双眼鏡で眺めれば、一番近い隣家は南東に見えるだろう。牧場を経営している家だ。西を向けば、太平洋が望める。

午後には一臣たちが、羽田から新千歳空港に到着するので、千歳市で合流する予定だった。

青い瞳のシャーロッキアンは、田舎《いなか》ではことのほか歓待されたが、ここ弓弦の家でも話題の中心にはなりやすかった。

「シャーロッキアンだっけ？」席に着いた川瀬晴樹《はるき》は、遠慮のない目で、ルシイと他のホームズ愛好家を見比べている。「外国人がそれっていうのは、まだイメージに合うけど、日本人はどうなの？」

「国籍は関係ありません」巨大聖堂の礎石《そせき》を置くかのような、フミの一言。さらに、湯飲みの置かれた場所をわずかに修正した後、「洋の東西を問わず、理解に窮することです。困った人たちです。知られたら、大人として表を歩けるでしょうか」

「ははっ。きついですね」

意味は理解しているルシイが、英語で、

「大人にしか理解できない趣味でしょう」と、慣れた平静さでやり返す。「年齢が高ければ大人とは限りません。本当の大人の余裕がなければ楽しめないことです」

おおよその意味は察した様子で、川瀬は、

「洋の東西ってことで、逆にイメージしてみると、マカリスターさんが銭形平次《ぜにがたへいじ》の愛好家です、というようなものですよね。……まあそれはそれで、日本が評価されたようで、うれしいか」

「だろ？」雄太郎が目尻をさげる。「ホームズは英国のみならず、世界共通の偶像《アイドル》で、研究対象だ」

清司と川瀬は旧友だという関係もあり、彼らの話しっぷりは気が置けない。

「うーん。その割に、どの国でもその手の人に会ったことはなかったけどな」

「わたし、銭形警部なら、知ってます」

日本語でアニメに触れてルシイが笑いを起こす中、川瀬は言う。

「そのキャラクターの知名度は、けっこうあったりしたな」

「……すみませんが」と、フミが探るように、「川瀬さんは、どこかでお見かけしたことがあるように思うのですけど。テレビでとか……？」

「ああ、かもしれませんね。ははっ」照れたように笑う川瀬は、絵に描いたような、頭を掻《か》く仕草をした。後頭部を三度。「一、二回、テレビで取りあげられましたから」

「申し遅れました」雄太郎が、そう告げる。「川瀬くんは、エアピストルの競技で世界大会にも出場する選手なんですよ」

「二年前、世界大会に出場した時、地元テレビが追っかけてくれました」と、川瀬は自己申告する。

「もう一つ、特番もあったろう」少し背を丸める姿勢で座っている清司の声は、低くこもり気味だ。

「あれは、まあ、格好いいものじゃないけどな」

「思い出しました」記憶の窓がひらいた慶子が言う。「ずいぶん前でしたけど、精神修養のために、集中できるピストル競技が役に立ったという番組に……」

「ええ」

川瀬は気恥ずかしそうだ。

「私はどうも、気持ちにムラのあるタイプでしてね。精神に波風が立ちやすい。かつては、もっとね。それが、標的と向き合う集中力を養うことによって、精神のコントロールを身につけていった。それでも当初はなかなかうまくいかず、欠点が顔を出して、競技もそれでずいぶん失敗した。競技前にちょっと苛立《いらだ》つことがあると、それが尾を引いたりね……。精神面が弱い、とコーチや競技役員によく言われた。同じ失敗を繰り返す、とマスコミにも叩かれた」

自嘲する川瀬の眉間には、苦い感情が滲《にじ》み出したかのように深い皺が生まれた。

「徐々に克服したというところかな。今はコーチもつけていません。……でもまあ、この競技に出合って良かったですよ」

「それで先ほど、家業、と」フミがその言葉を拾い出した。「このお宅のお仕事は、銃の製造や修理だそうですね」

「製造ではなく、修理や改良ですな」

建史が正確に言い直し、芳が、

「ガンスミスです」と口にすると、大輔がこの一言に反応した。

今までは、スピアとアイコンタクトを取っているかのようにじっと見つめ合っていたのだが、彼は一瞬で大人たちのほうに視線を投げかけていた。

「ガンスミス？」

「人の名前じゃなくて、お仕事よ」芳が柔らかな笑みを向ける。

「お仕事」

「大輔さんは今、カタカナ名の仕事に興味があるのです」フミは、我が子を見つめるかのような慈しみの視線を少年に注ぐ。「憧れているのです」

「パイロットとか」雄太郎が目を細める。「私もそうでした」

「昔からそうでしょうね。カーレーサーとか。今では、ゲームクリエーター？」

建史の近くの椅子に座っていた槙が、「そういう職業に就きたいの？」と、大輔に尋ねる。

慶子もにこやかに、

「プライベート・ディテクティブじゃなくて？　今度はガンスミス？」

「……どんなお仕事？」

戸惑う少年に、

「そうだな」と、建史が嗄《しわが》れた声で小さく笑う。「内容を知らなくてはな。では、ざっと説明しよう」

日本での個人経営のガンスミスは主に、銃器類を加工する職人だ、と大輔には教え、銃工と呼べるだろう、と建史は大人たちには伝えた。

猟銃にしろ競技用銃器にしろ、手入れや修繕は必要であり、自分の射撃スタイルや癖、体形に合ったカスタマイズもよく行なわれる。手入れはオーナーができるとしても、その段階で不徹底があると故障につながるケースもある。

銃器の販売業者で対応できる場合もあるが、機械的な専門的工程が必要になればガンスミスの出番である。修理はもちろん、好みに合わせた銃把のカットや、オーダーによってカスタム銃身《バレル》を作り出すこともする。

日本で使用される猟銃はショットガンが大半だが、ライフルも当然あり、これには専用の知識や技術が必要とされる。ショットガン類であれば、銃砲店のスタッフがガンスミス業務をこなすことも可能だが、ライフルなどでは簡単にはいかない。それ専門のガンスミスが求められるが、数は極めて少ない。

弓弦家の男たちと群馬清司は、その技能を持っている。

発射された弾丸の安定飛行のために銃身内に螺旋形《らせんけい》に彫られるライフリングは、メーカーが仕上げて送ってくるが、その銃身を本体にねじ込むためのネジ山加工は不可欠であり、旋盤へのセットだけでも何時間もかかる精密な作業だ。

「ミリ単位の何十分の一、何百分の一の作業です」

と、雄太郎は苦労を楽しげに語る。

「射撃競技には、引き金《トリガー》などの国際的な規約もありますし、川瀬くんのピストルの調整にも当然、細心の注意が必要です」

弓弦家は銃砲類の販売は行なっておらず、〝ガンハウス〟と呼んでいる作業工場が母屋の裏にある。試射用のレンジもあり、防音効果は高く、もちろん施錠や安全管理は厳重だ。少し離れて建つ別棟に、銃弾類は保管されている。

「猟期を一ヶ月後に控えたこの時期は、猟銃の手入れの依頼が多くなりますよ」と説明したのは、ガンスミスの妻、芳だ。

今も、三丁の猟銃を預かっているという。

「そのうちの一丁は私のです」と、川瀬。

競技者でもありますが、趣味もハンティングで、と彼は苦笑して頭を掻く。本業も趣味も同じ生活か、と思われるかもしれませんが、これでも医者なんです、と言う。田舎の医院に勤めている。患者は少ないが、辞められても困る貴重な人材なので、便宜が図られている、と彼は自ら認めた。だから、競技の日程も取れる。

「これでも、この地方では名士の部類なので、医院の看板としては役に立つんだと思いますよ」

槇が、お代わりはいかがですか？　と声をかけるが、希望の手をあげる者はなく、誰もが話に気持ちを向けている。

興《きょう》が乗ったのか、建史は、「江戸時代、我が先祖の家は大阪の堺にあってね」と語りだした。「弓を作る名人だったのだ」

「家系図まで出さないでくださいよ、大日那さん」と、槇が微笑を半分浮かべて釘《くぎ》を刺す。

しかしご存じのように、と建史の低音の声は続く。堺は鉄砲が伝わって一大生産地となる。弓弦家は江戸に移ったが、やがては弓矢の製造からも離れていく。分家を作りながら、大正時代に北海道に渡った。

建史は大学を出た後、自衛隊に入り、三十歳で退官。だがふと、自分や自分の家の歴史には銃が関係するな、と感じ、勉強を始めた。そして数年後には、一流の技術を習得してガンスミスとなった。

結婚して程なく、芳を授かっていたが、彼女が九歳の時に妻は病没。建史は以来、独身だ。

群馬兄弟の中で芳と先に出会っていたのは、弟の清司である。ガンスミスを志望し、弓弦建史のもとに通い始めたためだ。それがきっかけで友好の輪も広がる。予備校時代からの友人、川瀬晴樹も、兄の雄太郎も顔を出すようになった。

そして、雄太郎もガンスミスとしての腕を磨くようになる。

「でも、ガンスミスとしての勘の良さや細工の力は、今でも清司のほうが上だな」川瀬は声高に評価して、友人に笑いかける。「こいつは昔から、何一つ俺にはかなわなかったが、この才能だけは抜きん出ている。ねえ、建史さん？」

「……各々、得意分野がある」

芳との恋愛が成就したのは雄太郎で、養子となって弓弦家に入った。芳は四十歳になり、雄太郎は一歳若い。二人の間に、泉《いずみ》という男子が生まれたが、三年近く前、七歳で亡くなっている。

群馬清司と川瀬晴樹は、同い年の三十二だ。

弓弦建史は引退の身となっている。

「……ちょっと長くなりすぎたかな」

大輔に微笑みかける建史の前に、槇が水の入ったコップをそっと差し出していた。

もう一度、話を少年の興味の対象に戻すように、

「警察でも拳銃を使うのは判るね？」と彼は言った。「その修理なども、家《うち》で引き受けているんだよ」

「警察も！」と感嘆の声をあげたのはフミだ。

「手入れ指導や、点検、講義。そして、無論、修理も」

清司が、

「講義でしたら、自衛隊にも出向きましたよ」と、付け加える。「今も、預かり物がありますし」

「〝ガンハウス〟を見学するかい？　銃を修理してる場所だけど」

雄太郎の提案には、大輔は戸惑いを見せ、他の大人たちの間にも微妙なためらいの空気が流れた。大輔に問いの視線を投げかけられた慶子にしても、喜んで見学させてあげたいという気にはなれなかった。

危険はないということだったし、事実そうなのだろうが、子供に触れさせていい場所なのかどうか……。

建史も、管理上、強くは勧めないという態度を見せる。

提案の行方を中途半端に探す空気の中に響いたのは、ルシイ・マカリスターの日本語だった。

「見学するのでしたら、そろそろ、ホームズコレクションはどうでしょう？」

「おおっ！」

それだ！　と歓声をあげそうなほど顔を輝かせたのは群馬清司だった。

「行きましょう、行きましょう」早くも腰を浮かせている。「自慢の逸品も待っていますよ」

この提案には皆が乗り気になった。静かに息を吸って目を閉じたフミも、あえて反対はしない。

「兄の書斎に、主なコレクションはあるんですよ」

それぞれが席を立ち始める中、

「年寄りの話に付き合ってくれたご褒美《ほうび》だ」と、建史はテーブルの上のクリスタル容器の蓋を取った。「大輔くん、キャンディーはどうだい？」
二、三個取ったのは槇で、笑顔で近付くと大輔に手渡した。キャンディーというよりはのど飴の類だったが、大輔は「ありがとう」と礼を述べる。
慶子にもフミにも礼を言われる建史に、横に控えていたスピアも、窺うような視線を投げかけている。

「いいぞ。行きなさい。お客人をよろしくな」

建史と、湯飲みなどの片付けをする槇を残し、八人と一匹は部屋を後にした。

スピアに飴をあげてもいいかどうか、大輔がフミに訊《き》いたりしながら、一行が向かったのは屋敷の西の端だった。フミ、慶子、ルシイの見解によって、スピアは飴にありつけなかった。

T字形に突き当たったところで廊下を右に曲がると、両側に一つずつドアが見えた。裏口らしきものが見える北に向かって進むことになる。左側にあるドアのノブに清司が手をのばした。

「どうぞ……って、兄の書斎だけど」ドアが内側にひらかれる。「コレクションルームとしては共用なんです」

西洋の基準ではともかく、日本での個人の書斎としては大きなほうだろう。板が敷かれた、シックな造りでもある。赤黒いマホガニー材が、壁に落ち着きのある光沢を与えている。

長年愛用しているらしく傷もあるが、デスクも重々しい品であり、書棚や収納棚も数多い。だが、来客の視線を真っ先に引きつけるのは、他の装飾品だろう。ひどく西洋的な物だ。戸口のすぐ右側に立っている。

慶子たち女性陣は全員、あっ？　と口を動かす。大輔は口をOの字にし、目を見開いていた。

それは、西洋の全身甲冑だ。銀色に輝いて、一体の鎧兜《よろいかぶと》が立っている。

黒い、低い台の上にある甲冑の頭頂部は、成人男子と同じほどの高さにある。

「大輔は、こんなの見るの、初めてね」慶子は我が子の肩に手を添えた。

「レプリカですけどね」

そう断って、雄太郎が説明を始めた。

「十五世紀後半、ドイツのコディク様式だそうです。兜は、シャレルと言うそうですが、それや胸部などは、余計な装飾が少なく、滑らかでしょう。これらの造りは、矢玉を滑らせて、衝撃や損傷を減じる効果も考えてのことだそうです」

「シンプルな中にも、優美なほどの美しさがございますわねえ」とフミは、古《いにしえ》の創造性と美的センスに敬服の目の色だ。

慶子もしげしげと眺め、

「太股《ふともも》の部分や腕などには、細やかな畝《うね》模様が多くなって、ここでは装飾性が際立っていますね。肘当《ひじあ》てなども……」

肘当ては中央部が滑らかに尖《とが》っており、それ自体、接近戦では武器になりそうだったが、このデザインにも流麗さがある。

「美しさは大事です」雄太郎が応じる。「騎士が身を飾る、一種のステータスでもあるのですからね。様式といっても、それは全体的な共通性のことで、甲冑個々に意匠が凝らされました。騎士は個人個人で独自性を出し、職人に腕を競わせた」

目の前の甲冑は、左腕は自然な様子でさげているが、右腕は肘から先を前に突き出し、なにかを握っているかのように指を曲げている。

「棍棒か槍《やり》でも握っている格好ですね」

「槍です、松坂さん。馬上槍。長くてごつい、あの重そうなやつですね」

「騎士が一対一で真正面からぶつかり合うシーンが思い浮かびますけど――あっ！　こちらのは！」

言葉の途中で慶子は、もう一体の甲冑に気がついた。

人間用の甲冑とはドアを挟んで反対の位置にあるのは、馬用の甲冑だった。

フミとルシイも顔を近付け、大輔はタタッと駆け寄る。彼は目を丸くして興味津々の様子。彼とルシイの間にいるスピアは、同じような観賞の姿勢を取っていて、偉そうだ。

騎士の甲冑は実のところ、入室する者を出迎えるかのように、少し斜めに置かれている。壁に背をつけておらず、右半身を前に出している姿勢である。その設置の仕方のもう一つの意味が、慶子には今、判った。

馬と人の甲冑とは、左右対称なのだ。こうしてドアに向かうと、一対二体の甲冑が〝ハ〟の字形に置かれているのが判る。彼らは廊下に出ようとする者を両側から迎え、ドアへ導く。

もう一つの見方は、馬のほうへ騎士が歩み寄ろうとしている光景の再現だろうか。

入室して来る時は、ひらいたドアが邪魔になって馬の甲冑は死角に入っている。ルシイが雄太郎に尋ねた。

「騎士のスーツ・オブ・アーマと、揃い？」

「はい。一体です。同じ騎士の所有になります」

金属の輝きも同じで、デザインも統一されている。甲冑を身につけているのは木製の馬だ。

その首筋に指を触れ、清司は、

「繁殖用種牡馬《しゅぼば》の交配練習用に、こうした木の馬があるのです。それを譲り受けました。馬体全体に甲冑を取りつけられますが、この部屋に馬一頭はさすがに大きすぎるので、こうして、前半分だけを飾ってあります」

胴体は半分ほどで切断され、壁と接している。

前脚にも甲冑。胸当ては、除雪用ラッセル車の排雪板《ブレード》のように、前に少し突き出している。目の部分に穴があけられている兜には、額に縦に三つ、角《つの》状の突起がある。たてがみ部分も、蛇腹の金属で覆われ、銀色の輝きが見事だ。

大輔の視線は、ロボットか変身した馬型のヒーローでも目《ま》の当たりにしたかのように食い入っている。

「馬にまでねぇ……」フミは複雑な表情。「重いでしょうに」

「確かに」と、清司は薄く笑う。「その上、馬は、二十キロ以上になる鎧を着た騎士を乗せるのですから、大変です。後《のち》には鎧一式の軽量化も考慮され、なにより、それで助かったのは馬でしょうね。……馬思いですね、筧さん」

「だが鎧があれば」と、川瀬が横から言う。「馬も負傷する危険が減るし、死ぬことも防げるかもしれない。防具であることは間違いないだろう」

筧フミは言う。

「軍用犬にしましても、こうした軍馬にしましても、もともと、人間の争いに勝手に引き出されているだけですわね」

これにはルシイ・マカリスターも、まったく賛同の面持ちだった。

雄太郎は、慶子相手に話を戻していた。

「まあ、こうした馬に乗って、騎士は馬上槍を構えるわけです」視線を、ドアの脇にある騎士の甲冑へ向ける。「ドイツにあるオリジナルの甲冑は、大きな馬上槍を握っています。しかしここでは、そんな武器を飾っておいて、銃刀法違反などに触れると厄介ですからね。特にこの商売では致命傷になりかねない。それで、なにも持たせてはいません」

大輔を先頭にするようにして、一同はまた、騎士の甲冑のそばに戻っていた。

「日本の景気が良かった頃だから買えたんだよね」ポロッと口走る調子の川瀬は、もう見飽きているという様子でもある。

「まあ、そうだ」

片方の肩を少しすくめた後、雄太郎は慶子たちに視線を巡らせた。

「義父《ちち》が購入しました。ヨーロッパで修業中に世話になったご家族が、当時ハンブルクにいましてね。奥さんが日本人でした。でもそのご家庭が経済的に立ちゆかなくなり、家財道具を手放すことになったのです。その折、支援の意味で、父と友人が金を出し合ってこれらを求めました。ある伝説を持つ甲冑のレプリカです。浜田《はまだ》さん——そのご友人はもう亡くなりまして、ご遺族が、甲冑は引き取ってくれていい、とおっしゃったのです。この二体はここに来て、そろそろ十年ですね」

大輔が、甲冑の右手をまじまじと見つめていた。スピアも鼻を突き出し、真似るように同じポーズだ。

手甲《てっこう》は、ちゃんと五本指が独立して作られているグラブ式だが、指をすっぽり入れられるようにはなっていない。甲の側だけを覆うようになっている。そしてこの甲冑は、馬のほうとは違ってマネキンが着ているのではなく、骨組みに取りつけられているだけらしく、手甲をまとう腕の部分はない。従って指も当然なく、手首は丸い空洞だ。

甲冑しかないその部分を、大輔は先ほどから不思議そうに見つめている。

「中に人はいないんだよ」

表情をいっそうほぐしている雄太郎は、兜《シャレル》に手をのばした。そして、いわば目の下を守るバイザーである、半面頬《はんめんぼお》に指で触れる。

「いないはずだけどなぁ。いるかな？」焦《じ》らすように言い、「なにもないはずだけど」と、そこで半面頬を上にあげた。

兜《シャレル》の中は、やはり空洞だ。しかし次の瞬間、この甲冑の騎士は声を発した。

『まぶしいぞ。我《われ》を起こすな』

その重く響く声に、大輔はびっくりして後ずさった。

短く笑い、「ごめんごめん」と、雄太郎は謝る。「あまり驚かないでね。スピーカーが仕込まれているんだよ。この部分を上に動かすとスイッチが入って、録音されていた声が出るんだ」

「声は私」照れるでもなく、清司は少々自慢げですらあった。

「子供じみた仕掛けまで披露して、すみません」

と頭をさげた芳に、寛フミが小声で言う。

「騎士と馬。二体も、きちんと磨きたてて維持するの、お手が掛かりませんか？」

「日頃は埃を払う程度です。半年に一度、槇さんとわたしで磨きます」

「僕も時々手入れしているでしょう」清司が不満そうにする。

「マカリスターさん」シャーロッキアンの兄のほうが声をかけた。「ホームズ作品の中に一度だけ、日本の鎧が登場するのですが、ご記憶ですか？」

「日本の……」意味を頭の中でしっかり翻訳し、ルシイは記憶を探る様子になる。

「ああ、ありましたね。「ギリシア語通訳」でしょう」作品の日本語名はお手のものだ。「ラティマーの屋敷に、日本の鎧が据えられている」

「さすがです！」

「シャーロック・ホームズの兄のマイクロフトが初登場するお話ですね」

と慶子も声を弾ませるが、フミは無反応で、感興の色はまったくなし。

「ですけど」と、ルシイは言葉を足す。「少なくとも原書では、〈日本の甲冑とおぼしきもの〉となっていたはずです。だから……確かではない？　不確かです、本当に日本のものであったのかどうか」

「さすがだ！」再度感嘆し、雄太郎は、「しかしまあ」と続ける。「私は——私と弟は、それを日本の武者《むしゃ》の鎧と読み取りまして、自分たちのこの日本のコレクションルームに、逆に西洋の甲冑があるのも一興だと感じてきました」

「それがあるのは、親のおかげだけどな」

との、川瀬の皮肉な意見には特に触れず、慶子は、

「ホームズさんの事件簿の数編には、日本の美術工芸品に関する記述がありますね」と、話を膨らませた。「中でも、「高名な依頼人」にはいっぱい出てきます」

「ワトスンが陶器のコレクターを装うために一夜漬けで勉強させられて、犯罪者の家に乗

り込む話ですね。中国と日本がごっちゃになっているのはご愛敬ですけど。確かに他の作品にも幾つか、日本の工芸品などが描かれます」

「当時、イギリスは日本ブームだったそうですものね。陶磁器が持てはやされたり、螺鈿《らでん》細工が賛美されたりしました」

「ビクトリア朝的な豪華さに対するアンチテーゼでもあるでしょうね。目を瞠《みは》る職人技が凝らされていながら、奥ゆかしさがある。しっとりとした雅《みやび》、ですね。鎧にしてもそうだと思います。これを見てください」

　雄太郎の腕は、騎士の甲冑に振り向けられる。

「キンキラな装飾品としては見事だと思いますが、例えば、ここ……」

　彼の右手が、甲冑の胸の右側に触れた。すると、折り畳まれていたらしいパーツが腋のほうに引き出された。

「槍掛《やりかけ》です」

　慶子が連想したのは、物干しポールを載せる掛け具だ。かなり太いポールだが。リングの下半分が、甲冑の胸部から突き出している格好である。上からも押さえるためだろう、そちらにも小さな突起があった。

「馬上槍などを、これに載せて支えるのです。右手一本では、あんな大きな槍、持っていられませんからね。この手の、金のかかった鎧には、大抵これが備わっています。いかにも形式的でしょう?」

「まったくだ」と、川瀬も頷く。

「こんなものを使わなければならない武器が、実戦で役立つわけがない。できるのは、一対一のぶつかり合い。名誉をかけたとしても、しょせんは、騎士同士の儀式、催し、自己アピールです。このタイプの甲冑では、馬上にある時は、くちばしを意味するシュナーベルという細長い爪先まで取りつけるのです。三十センチも四十センチもあります。まるで、ピエロのコスチュームの爪先ですよ。歩けないから、地上でははずします」

ほとんど意味の判らない装飾性だ、と慶子も思う。

「もっとも、恵まれた騎士の自己顕示欲が生んだ一種道楽的な美の看板だからこそ、こうした甲冑は代々伝えられる逸品になっているのですけどね。しかし、とにかく華美です。だから当時の英国人には、日本の鎧は新鮮だったのではないでしょうか。質実な造りの中にある、美。兜にこそ、鬼面人《きめんひと》を威《おど》す独自性があったとしても、全体としては、実戦向け以外のなにものでもないのに、それでも細やかな美意識が織り込まれている。自国の甲冑に飽きたり疑問を感じたりしていた、当時のイギリスの教養人が、日本の鎧に注目したとしても不思議ではないですね」

「美意識論もいいけどさ」と、川瀬が言葉を挟んだ。「この甲冑の伝説は話さなくていいの?」

先ほど、雄太郎の説明の中にも〈ある伝説〉と出てきたので、慶子も気になってはいたのだが……。

「伝説？　レジェンド？」

とルシイが訊いてくるので、そうだと教えると、ブロンドの娘の青い瞳が光った。

「雄太郎さん、ホームズに関係する伝説ですか？」

「いえ、そうではありません」雄太郎の、残念そうな苦笑。「オリジナルの甲冑のほうにまつわる、いかにも中世的な伝説です」

でしたら聞かなくてもかまわない、とばかりに瞳の色が急に沈むので、雄太郎の苦笑は大きくなったが、弟の清司は満面の笑みだ。

「そうですよね、そろそろ本題に入りましょう」彼は得意げに、からまるような癖毛を掻きあげた。「お待たせの、ホームズコレクションです。ではまず、こちらへ」

大きく両腕を振り回した後、彼が皆を誘導したのは、デスクの後ろの棚だった。

ここで慶子は、改めて室内全体を見回して頭に入れた。

ドアの正面は書棚があり、その両側が窓になっている。つまり、西向きの窓だ。その横には、飾り棚。

一同がいるのは部屋の北側で、本や置物が並んでいる壁一面の棚を背にしてデスクが置かれている。南側には、応接セットがあり、壁には隣室に通じるドアもあった。

慶子はふと、向かっている棚の右端、部屋の北東の隅に、大きく立派な壺があることに気がついた。高さは軽く一メートル以上あり、高価な物であることは間違いない。白磁の輝きの上に、鮮やかな青や赤で桔梗《ききょう》が描かれている。色彩の印象だと、巨大な錦鯉《にしきごい》のようでもある。見事な芸術品だ。お客がシャーロッキアンでなければ、甲冑とこの品が観賞品であったろう。

同じような壺が、部屋の四隅にあった。

廊下の壁には、一対の小窓。

この邸宅では、外に向かった壁だけではなく、屋内にも窓が多い。幼稚園が基礎になっているからだろう。屋内の窓に錠はないようだ。

「これは」並ぶ本に目を寄せていたルシイが、感心したように声をあげる。「先ほど名前の出た、ベアリング＝グールドの、あの有名な……」

「『ホームズ年表』です。自費出版本です」

そうそう、とルシイは頷いている。

「同じ本が、二冊あるのですね」フミがそこに目を留めた。「一冊は、ビニールで覆われて……」

見ると、ほとんどの書物がそうである。二冊あるものは、一方が透明ビニールで包装されている。

「私は、できれば三冊手に入れます」群馬清司の口調は四角張り、熱を帯びている。「一冊は手に取って目を通すもの。一冊はゲストに観賞させるもの。もう一冊は、完全保存版です」

「すると、ここにありますのは、二冊は手に入った書物なのですね」

フミの言葉に、清司の落ちくぼんでいる両眼は、不思議そうな、心外そうな色を浮かべ、収集家の自負心のような微熱の気配をチラリと揺らめかせた。

「三冊めの完全保存版は、あちらの部屋にありますよ」親指が肩越しに、隣室を示している。「外光の入らない戸棚におさまっています」

ビニールで保護されているのが、ゲストの観賞用ということのようだ。

フミはそれきり口を閉ざし、一同はその先、古書や稀覯本《きこうぼん》を詳細に語る清司に付き合った。

完全に揃ってはいないが、もちろん『ストランド・マガジン』があり、『ベイカー・ストリート・ジャーナル』があり……。前者『S・M』は、六十年代アメリカのパルプマガジンの表紙にも似た色彩を見せ、『B・S・J』は単色刷の綴《と》じ物といった顔で並ぶ。

他には、『ホームズとワトスン医師、友情の教科書』、『わが思い出と冒険』等々から、部数の少ないパロディー本まで……。

「本だけじゃなく、俺が大奮発して提供した掘り出し物もお見せしろよ」

川瀬にせっつかれ、

「ああ、そうだね」

と清司は、壁の中央にある、ガラス戸棚のつまみに指をのばした。ブロンズガラスがひらかれると、そこには一枚の色紙《しきし》があった。一般的な目の高さより少し高い場所で、見やすいように、そして、押し頂くべき扁額のように、やや前傾して飾られている。

「シャーロック・ホームズの本に興味のない人でも、これには驚くでしょう」清司は鼻息も熱い。「シャーロック・ホームズのサインです」

そこには確かに、流麗ながら力強い筆致で、シャーロック・ホームズと読める文字があった。

「ああ……」

〝英国・シャーロック・ホームズ・ソサエティー〟の面々の微妙な声を、どう解釈したか、清司は説明を始めた。

「誰かが勝手に書いたものではなく、由緒正しいものですよ。今のベイカー街には、シャーロック・ホームズへのファンレターなどへ返信を出す部署もあるのです。その中に一人、ホームズのサインをしてもいいと世界的に認められている人がいまして、これは、その人に書いてもらったものなのです」

雄太郎は考え込む顔になり、公認のその人物は〝英国・シャーロック・ホームズ・ソサエティー〟に所属しているのではなかったかと、記憶を検《あらた》めているようだったが、答えを得るより先に、川瀬が口をひらいていた。

「英国に滞在中、その手のコネを持っている友人に、色紙を渡して頼んだのですよ。それなりの出費でしたが、友人思いの私には迷いなし、でした」

「これは素直に感謝するよ」

言って、清司はガラス戸を閉めた。

書物以外の置物でもシャーロック・ホームズものが多いですね、と慶子が口にすると、今度は代わって兄の雄太郎が多弁になった。

土産物屋《みやげものや》で手に入る楽しい品から、日本の有名な原型師が手掛けたホームズフィギュアなどのレアものまで、次々と紹介される。

「そして実は、この文房具もそうなのですよ」

雄太郎が皆の注意を向けさせたのはデスクの上だ。黒い革製の長方形をしたトレーがあり、ほとんどの文房具がそれにおさまっている。

「このメモ帳を見てください。これなど、ホームズがいた当時の紙で作られていまして――古書などを利用したのです――こうして……」彼は慎重に、ホームズの横顔が描かれた表紙をめくって用紙の一枚を披露する。「ドイル卿の顔の透かしも入っているんです」

「真《ま》っ新《さら》のようですけれど」

一枚も減っていないようなのでフミがそう言うと、雄太郎は自嘲気味に笑った。

「使えません。日頃使っているのは、その横にある、もらい物のメモ用紙です」

シャーロック・ホームズの時代色と合わないことははなはだしいが、マウスパッドまでがあり、シドニー・パジットの描いたモリアーティ教授がプリントされている。

「これも実用ではなく、観賞用ですね。ご覧のとおり、パソコンはありませんから」

こうした兄の説明の間も、清司はそわそわと、さらなる興奮に気もそぞろになってきたようで、一呼吸間《ま》があくと、すかさずこう言った。

「ではここで、本日の最大の目玉にいよいよ移りましょうか。目の前に、こうして鍵もあることですし」

彼は黒いトレーから、一組の小さな鍵の束をつまみあげた。

「あちらの部屋で保管してあります」

清司は南側のドアへと進み、あけると隣室に皆を誘《いざな》った。

4

なんでも部屋だというそこは、〝奥の間〟と呼ばれているそうだが、清司は〝保管部屋〟と称しているらしい。書斎ほど広くはなく、それがかえって、集まった者たちに手頃な距離感と親密感をもたらしていた。照明は抑えられ、絨毯《じゅうたん》は厚い。

少し低めのテーブルを囲んで、ソファー類が取り巻いている。

北西の角にある保管棚の鍵をあける群馬清司は、白い手袋まではめていた。

一冊の書物を取り出した彼は、スピアを遠ざけてから、腰をおろす面々の前へそれを給仕のように恭しく運び来る。

ビニール袋で厳重に梱包されており、冊子のような大きさをしている。かなり薄い物だが、品のいい豪華さが伝わってくる、茶色い革製の装幀だ。

表紙に箔押しされている二列の文字は、〈ストランド・マガジン　一九〇四年、十二月号〉と、〈第二の血痕〉で、それを見るなりルシイは、

「これは……！」と、鋭く英語の声を発していた。

フミと顔を見交わす慶子に、そばに立っている清司は、鼻高々な様子で、

「お察しがつきますか？」と質《ただ》す。

「……ジーンさんの自筆パーツがある、私家版の……」

ルシイは目を輝かせて同意するように頷き、清司は、

「さすがお目が高い！」と声をあげる。

兄も満足そうにしているが、大輔と芳、そして川瀬は表情もほとんど変えず、中でも川瀬は、

「初めて見せてもらうけど、どういう風にすごいの、この本？」と不思議そうに声を出した。

「ここには、第二の血痕と書いてあるんだが……」

表紙のタイトルを示して、清司は意気揚々と、

「もちろん、ホームズものの一編で、一九〇四年の『ストランド・マガジン』十二月号に掲載され、特に、原稿に不可解さがあった点で知られている。内容じゃなく、表記にね」

「表記？」

「書かれていた文字だ。当時は言うまでもなく手書きなわけだけど、原稿の一部、およそ千二百文字が、ドイルの筆跡じゃなかったんだ」

「作者、コナン・ドイルの筆跡じゃない？」

「ドイルは、あくまでも出版代理人だ」清司は古典的なシャーロッキアンの立場であくまでも訂正する。「ワトスンの記録を清書したのがドイルだけど、一部、別人が書いていたことになる」

「不思議な話だな」

「シャーロッキアンの間では、これは長年、こう解釈されていた。ドイルが清書した後、筆者のワトスンが自筆で訂正を加え、それを出版社に送らせた。だから、その千二百字ほどは、ワトスン本人の筆跡というわけさ」

「ところが、この真相をリアルに知りたいと思う人物が出てきた」

雄太郎が解説を素早く引き継ぐ。

「一九七五年に創刊した『ベイカー・ストリート・ミセラネア』の編集者だ。この雑誌を中心に新しいホームズ学が誕生したと言われていて、彼らは、ホームズもワトスンもコナン・ドイルの作中の人物だという前提で物を言い始めるんだ。二人を創造した男を褒め称える、という立場だ。だから彼らは、ドイルさんの身内で当時唯一生存していたジーン・コナン・ドイルに手紙を出して、原稿執筆時の事情を確かめる行動に出た。……こうした現実的なアプローチは野暮だと、僕は少し思うけど、ま、進む時代に合わせて取り組み方が変わるのも、仕方ないし、それでいいのかもしれない」

「それで、真相は？」

との川瀬の問いに答える役は、うずうずしていた清司に戻った。

「原稿の一部に筆跡を残したのは、ジーンの母親だと判明した。コナン・ドイルの二度めの妻さ。なぜ代筆みたいなことが起こったのか、詳しい事情は伝わってきていない」

「で、私家版か？　私家版って、個人的規模で作られた本だろう？　どうしてそうなった？」

「ドイルの原稿の復刻版が出されると聞いて、ジーンが発案した。母の手書き部分は空欄にして、そこに自分が書くという形での復刻版。ジーンと、ホームズを愛する知人たちが集まって実行され、限定二十部だけが刷られた。『私家版　第二の血痕』誕生だ。今、世界で確認されているのは、十冊に満たない、幻の稀覯本さ」

雄太郎は、まばゆい宝飾品に吐息をつくかのように、

「コナン・ドイルの復刻原稿と、その娘の自筆パーツのコラボですからねぇ……」

「ようよう」と、川瀬が清司に声をかける。「それで、そのコラボ部分、見せてくれるんだろうな？」

「それは勘弁してもらいたい」返事は、にべもない。「完璧な保存を維持したいので」

「おいおい、ゲストも来てるのに」

隙のない梱包ぶりから、中を見せてもらうのはむずかしいだろうと、慶子も思ってはいたが……。

ルシイは、見られないの？　と尋ねる顔で周りの人間たちを窺い、金髪が揺れる。

フミは、子供っぽい興味で稀覯本に手をのばそうとする大輔の腕をそっと押さえた。触れようものなら、所有者に腕を振り払われそうだった。

「もちろん、見てはもらうよ。現物は無理だけど、コピーでね」

清司は保管棚に引き返し、クリアファイルを手にして来た。

「本をバサッと伏せてコピー機にかけるなんてことは、もちろんやってない。一枚ずつ、ハンドスキャナーで取り込んだ」

テーブルの上で、ファイルはひらかれた。

カラーコピーは二枚。ドイルとジーンの筆跡が入れ替わるページだ。

ドイルの筆跡は、小文字は実に小さく並んでおり、短く整えられた芝生を思わせるが、そこに、しっかりしつつも柔らかな筆跡が挿入されている。

「珍しい書物なのは判ります」認めるように芳は言う。「ファンにとって垂涎《すいぜん》の的でしょうね」

ルシイが嘆息と共に、

「手に、入らないですよねぇ……」

そう呟《つぶや》くと、川瀬は、

「値段は幾ら？」と、清司にずばっと訊く。

「購入当時は、百八十万ちょっとだ」

「百八十万！」

「レート次第で、二百万円前後するだろうな」

ここで雄太郎は、慶子に顔を向けた。

「でも、価値はそういうことだけじゃないですよね」

ええ、と慶子は受け、

「先ほど、雄太郎さんがおっしゃったように、まず、当時のインクで書かれたジーンさんの筆跡が見られるのが貴重ですし、なにより、ホームズさんの世界の多重性を、体温を伴って感じられます。それぞれの筆跡から、体温や思いが立ちのぼってきて……」

「多重性……」川瀬は、理解に努めようとはしている目の色だ。

「もともとドイルさんの原稿にあった一部の筆跡は、架空のワトスン博士のものとされ、この本ではそれが、実の親子の共著みたいになりますよね。故人と生者の筆が、一つの作品の中に集うのです。現実と非現実がこだまし合う、まさにシャーロッキアンの世界の象徴です。世代を超えて伝わっていく、血の通った、楽しいだまし絵。そんな気がします」

ややや表現がむずかしいかと察し、フミがルシイに小声で通訳していた。

大輔も丸く黒い瞳で、話す母の顔をじっと見つめていた。

「血の通った……だまし絵……」

芳がじっくりと繰り返したところで、廊下のドアが静かにあいた。

「皆様、こちらでしたね」槇たづ子が顔を覗かせる。「なにか、お持ちしましょうか？」

「そうですね」雄太郎が応じた。「なにか、冷たい物でも」

「いや、俺の分は……」腕時計を見ながら手を振って断り、川瀬は、清司を見やった。

「悪いけど、そろそろ取りかかってもらえるかい」

「やりましょう」清司は、『私家版　第二の血痕』とそのコピーファイルを片付けながら、ゲストには、「すみませんが、仕事がありまして……」と告げる。

事情を説明したのは川瀬だ。

「競技用ピストルの調整も依頼していたのです。それを急いでもらってまして。予定では明日受け取るはずだったのですけど、合宿でのアメリカ行きが、突然、一日早まってしまって。申し訳ないが、ご理解ください」

慶子たちが、お気になさらず、と応じている間に、槙は、

「では、六人分を」

と言ってドアを閉めたが、スピアが彼女と一緒に出て行った。

「今の高価な本ですが……」ふと思いついた様子で、川瀬が芳に訊いた。「兄弟で所有しているんですか？」

答えは清司から返ってきた。必要以上に重々しい声が人々の間を走る。

「私の個人購入だ」

「……ふーん。こんな収集に金をつぎ込んでいるから、仕事でいい料金取るのに、未だにアパート暮らしなんだろ」

立ちあがって、川瀬は慶子たちゲストに言う。

「狭いアパートじゃ、コレクションの陳列なんてできないから、こんな具合で兄の家を借りて共用なんですよ、こいつ」

群馬清司の住まいは、ここから十キロほど北に行った町にあるという。仕事場もここの

〝ガンハウス〟なのだから、この家、ここのコレクションルームで、なにかと時間を過ごせることになる。

保管棚の鍵を戻しにコレクションルームのドアに向かう清司は、背中を見せたまま、

「私が死ねばコレクションは兄の物になるから、お邪魔させてもらっている礼はそれで返すことにするよ。売ればそこそこの値段になる」

少し猫背になっている姿勢で彼は振り返った。小さく笑みを浮かべている。

「お客様方、ちょっと失礼しますが、見たいコレクションがあったら、またぜひ声をかけてくださいね」

コレクションルームへのドアをあける清司に、川瀬晴樹も続いた。

大人三人のゲストと、雄太郎・芳夫妻の前にはアイスコーヒー。大輔の前にはオレンジジュースが置かれていた。

よそのお宅で珍しい物を次々と目にして息を呑み続けていた大輔も、少し落ち着いたらしく、口数が多くなっていた。「馬がヨロイで変身すると、なにかパワーが出る?」とか、「太った人は着られる?」、「子供用のも、ある?」など、甲冑を巡る幾つもの興味が口を突いて出てくる。

今まではシャーロッキアン中心の話題が多かったので、芳やフミのためにもと、慶子は

甲冑にまつわる気になっていた話を俎上《そじょう》に載せた。

「あの甲冑のオリジナルには伝説があるそうですけど、それは、どのような？」

「ああ、それですか」雄太郎はフッと微笑む。「お知りになりたいのでしたら……」

持ちあげかけていたグラスを元に戻すと、雄太郎の表情は引き締まっていた。

「騎士の甲冑のほうに、言い伝えがあるのです。何百年も伝わる伝説だけあって、奇異で、謎めいたものです」

フミも真面目な顔になって聞いている。

「十五世紀が次の世紀へと変わる頃の話として伝わっています。フランドル地方の領主の家に、あの甲冑はあったのです。二体で一組として作られました。一体を着て、領主は戦に出ていたのです。残り一体が、屋敷に置かれています。その一体に、留守を守る領主夫人が、常に祈りを捧げていたのですね。夫たちが無事に帰って来ますように、と。しかし、長引く戦況の中、領主とは連絡が取れなくなりました。行方が知れなくなったのです」

語り手が一息つくと、フミが、

「祈りに甲冑がどう応えるか、が見所ですわね」と口にし、慌《あわ》てて、「これはすみません。どうぞお続けください」

「では」

軽く表情をほぐし、雄太郎は眉の横を掻く。

「安否が知れなくなってから、長い時間が経《た》つのですよ。何ヶ月も……。やがて一年が経過します。無論、夫人の心労はすさまじく、祈願にやつれ果てる日々を過ごしていましたが、それでも容色が衰えることはなかったのでしょう、身分のある男たちが言い寄り始めるのです。なにしろ一年です。これほど長く音信不通なのですから、領主は戦死していると考えて当然ですよね。ですから彼らにすれば、未亡人に求婚していることになります。だが夫人にすれば、夫の死は受け入れがたい。しかし時間と共に求婚者たちの圧力は増す」

「そういう試練も加わるのですね……」と、慶子。

「領主の死を偽装しようとするようなだましもあったようです。しかも夫人にとって辛《つら》いのは、身内までもが、誰かに決めるようにと言い始めたことです。領主夫妻に子供がいなかったのですね。どうにかして、跡継ぎは得なければなりません。夫人は、夫は生きていると信じ、涙に耐えて甲冑にも祈り続けました。しかし次第に男たちの間では苛立ちが募り、決闘騒ぎまでが起こります。卑劣な後継者争いに助長されて暴力的な空気が蔓延《まんえん》し、遂にその事件の日がきたのです」

なかなかの話しっぷりに、座の空気は程よく張りつめている。

「領主夫人を強奪してしまおうとする男が現われました。男は鉄砲まで手にして屋敷に乗り込んだのです。止めようとした使用人が倒され、夫人を守ろうとする侍女に鉄砲が向けられました。この時です、甲冑が動いたのは。女性たちと暴漢の間に立ち塞がったのです」

瞳をキラキラさせる大輔は、テーブルの縁を握り締めている。

慶子、ルシイ、フミも、集中して瞬《まばた》きをしない。

「暴漢が引き金を絞っていたのが災いしました。粗暴な血に突き動かされたのか、甲冑の動きに驚いた弾みなのか、鉄砲は撃たれます。弾は、甲冑と女性たちに迫る。どこに命中するのか。……なにが起こったのか、はっきりしたことは判りませんが、甲冑に宿った魔力の作用でしょうか、弾丸は、発射した暴漢その人を撃ち倒していたのです。夫人が甲冑に込め続けた祈りが、この奇跡を呼んだのかもしれません。甲冑が弾丸を撃ち返し、夫人たちを守ったのです。

しかもこれから少し後《のち》、領主が無事に帰還したものですから、屋敷は歓喜の渦です。不在であった主《あるじ》の代わりに、騎士の甲冑が夫人を守護し、領主家を救ったのだと、地元はこの話題で持ち切りになります。甲冑は領主家の守護神となり、〝生なき守護騎士〟と名付けられました」

「生なき……」

「命がないのに守護のために不思議な働きをした騎士、という意味でしょうね、松坂夫人。人体がないのに騎士道を発揮した甲冑……。それは信仰の対象であるかのように、畏れも含んで崇《あが》められ、感謝されて、当然、宝物として代々大事にされていくのです」

慶子は肩の力を抜いた。

ハッピーエンドで良かったが……、しかしやはり、不思議な話だ。なにを伝え、なにを秘匿した話なのか……。

フミは悠然と、

「大変興味深く伺いました」としながらも、「ただ、謎めいております部分は、おとぎ話とほとんど変わらない伝説も多いということで……」

「理詰めの解釈とはそぐわない話ですね」

と、雄太郎は微笑し、芳は穏やかに、

「レプリカとはいえ、そのような何百年も前からの伝説を持つ甲冑が身近な場所にあるということに、歴史の不思議みたいなものを感じましてね、ふと、空想が羽ばたいたりしますよ」

判ります、と頷いて慶子がグラスを手にすると、皆も同じように口を湿らせ、少し間が生じた。

すると雄太郎が、ルシイを退屈させないようにと気をつかったのか、

「マカリスターさん、ホームズは下宿の壁に銃弾を撃ち込みますよね」と、シャーロッキアンのネタで声をかけた。

〈V・R・〉と撃ち抜く、というものですね？」

有名なシーンだ。「マスグレーヴ家の儀式書」の中で、ホームズの奇行の一つとして描かれている。

「はい。銃の練習がてらに弾痕で壁にいたずら書きをする時にも、愛国心溢《あふ》れるホームズは、ビクトリア・レギーナ、すなわちビクトリア女王のイニシャルを選ぶ、といったシーンです。ですけど、使用する弾丸はボクサー弾。この弾丸では、壁にきれいに穴をあけるなんて、無理なんですよ」

「そうですか？」

「他の弾丸ならできるか、といえば、それも無理ですが、ボクサー弾も、無茶な点では同じですね」雄太郎の表情は、専門家らしい輝きを帯びている。「壁が、ぼっこりと破裂します。崩れ落ちる。弾の丸い跡、どころじゃありませんよ。でこぼこの壁に、イニシャルなど見て取れるはずもない」

「そうですよね……」慶子も改めて思う。「ざっと読んだだけでは、丸い穴の連なりとイメージしてましたけど……」

「そこにあるのは、ボロボロの壁です。原文では、ヘアトリガーの銃となっていて、触発引き金との翻訳があります。そのとおりで、引き金を軽く引けるので、訓練次第では命中精度があがるわけですね。そしてこれを、微力発射装置付きと訳しているものもあり、これは気をきかせたのだと思います。微力で発射できるという意味でしょうが、発射力の微力化――つまり、発射の力を弱めさせる機能が備わっているとの印象も懐《いだ》かせますからね。力の弱い弾丸を撃つわけです。でも、そのような装置が可能だとしても、壁は粘土じゃないですから、弾痕で絵や文字は描けませんよ」

いきなり、

「そもそも正気の沙汰じゃないでしょう」

と、声が割って入る。憤懣《ふんまん》やるかたないといった様子の、フミだ。

「ホームズがいたのは下宿先なのですよね？　その壁に、銃で穴？　常識で考えてください！　そんな危険人物に部屋を貸しますか？　迷惑どころの話ではないでしょう」

「いや、まあ、それは……」雄太郎は自分のことのように肩をすくめ、苦笑する。

「室内で銃声！　それだけで考えられません。隣近所は訴えませんか？　部屋に火薬のにおいみたいなものが広がり、こもるのでしょう？　ああ嫌だ！」

目の前の硝煙を払うように、眉間に嫌悪を刻むフミは腕を振る。

「壁に穴。床に破片の山。修理代を出せばいいというものではないはずです。そんな間借り人は、とっとと追い出すでしょう。それが社会です。ホームズは、拳銃で大家さんを脅していたんじゃありませんか？」

ルシイは余裕で微笑み、

「そういう視点から新しい説を作り出すのも、シャーロッキアンの楽しみの一つですよ、フミさん」

「なにが楽しみですか。お話にならない、と言っているのです」

甲冑のあるコレクションルームのほうを振り返っている大輔に、フミは訓戒を垂れる。

「大輔さんは、大家や家政婦や、他の人のことも考えられる人に育ってくださいね。フィクションの中の人物とはいえ、おかしな人に憧れたりしてはいけませんよ」

よく判っていないようだったが、ソファーの背にへばりつくようにして頷く大輔は、建史からもらった飴の包みをはがし始めていた。相手を静めようとする猿のグルーミングさながらに、ほぼ自動的に指が動いている。

だが、ちょっと指にべたつくようだった。

フミはすかさず、

「すみませんが、洗面台を拝借できますか？」と、芳に声をかける。

「槇さんに、おしぼりを持ってこさせてもよろしいですけど？」芳は携帯電話を取り出しかけていた。

「いえ。すっかり手を洗わせたいとも思いますので」

「ああ、でしたら、どうぞ」

芳が腰を浮かせかけた次の瞬間、松坂慶子の指が触れていたグラスが傾き、いち早く気付いた大輔がそれを止めた。

項垂《うなだ》れる姿勢になり、彼女は睡眠に入っていた。

動きを止めて、驚き困惑する弓弦夫妻に、フミはナルコレプシー睡眠のことを説明した。

「睡眠病……ですか」雄太郎は心配げだ。「なにか、することは？」

「ここで、このままにしていただければ、それでよろしいです。目覚めるまでどのくらい時間がかかるか判りませんが、かまいませんか？」

「それはまったくかまいません」

この時、廊下から荒々しい声が聞こえてきた。慶子の睡眠の邪魔になると思ったのか、雄太郎は素早く立ちあがっていた。

ドアがあけられ、声が明瞭になる。二人の男の口論。群馬清司と川瀬晴樹だ。

廊下突き当たりの、北側出口のそばにいる。

「何事だ？」

廊下で問いかける雄太郎の横に、芳とフミも出て来た。

「お客様がいるんだぞ」

雄太郎は廊下からドアを閉めた。

二人の言い争いは続く。

「だから、なぜ今さら、それを蒸し返す？」

と、川瀬は問い詰めるように清司をにらみつけている。

「蒸し返す？　まだ三年だぞ。昔話じゃない。思い出さなければならない過去じゃない。この家ではまだずっと、あれは現在進行形の出来事だ」

「だからって、俺にどうしようがある？」

「晴樹は……、あの子の死の痛みを背負っているのか？」

「もちろん痛ましい事件だったが、俺が必要以上に背負い込む理由などないだろうが」

雄太郎と芳が手を取り合ったと、見えはしなかったが、フミは感じた。

二人の一子《いっし》が三年前に亡くなっていることは、東京ですでに、清司から聞いていた。猟期中の事故だったという。両親と家族の悲痛は、察するにあまりある。清司が、遺体の第一発見者だった。その場にもう一人、知人がいたという話だったが……。

「それはそうだとしても――」

その清司の声を、川瀬は遮る。

「俺に罪などないし、落ち度すらない。それを誰もが認めているから――」

川瀬は自分で言葉を止めた。いま初めて気がついた様子で、十メートルほど離れた位置にいる弓弦夫妻に目を留める。

気まずそうな空気の硬直があったが、川瀬はすぐに、夫婦二人に向けて声を張った。

「そうでしょう？　俺は許されている……というより、許しだのなんだのを問われる以前の問題だ。感謝さえしてくれましたよね」

雄太郎と芳の手は、強く握られた。

「俺がいたから、泉くんを死なせてしまった男を逃がさずに済んだんだ。俺は歓迎されてこの家に来ているんだと、こいつに言ってくださいよ」

しかし、言葉は出てこなかった。むしろそれを封じるかのように、芳は手で口を塞いでいた。嗚咽《おえつ》をこらえるかのようでもある。

芳は夫から手を離して、その場を離れた。廊下の角を曲がって姿を消す。

追おうとする夫を、〝ガンハウス〟のほうを指差す清司の声が止めた。

「兄さん、ちょっと手伝ってもらいたいんだけど」

迷いの間《ま》の後、「ああ……」と応じ、雄太郎は、フミに洗面所の場所を教えてから、弟と川瀬のほうに向かった。

兄弟は北側のドアから外へと出て、不機嫌そうに唇を曲げている川瀬も後に続いた。

大輔と一緒に洗面所から戻りながら、筧フミは廊下の窓から外を眺めていた。ここから見える南側の前庭は、砂地に松の庭木が配置されて、景勝地の砂浜を歩いているかのような気分にさせられる。空には灰色の群雲《むらくも》も見えるが、あれぐらいでは気温をさげてくれる役にも立たないだろう。

フミは首を右に回し、室内を見通せる窓に目を向ける。

部屋の中に、弓弦家の老主《ろうあるじ》、建史の姿が見えた。

ここは、前方にあるもう一つの部屋へ進めば、その先が、コレクションルームと〝奥の間〟が並んでいる廊下に突き当たるという位置だ。

建史の動きが危なっかしいので、フミは視線をとどめていた。

歩いていた彼は足に負担がかかりすぎたようで、マルチチェストに寄りかかっている。近くの肘掛け椅子に移ろうとするが、バランスがよくない。あっ、と思った次の瞬間には、椅子に倒れかかっていた。

「大ちゃん」フミは急いで言った。「一人で、さっきのお部屋まで行けるわね？」

窓の位置が高いので、大輔には室内の様子が見えないが、

「大丈夫」と受け答えをする。「あそこでしょ。もうすぐだよ」

「そうね。偉いわ。わたしはちょっと、建史さんにご用ができたから」

大輔が歩き始めると、フミは部屋のドアを目差した。

大輔が戻った部屋では、母親が眠り、ルシイが窓から外を眺めていた。

ルシイが振り返った。

「……フミさんは？」

「ちょっとご用だって」

「ふーん」

珍しいね、と英語で呟き、それからルシイは笑顔で問いかける。

「じゃあ、大輔くんが一人になってしまうけど……」ジェスチャーも自然に加えつつ、

「ルシイが外にいる間、慶子ママに、ついていられるわね?」

「うん!」と、もちろん強く頷き返す。

ルシイは窓の外を振り返った。高木がかなり密生している場所の前に、ドーベルマンのスピアの姿がある。先ほどからじっと、鼻先を矢じりのようにして、木の上のほうを見据え続けている。全身に緊張を帯びていた。

動物たちの様々な声が聞こえそうで、ミス・ドリトルとしては興味を引かれる。

軽く手をあげてルシイが部屋を出て行く時、大輔は母の隣に腰掛けていたが、正直、急な尿意に襲われていた。どうしてこんな急なんだろう、と思う。

もう少し早く感じていれば、洗面所に手を洗いに行った時に、ついでに済ませることができたのに。トイレもすぐそばにあったはずだ。

一度で済ませられず、同じ場所をすぐに行ったり来たりするなんて、五歳児にしても、プライドにかかわる恥ずかしい行為だ。我慢できないだろうか……。

それに、パパがいない時は、自分がママを守るんだ。

そんな覚悟を自分に言い聞かせるが……。

気を紛らせるために、飴を舐《な》めようか。

今度のは、べたべたしないといいけれど……。

フミが部屋に踏み込んだ時、弓弦建史は、肘掛け椅子の中で苦労をして姿勢を正しているところだった。

眼鏡越しの鋭い視線は、客の一人がなぜ急に入って来たか、その理由をすぐに察したと告げている。

「ああ……」

と動いた彼の口は、慌てさせたかな、とでも続けそうだったが、それは形にはならなかった。

心配かけたとか、すまないね、などとは言いづらいらしい、そうした心理も理解できるので、フミは、

「ドアがあいていましたので」とだけ伝えた。

「スピアが屋内にいる時は、自由に歩きやすいよう、ドアをあけたままにする部屋もあるのですよ。特に、槇さんと芳が、そうするのです」

彼の息は少し切れているが、安定した姿勢で座っている。手助けは必要ないようだが

……


「槇さんをお呼びしましょうか？」

削《そ》げた頬に挟まれた唇が、苦笑を載せた。

「怒られるだけですよ。あの人に言わせると、あちらこちらに置いてある椅子は、私の車椅子代わりでしてね。そろそろ本物の車椅子を使うことも考えてください、としょっちゅう小言《こごと》を言われています。車椅子ならそんな風にふらつくこともなくて、安全でしょう、とにらまれますね」

「いえ」フミは言った。「車椅子に頼らなくていいのであれば、なるべく使うべきではないと思いますよ。頼ってしまうと、自立のための筋肉は、すぐに消滅していきます。時には、意識さえ後退する……」

「私も、そう反論しています」苦笑よりは柔らかなものが、乾いた唇に浮かぶ。「力強い賛同者を得られたな」

建史は椅子の背に後頭部を預け、天井に視線を投げかけた。

細い部材で組まれた天井格子も見られる、和風の意匠……。フミの視線はそれとなく、室内を一回りする。キャビネットの中には、日本の兜などが飾られ、もう一つのキャビネットとの間の壁は、床の間のように設えられていた。そこにさがるのは、合戦が描かれた掛け軸だ。

と、この時、不意に不審の色を浮かべた建史はフミに顔を向けた。

「客人が、どうしてお一人で……？」だがすぐに、「あっ」と、思い至った様子で、「芳が二階にあがるのを見かけました。動揺した顔色で……。心配して、槇さんがついて行ったのですよ。……お持てなしは、どうなっています？」

「それはお気になさらず。もう一人駆けつけて来ますまで、わたし共はここにお邪魔するのですから、ずっとお世話をおかけするのは心苦しいです」

「雄太郎たちも、どこかに？　――ああっ、まずはお掛けください」

断るほどの理由もなく、フミは、

「では失礼します」と、少し離れた椅子に腰をおろした。

「泉の件でのゴタゴタでしょう？　耳に入りましたか？」

「そうですわね。ま、意見の食い違いを少々」

「川瀬晴樹、あの男には無神経なところがあって……。心の成長がなければ、競技の成績ものびないだろう」

「……立ち入って恐縮ですが」

真っ直ぐ立てた人差し指で、建史はメガネを押しあげた。「いえ、どうぞ」

「川瀬さんは、感謝してくれているはずだと言っていましたが……」

「感謝……」低く言って、建史は顎を引いた。「川瀬晴樹がいなければ、泉を殺した犯人が逃げてしまっていたかもしれないのは事実です」

三年前の十月でした、と、弓弦建史は語り始めた。

群馬清司は、甥の泉を連れて、裏山の深い場所まで山菜を採《と》りに出かけていた。川瀬晴樹も同行していた。

午後の、西日が笹《ささ》や木の葉の上で無数に反射するような頃。そろそろ引きあげるために、川瀬は無線で清司と連絡を取った。彼とは離れていたが、泉は目の届く場所にいる。深い下草の中に枯れ木が倒れたりもしている、ちょっとした窪地の反対側だ。

人の気配を感じて背後に目をやった時、川瀬は信じられない光景を見た。

猟銃を構えている男がいた。五十すぎの男だ。しかも、銃の先は、泉のほうを向いているようだ。男からは茂み越しになるはずで、子供を動物だと勘違いしているのだろうか。

どうやら、そうらしい。

「川瀬は唖然として、凝り固まったと言っていました。信じられないことの連続で、脳が追いついていかなかった、と。まず、そこは猟場ではないのです。禁猟区です。そこに、猟銃を持ち込んでいる男がいる。しかも、銃口を子供に向けている。事態を、川瀬の意識は否定しようとした。男は、全然別のほうを狙っているに違いない、と信じようとしたり……。瞬間的なことでしょう。数秒で川瀬の意識は逃避をやめ、男を止めるために叫ぼうとした。しかしその時、それは起こってしまっていたのです」

猟銃の引き金は引かれてしまった。轟音が木々を震わせる中、川瀬は見た。背中から撃たれ、のけ反る七歳の少年の姿を。見える横顔は、苦悶に不思議そうな色を混ぜ、そして体は頽《くずお》れる。

一瞬遅く発せられていた川瀬の叫びは悲鳴混じりとなり、軽率に発砲した男を驚かせた。川瀬は雄叫《おたけ》びをあげて男に突進して行った。

この時、なぜ少年のほうに向かわなかったのかと、後《のち》に問われた川瀬晴樹は、地形のせいもあったろう、と答えた。泉のほうへ直線的に駆けつけるには、極端に足場の悪い窪地を上下しなければならない。あの時の激高した感情で行動できる方向は、発砲した男のほうだった。本能的な選択だ。それに、足場のいい場所を探して最短時間で泉のもとへ駆けつけるためにも、迂回したほうがよく、それは男のいる方向だった——川瀬はそう主張した。

男は川瀬の剣幕に恐れをなしたし、その喚《わめ》く内容から自分の重大な過失を知り、青ざめて逃げにかかった。川瀬は獣のように走り、しばらくして追いついた。男は抵抗した。往生際が悪かった。揉《も》み合い、つかみ合ううちに、二人は切り立った地形の数メートル下に転落。意識を失った。

「何分ほど、意識を失ったのですか？」と、フミは訊いてみた。

「数分らしい。銃声らしき音に不審を感じながら落ち合う場所まで移動して来た清司くんが、倒れていた泉を見つけたのです。……すでに死亡していたと。清司くんは呆然となり、その場の周りをふらついていたようですが、そんな時、男を引っ立てて川瀬が戻って来たのです。発砲からここまで、十分ほど……」

言葉を途切らせ、建史は眉間の皺を深くする。

「警察は川瀬に確認したし、我々も知りたかった。男を追う必要があったのか、どうか。川瀬は医師だ。男など追わず、怪我人のもとへ駆けつけるべきではないのか？　泉の身を案じれば、そうして当然ではないのか？　治療に向かっていれば、意識を失って十分間も無駄にすることはなかった。撃たれた直後に適切な応急処置をしていれば、泉は助かったのではないのか……」

当時の、懊悩《おうのう》にも似た問いの渦を、建史が眼光の奥で再生している間に、ドアから槇が入って来ていた。話を耳に入れていた顔だ。

「警察の医師も、止血などに即応できなかったのは残念だ、と言っていました」建史は呟くように言う。「しかし、応急処置をしたからといって助かったとは限らない、とも」

「正義です」

唐突に槇の声がし、建史は、「ん？」と、顔を向けた。

「川瀬さんが、発砲した市田《いちだ》を追った理由ですよ、大旦那さん。あの人は、そう言っていました」

「ああ……、正義な」

「なんの正義です？」フミは訊いた。

「銃に携わる者の」槙の声には、なんの抑揚もなかった。「銃であのようなことをした男が許せず、男を追ったのだろう、と。川瀬さんは自分の行動を分析して、よく口にしていました」

「義憤や怒りといえばそのとおりだろうし、咄嗟《とっさ》の判断だ……」建史は咳払いをするかのように横を向く。「なにをもってしても裁けるものではない。そうでしょう、筧さん？清司くんにしても、しっかりしていたわけではないですからね。川瀬が犯人を捕まえてくれたのは事実です。市田朋男《ともお》は、目撃者がいなければ、黙ってその場から逃げ去っていたはずです。そういう男です。山形のほうから一人で猟に来ていた男で、猟友会への届けも出しておらず、ほっかぶりされれば見つけられなかったでしょう」

「その男はどうしています？」

「銃刀法違反や過失致死罪などで実刑が確定。収監されています」

「……七歳のお子さん。特に芳さんたちは、さぞやお辛かったでしょうねえ」

「それはもう」唸《うな》るように言い、槙は両手を握り合わせる。「芳さんは、心も体も壊れそうなほど……。わたしも、泉くんのことは孫のように感じていました。……もう一人、孫のように感じていた甥っ子がいたのですが、彼は、川瀬晴樹さんの勤める病院で亡くなりました。去年です」

建史は重々しく頷いた。

「ご病気で？」

フミの問いに対する槇の答えは、「医師の不誠実さによってですよ」というもので、フミを驚かせた。

「えっ？」

フミは椅子の上で体を回し、戸口に立つ槇に向き直っていた。というのも、今の言葉の内容だけではなく、声も、今までの槇からは想像もできないほど重苦しいものだったからだ。

「木から落ちて肺を痛め、甥っ子は担ぎ込まれたのです。その時病院には、よぼよぼの年老いた医師、一人だけでした。あの医師《せんせい》は、医院からそれほど離れていない場所にいる川瀬医師に応援を求めました。ですが彼は、競技のための集中訓練をしている最中だと、要請を断ったのです」

「……甥御《おいご》さんは、助からなかった」

槇は気を静めるかのように目を伏せ、声の調子を普段のものへと多少戻した。

「はあ……、これも、川瀬医師と二人で治療すれば必ず助かったとは言えないことですけれどね」

ただ、と、槇は遠慮を捨てて言う。

「あの方はどうも、医師と名乗っているにしてはなおさら、命への真剣な思いが欠けているようにも、わたしは感じてしまうのでございますよ」

スピアが神経を注いでいたのは、鳥類同士の争いだった。場所は、屋敷の西のはずれ、その南の庭。木々が密集している。

コレクションルームの外で南北にのびる廊下の南端にも、屋外への出口があり、サンダルも二足あったので、そこからルシイは出て来た。

近付くルシイに、スピアは耳を回しはしたが、視線は梢のほうに向けたままだった。

一際甲高《かんだか》く小鳥の声が響いたと思うと、小さな影が頭上高く飛び出してきた。

スマートな白い腹部に、藍色の大きな翼。二つに分かれた尾羽。

「ツバメ」

スピアは地を蹴って小鳥を追い始める。

ツバメを追うものが、他にも――。今まで争っていた猛禽《もうきん》だ。トンビが羽音《はおと》鋭くツバメを追っていく。

方向転換しようとしたツバメだったが、トンビにうまく進行方向に回られ、鳴き声をあげてかなり荒々しく翼を動かしざま、いささかパニックになって急旋回をする。

「あっ！」

ツバメが向かったのは屋敷だった。廊下の、あいている窓に飛び込んでしまった。

スピアも、ひらいたままだったドアから屋内に駆け込む。

大輔は少しこっそりと、トイレから戻って来るところだった。意識のない母親の所へ、早く戻らなければ——。

しかしその足が止まった。廊下の曲がり角の向こうから、バクーに似た足音が聞こえてくる。犬の足音。

——スピアだ。

予想どおり、ドーベルマンが姿を見せた。しかし、大輔の顔に笑みは広がらなかった。一瞬、目を疑い、表情は強張《こわば》っていく。

スピアは、口に小鳥を咥《くわ》えているのだ。

嚙み殺した、と思い、大輔はどうしていいか判らずに身を縮めていた。でも、スピアには得意そうな様子はなかった。少し悲しげな目をして、なにかを探している。

日常の断層から、慶子は目を覚ました。反射的に、時計を見る。十時一分だった。

発作の睡眠中に見た夢の記憶が残っている時があるが、今回もそれだった。はっきりと覚えてはいないが、西洋の甲冑が登場したような気がする。

辺りを見回すが、誰もいなかった。

隣のコレクションルームから、人声のような音がかすかに聞こえる。みんなで、残りのシャーロック・ホームズコレクションを楽しんでいるのだろうか。

ドアまで行き、軽くノックをしてからノブを回した。

室内に見えた人の姿は、群馬清司のものだけだった。

「あっ、すみません。皆さん、こちらにいるものと……」

「かまいませんよ」二、三度瞬《まばた》きしてから、彼は言った。

なにかの図面を広げてデスクに座っている彼の手元には、スマートフォンがあり、そこから音楽が流れてきている。それが人声に聞こえたのだ。

清司は、あれ？　という顔になる。

「では、みんな、そっちの部屋にはいないのですか？」

「どこかへ移動しているようですね」

ボリュームを落としてじっと慶子の顔を見ていた清司は、再び、あれ？　と表情を動かす。

「松坂さんは、どうして置いていかれたんです？」

ドアを閉めて二、三歩進み、ナルコレプシーの説明を始めたところで、廊下側のドアが乱暴にあけられた。

入って来たのは、川瀬晴樹だ。

「あまり口数多くするなよ、こっちだって――」

清司に詰め寄ろうとした瞬間だ――銃声が轟《とどろ》いた。

慶子がそれを、瞬時に銃声だと判断できたわけではない。とにかく大音響が室内を震わせた。音の発生源もつかめない。轟音が室内で反響し、すべてを震動させたかのようだ。いや、すべての物が音を発生させたかのようですら――コレクションの書物が、甲冑が、シャンデリアが――。

慶子の体も震動し、それが震えになったかのように感じた瞬間には、恐怖と驚愕から慶子の両手は頬に当てられていた。

音の中心点ははっきりせずとも、慶子の視線が反射的に飛んだ方向がある。川瀬晴樹のほうだ。ドアを左手で閉めようとしている川瀬。そのすぐ奥に立つ、騎士の甲冑。

そこで硝煙が――白い煙が炸裂していたのだ。

同時にもう一つ、慶子の視界に入っていたものがある。破片を散らすデスク。卓上が小さく爆発したように木片を散らしている。そこに弾は命中したのだろう。青ざめる清司が椅子から飛び出し、身をかわしている。

こうした視界の中で、瞬間的に意識が集中したのは、川瀬のすぐ前方だった。

その空間に、あろうことか、銃が浮かんでいた。

誰も手を添えていない――一番そばにいる川瀬ですら触れていないのに、拳銃が宙にあった。放り投げられて弧を描いているとは見えず、落下しているとも見えない。

空中に静止しているその銃が、デスクのほうに向かって引き金を引いた。硝煙の炸裂と同時に発射される第二弾。

とたん、第一弾から飛びすさっていた清司が、後ろへ弾《はじ》かれるようにして倒れていく。

硝煙の中、少し後ろに動きながら銃は空中で躍り、落下している。

すべては一瞬のことだった。

一瞬で恐慌状態となった慶子の意識は、それでも自らの記憶を確実化しようとするかのように、視覚情報をフラッシュバックした。

空中にあった銃――。

誰もいないのに、発砲された二発――。

第二弾に胸を貫かれた被害者――。

すべては一瞬のことだった。

拳銃が床に落ちて響かせた荒い音が、自失状態を切り替えるスイッチにはなった。ビクッと体が震えた後、慶子は、瞬きと意識的な呼吸をしてから、今の状況を確かめようと試みた。自分はソファーの背に手を突いていた。ショックでふらついたのだろう。

とにかく真っ先にやるべきことは、清司の様子を確かめることだ。彼の姿は、デスクの向こうに倒れ込んでいて、なにも見えない。

歩こうとしたが、足腰にうまく力が入らず——腰が抜けたというやつか——テーブルにつかまったりしながら歩を進めた。

川瀬晴樹は呆然と立ち尽くしており、彼の足元、前方数十センチの所に拳銃は転がっている。

「なにがあった⁉」

ドアをあけて廊下から飛び込んで来たのは、血相を変えた弓弦雄太郎だったが、その問いに答えることも川瀬はできない。

時間を無駄にせずになんとかデスクまで達した慶子は、「群馬さん？」と、声をかけながら、恐る恐る後ろ側を覗き込んだ。

清司が仰向《あおむ》けで倒れていた。白いシャツの胸元が鮮血で染まっている。落ちくぼんだ眼窩で両目を閉ざし、口を半ばあけている顔からはすでに、生者としての表情が抜け落ちてしまっているかのようだった。

体の力が抜け、慶子はその場に座り込んでしまった。感情の激しい変化を体験した時に起こることがある、ナルコレプシーにおける情動発作だ。慶子はそれほどこの発作は起こらないほうだが、今は、心身がぼんやりしてしまっている感じだった。

聞こえてきたのは、川瀬の声だ。

大股で歩み寄ってデスクに体を乗せ、上から後ろの床を見ようとしつつ、「大丈夫か、清司！」と声を発したのだ。しかし、椅子のこちら側に倒れている旧友の姿を見ると、そのまま絶句してしまった。

「清司……」

言って、雄太郎も移動を始め、デスクからおりた川瀬と二人で慶子の横に達した。

喘《あえ》ぐようにしながら、雄太郎が一歩一歩近付いて行く。

しゃがみ込んで数秒、彼はぎこちなく振り返った。

「撃たれたのか？」

「……そのようだが、まったくわけが判らない」

答えは混乱だけを伝えていたが、この時から川瀬は機敏に動き始めた。清司に近寄って身を屈めると、服の上から傷口を診て、首筋に指を当てた。

「ハンカかタオルはないか？」

雄太郎もハンカチは持っておらず、近くにタオル類の心当たりもないようだ。

慶子は懸命な集中力でポケットからハンカチを出し、それを差し出した。

受け取って医師まで中継する雄太郎に、

「雄太郎さん、一一九番に電話だ！」と指示が飛ぶ。

「あ、ああ、そうだな……」

彼が携帯電話の画面をひらいた頃、廊下に何人かの足音が迫っていた。


群馬清司の死は確認され、殺人事件として捜査が開始された。しかし〈殺人〉なのかどうか、捜査陣にも戸惑いは隠せない。なにしろ、現場室内に居合わせた二人の証人、松坂慶子と川瀬晴樹が、揃って奇怪な供述をしてそれを撤回しないのだから。さらに、廊下にいた弓弦雄太郎まで……。

凶器の拳銃は空中にあって、二発の弾を発射した……。そこに人はいなかった。

すべてではなくとも、事態の様相がそれに近いものであるなら、なんらかの過失によって生じた事故なのだろうか？

その可能性も捨てきれないため、過失致死と殺人、両面を見据えての捜査が進められた。

大輔以外の関係者の指紋が採取され、現場検証と並行して一とおりの事情聴取が済み、今、時刻は十一時を回っている。

一同は広間に集められていた。

姿は見えるが、川瀬晴樹だけが、少し離れた場所で何度めかになる聴取を受けている。刑事たちは執拗で、川瀬はかなり苛ついているようだ。

慶子のすぐ横に座るのは、大輔を膝の上で抱えている筧フミ。その隣に、ルシイ・マカリスターがいる。

大輔は自分が抱いていたかったが、慶子自身が刑事の追及を受ける身であり、両者の間に彼を置くわけにもいかない。

今は近くに刑事はおらず、弓弦家の者も含めた一同を、直立している制服警官が見張っている。巡査は山崎《やまざき》といい、二十代の半ばをすぎたばかりの若さだった。通報で駆けつけて来た最初の警察職員が彼である。

銃器を扱う弓弦家とコミュニケーションを取るようにして巡回することが多く、警察関連の仕事が生じた時の連絡役などもこなすので、山崎巡査と弓弦家は、親しい顔見知りの間柄といえるそうだ。

脂肪が付きすぎているため、俊敏で頑健な警察官といった印象は懐きにくいが、交番勤務のお巡りさんとしての親しみやすさは持っているだろう。しかし今は、顔色も悪くなるほどガチガチに緊張し、唇は石のように固く結ばれている。見開いた目はガラス玉のようで、立ったまま気絶しているとも見えるほどだ。

もっとも、気を失っているかに見えるのは、弓弦家の面々も同様だった。声もなく、突然の悲劇による失意に打ちのめされている。

芳は呆然とした目をしており、椅子にぐったりと寄りかかる建史は目蓋を閉ざしている。椅子の中で項垂《うなだ》れる槇たづ子は、両手を握り合わせて祈っているかのようだ。弟を喪《うしな》った雄太郎の顔色は、死者も同然。表情にあるのは悲痛と戸惑い。大きな体は空気が抜けたようにしぼんでいる。

年かさの刑事が近付いて来た。庄司《しょうじ》警部。威圧的な態度はほとんど見せないこの現場責任者は、穏和そうな細い目をかえって武器にしているのか、共感を強調する朴訥《ぼくとつ》な口調で距離を詰めてくる。

着席する前に、居住まいを正した建史に、警部は軽く頭をさげた。

「改めて、お悔やみ申しあげます。殺人などめったに起きない土地柄なのに、まさかこの家で、このような事件が起きるとは」

ガンスミスの家で銃殺事件など、起きてはならないだろう。

「泉くんの事件も痛ましいものでしたが……」

少し離れた背後に二人ほど刑事を伴い、一同の前に腰をおろすと、

「さて」と口にして、庄司警部は視線を巡らした。「再度、確認をしておきましょう。凶器の銃は、現場の床に転がっていたものと見て間違いないでしょうな。コルトのガバメント1911A1。四十五口径」

発射すると薬莢《やっきょう》が飛び出すオートマチックで、七発全弾装塡《そうてん》されていて、二発使用されている。薬莢二つは、現場の床から発見されているらしい。

「弾薬は、先ほど数を確認していただいたとおり、こちらの弾薬庫から持ち出されたもの。線条痕鑑定はまだですが、撃ち込まれていたデスクから取り出した弾丸は同じ口径です。ご遺体からはまだ摘出《てきしゅつ》しておりませんが、どちらも、このガバメントから発射されたと見て問題ないでしょう。他の仮定をするのは、非現実的です」

こうして聞くだけで、あの瞬間の光景が慶子の眼前に炸裂する。

デスクを砕く銃弾。崩れ落ちる群馬清司。渦巻く硝煙――。

「この銃は、自衛隊の第七特科連隊から預かった、二丁のうちの一つですな」

様々な銃器の分解組み立て訓練や、構造理解のために用いられる銃器だという。整備、調整のために、コルトのリボルバーと一緒に預けられていた。

「五日前に届けられ、二日後が納品日」記憶のメモ帳でもめくるかのように、庄司警部は丸い鼻の頭を叩いている。「凶器の銃のほうが先に調整が終わり、しばらく誰も目にしていない。〝ガンハウス〟の預かり品保管庫に仕舞われていた」

目を細めたまま、催促するように、

「何度もお尋ねして恐縮ですが、そうですね？」

と警部が問うと、ようやく、建史と雄太郎が力なく頷いた。

「建史さんは、この銃を一度も見ていないし、もちろん触れてもいない。この点、記憶や発言の修正、ありませんか？　間違いない？」

「間違いようがないですな」声が喉にからんでいたので、建史は咳払いをし、「その二丁の修理には、口出しにも行きませんでしたので、まったく関係していません。凶器だと言われて、初めて目にしました」

「どうも。それで雄太郎さんは、最後にあの銃を見たのは二日前の午後三時頃ですね？」

「ええ……」雄太郎の声の力も、あまり復活してはいない。「リボルバーのほうの調整を終えて仕舞う時に、目にしたのです」

「それ以降、現場で目にするまでのことは、なにも知らないのですね」

「警部」建史が、問う側として動いた。「凶器の銃の、指紋はどうなのです？」

「指紋は残されていませんでした。ですから、その点での手掛かりはなしです。ただしもう一丁、留意しなければならない銃器が見つかりましたね。エアピストル、ファインセンチュリーB6」

そう告げつつ、庄司警部は別席の川瀬晴樹に視線を走らせる。そして、それはすぐに、

雄太郎の顔へと戻り、

「二日前に、川瀬さんが持参した競技用エアピストルが二丁。その内の一丁ですね。コールマン88クラシックと、ファインセンチュリーB6。口径五ミリと六ミリ」

「正確には、それらを基本モデルとして、川瀬さん用にアレンジしてあるものです」

「銃弾は五発ずつ用意され、先ほど調べてみると、口径六ミリの一発が紛失していた。そうですね、雄太郎さん？」

「そうです……」

「発砲された可能性もある」

このエアガンの発見者は、山崎巡査だ。駆けつけて、緊張感に吐きそうになりながらも現場保存をしようと周辺の探索にも目を配っていた時、〝ガンハウス〟の出入り口前の地面に、それを見つけた。オイルでも付着していたのか、地面の砂で少し汚れていたようだ。指紋は発見されていないらしい。

エアピストルは、その名のとおり、ポンプ内などに圧縮された空気の力を利用して弾丸を発射させる。こうしたピストルは、発射音もほとんどしないものかと慶子は思っていたが、そうでもないらしい。もちろん、機種によって様々だが、ファインセンチュリーB6だと、大きく手を打ち鳴らす程度の鋭い発射音はするようだ。

ガンパウダーと呼ばれる〝火薬〟を使う一般の実銃とは、弾丸も違う。鉛や、鉛とアンチモンの合金製が多く、形は、球状や円錐、鼓《つづみ》に似たものもある。問題のエアピストルの弾は、鼓型だという。

至近距離であれば殺傷能力もあるが、ファインセンチュリーB6では、十メートル以上離れれば、顔などに当たらない限りそれほどの危険はないらしい。

痕跡の残る火薬も燃焼させず、大量に発射しなければ熱も生じないエアピストルなので、発見されたファインセンチュリーB6が弾を発射したのかどうかは判断できなかったようだが、これも実際問題として、紛失している一発はこのエアピストルから撃ち出されたと判断していいのではないだろうか。だが、被害者の胸の傷は、明らかにこの弾丸によるものではない。あくまでもガバメントによる傷としか考えられないようだ。

質問を発しそうな建史に先んじるように、庄司警部は言う。

「その一発は、まだ発見されていませんが。……さて、そこで芳夫人に再確認です」

名をぶつけられたかのようにビクッと顔を起こした芳は、警部に目を合わせる。

「銃声が聞こえた時、あなたは二階の窓から裏を見たのですよね」

「そうです」小さな声が答える。

事件当時、芳がいたのは二階の自室だという。泉の話題で感情が乱され、動揺を静めるまでは人前にもいられないので、自分の空間に反射的にこもったのだ。

彼女の部屋は北向きなので、すぐ眼下に〝ガンハウス〟が見える。

雄太郎の書斎にしてコレクションルームである部屋の外で南北にのびる廊下は、南と北に、屋外への出口がある。ルシイ・マカリスターが外に出たのは、この南側からだ。

北側の出入り口は、〝西の裏口〟と呼ばれているという。弓弦邸には、裏口が二ヶ所にある。西側と東側に。

川瀬晴樹と群馬清司が口論をした後、男たち三人が出て行ったのが、〝西の裏口〟。

ここから、やや東に向かって十メートルほど進むと、〝ガンハウス〟のドアがある。〝西の裏口〟の外にあるのは、いわば仕事場への直近のルートであり、通勤路だ。それで、この出入り口には常に、建史、雄太郎、清司の靴が置かれていて、サンダルも三足ある。

東西に長い〝ガンハウス〟の戸口は西寄りにあり、これは、芳の部屋から見ると、やや左手の方向になるそうだ。

「部屋には一人でいたのですね？」

「そうです……」

感情の高ぶりを抑えて二階へ向かおうとしていた芳の姿を見かけたのが槙で、心配し、後を追い、しばらくは二人で部屋にいて話をしていた。そのうち、こうした時の芳の〝気付け薬〟である、黒コショウ入りのミルクシェーキを作りに、槙はキッチンへとおりた。

「一人でいてしばらくすると、銃声が聞こえたのです。家の中で発砲があったようなので不思議に思い、窓から外も見ました」

「外を見た理由は?」

「家の中で銃声がしたなんて、信じられませんでした。それで、〝ガンハウス〟の窓やドアがあいていて、そこから聞こえた音を錯覚しているのではないかと思ったのです。わたしの部屋の窓はずっとあいていましたから、〝ガンハウス〟へ行き来しているらしい男の人たちの声は、かすかに聞こえていまして、それで、〝ガンハウス〟で仕事としての発砲をしたのだろう、と……」

「〝ガンハウス〟のドアなどの様子は?」

「ドアは閉まっていました。窓も、見える範囲のものは、すべて閉まっていましたね」

「その時、〝ガンハウス〟のドア付近の地面も目に入りましたね?」

「はい。ですけどその時、エアピストルなど落ちてはいませんでした」

「その後、あなたは?」

「銃声のことが気になりましたし、お客様の所にそろそろ戻らなければと思い、階下へおりようとしました。部屋を出たところで、やって来た槙さんと出会い、ミルクシェーキを部屋へ置いて、二人で一階へ行きました。……騒ぎの聞こえてきた書斎のほうへ行くと、あのような……」

「判りました。どうも」

エアピストルが〝ガンハウス〟のドアの前に出現したのは、銃声のしばらく後というこ

書斎兼コレクションルームと周辺見取図

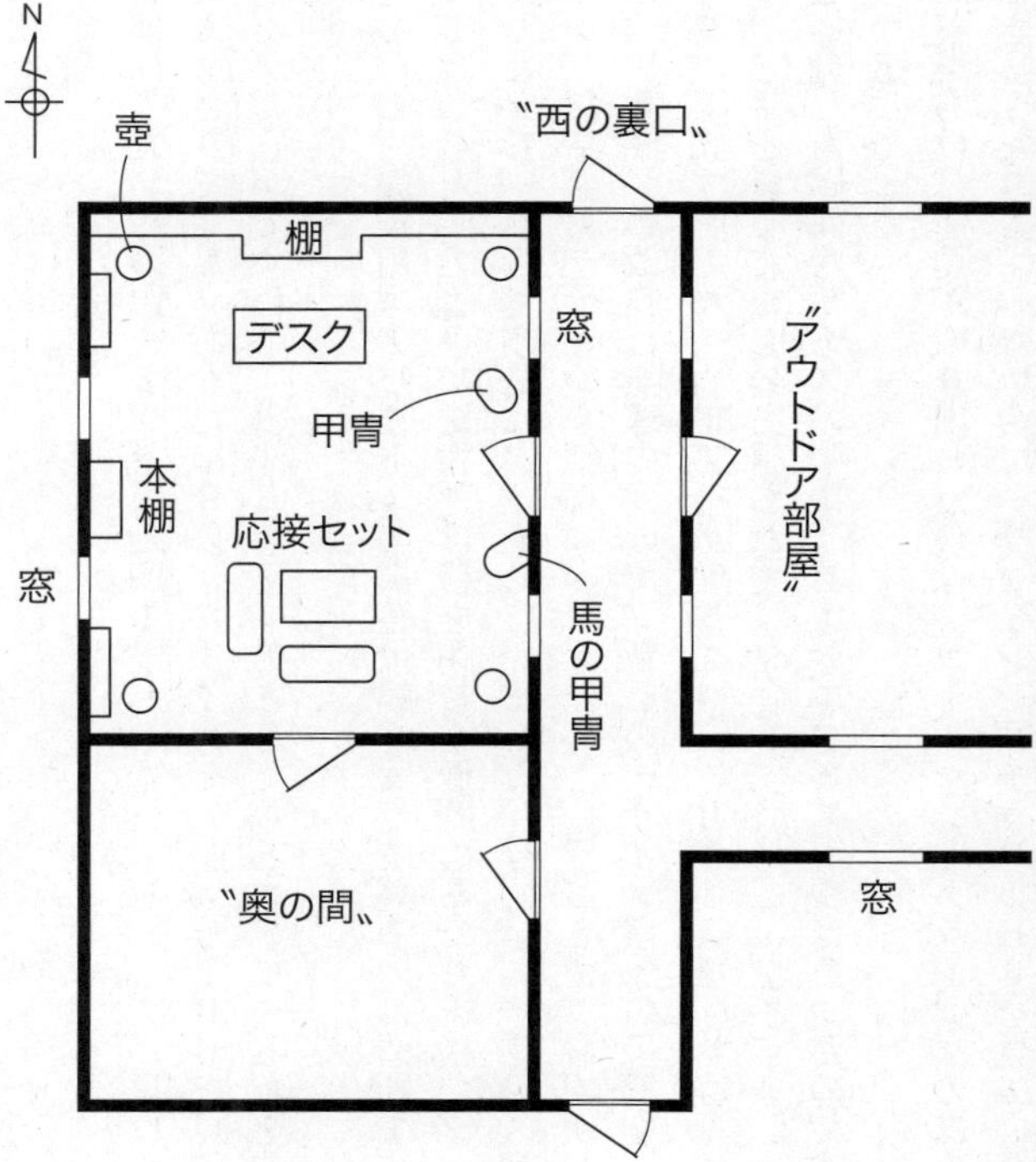

とになる。

「さてさて……」

庄司警部は、丸い鼻の頭をトントンと叩く。

「次は雄太郎さんですな。あなたは今日、ファインセンチュリーB6を見ていないということでしたが、確かですね？　事件直前に、弟さんたちとエアピストルを調整する仕事に行ったはずですが」

「川瀬さんから、競技用エアピストルの調整依頼を受けているのは清司ですから――」

貧血でも起こしたかのように雄太郎は目を閉じ、眉間のあたりを指でグッと揉んだ。

「清司でしたから、私は基本的にタッチしていません。今回は、バランス調整のために装塡孔もポンプ接合部もデザインを微細にいじりたいということで、むずかしいとは聞いていました。短時間での改良は無理ですので、新しいデザイン構想の了解を、川瀬さんからもらう手順でした。そして、九時四十五分頃ですか、川瀬さんと言い争いをした後の清司に、ちょっと手を貸してほしいと言われて、〝ガンハウス〟へ向かったのです」

「先ほど拝見した、保管ケースの中に、二丁のエアピストルはあったのですね。手さげ金庫のような感じでした」

「あれの蓋をあけ、清司が取り出したのは、コールマン88クラシックのほうでした。私は手元を覗き込んだりしていないので、ファインセンチュリーB6を見ていないというのは嘘ではありません」

「保管ケースの鍵は？」

「あれは、掛けません」

「凶器となったガバメントを仕舞っておいた保管ロッカーには、施錠するんですよね？　その鍵はどこに？」

またその話ですか？　と一瞬、顔をしかめた雄太郎だが、すぐに気持ちを改めたように生真面目な表情に戻った。

「あそこの作業机の抽斗《ひきだし》にあります。ですから、場所を知っていれば、鍵を使って誰にでもあけられます」

「〝ガンハウス〟のドアの鍵は、もう少し厳重に管理されていますね？　鍵は何個あって、誰が所有しています？　もう一度教えてください」

「鍵は三つ。別棟の弾薬保管庫と共用です。私と清司が持ち、残り一つは〝アウトドア部屋〟の棚にあります」

野外活動用の用具があったり、風景写真などが飾られている〝アウトドア部屋〟と呼ばれている部屋は、コレクションルームのすぐ向かい側に位置している。〝西の裏口〟にも、当然近い。

「鍵はそこにあったでしょう、警部？」

逆に雄太郎が聞き返し、庄司警部は「ええ」と、やや素っ気なく応じると、建史に確認を求める。「雄太郎さんがおっしゃった状況に、間違いはありませんね?」

「通常の鍵の所持、保管はそのとおりだ。いちいち点検することは、正直ないがね」

〝アウトドア部屋〟のことをまた耳にして、慶子はルシイから聞いた話を思い返していた。事件とは関係ない、ツバメの話だ。

睡眠状態に陥っていた慶子のそばに残ってくれていたルシイは、窓の外に見えるスピアの様子が気にかかっていたらしい。それで、大輔が戻ってから、外に出てみたという。その時、ツバメが一羽、木々の奥から飛び出してきて、窓から家の中に飛び込んだのだ。廊下の窓から入り、そのまま、すぐ正面にあった室内の窓も抜けた。その部屋が、後でその名を知らされた〝アウトドア部屋〟であったらしい。

そのツバメは、ほどなくしてスピアが咥えて出て来た。飛びかかって捕獲したのではなく、失神したツバメを、口で運んで来たのである。

ルシイはそうした状態の鳥を何度も見ているので、推測は立った。屋内に入ってしまったことでさらにパニックになった小鳥は、壁か窓に衝突してしまったのだ。そのショックで意識を失ってしまった。獲物としての興味を失ったスピアは、ルシイに言わせると、小鳥を心配したのだそうだ。それで、ルシイのもとまで運び、知らせた。

ツバメは地面におろされて数秒すると意識を取り戻し、木立の中に飛んで戻ったという。

ルシイが二発の銃声を聞いたのは、この直後だ。イツバメの話は、大輔が気にかけていたので、ルシ事情聴取に待機させられている間にルシイが聞かせたものである。

慶子は、我が子の動きもおさらいしてみる。

トイレから一人で戻って来る途中で、大輔は小鳥を咥えたスピアを目にした。ちょっとしたショックを覚えたようだ。生き物に牙を当てているドーベルマンは、凶暴には見えなかったが、やはり怖く、どうすればいいのか大輔は判らなかった。小鳥のためにも外まで追うべきかと迷ったが、考えがまとまらずにしばらく立ち尽くしていた。そのうち、母が目覚めたら相談すればいいと決め、〝奥の間〟へ戻ったのだ。しかしこの時、母の姿は部屋になかった。少し視線を巡らしていると、銃声が轟いたという。

まさに、入れ違いのタイミングだったことになる。慶子がコレクションルームに移ってドアを閉めた時に、大輔が隣室に入ったわけだ。

フミの膝の上にいる彼に目をやるが、極度に緊張している様子はない。ヨットパーカーのフードをかぶり、いつぞやシロクマ館に行った時のように、硬くなって背中を半分向けながらも、じっと、興味を向けているといった風に見えた。

フミはもちろん、ルシイも落ち着いている。

悲劇的で不可解な発砲があったのは、十時二分頃。

その前後のそれぞれの動きは、慶子が把握しているところでは……

建史の様子を心配して大輔を一人で戻したフミは、建史のもとへ駆けつけ、それから二人で話し込むことになった。ここへ、二階から槇がおりて来る。キッチンへ向かう途中、彼女は漏れ聞こえてくる二人の会話に足を止めた。話の内容が、彼女の胸中に鬱積していたものの堰《せき》を切らせたからだ。寸前まで芳と語っていたのも、この過去の事件のことであり、槇の本心はもっと爆発したがっていた。

三人の話の切りがいいところで、槇はキッチンへ向かい、フミも彼女について行った。特製ミルクシェーキの作り方を教わりたいと願い出、大輔を洗面所へ連れて行く時にグラス類をキッチンに戻しておいたので、それを洗うのを手伝った。

槇が二階に向かい、慶子たちのいる部屋にフミが戻ろうとして二十秒もした頃、銃声が鳴り響いたのだ。

キッチン、そして洗面所やトイレ、階段も、屋敷の東側にある。

トイレに行き来した大輔は、建史たち三人のいる部屋の外の廊下も歩いたが、窓よりも背の低い彼が目に留まることはなかった。

事件発生後に真っ先に現場に駆け込んで来たのは雄太郎で、次に、フミと大輔の二人。大輔は隣の部屋から驚くような音が聞こえたので、母の声も聞こえたとはいえ、踏み込んでいいものか躊躇《ちゅうちょ》していた。その時に、廊下から、「何事です？　どうかしましたか？」

と、フミの声が聞こえてきたので、そちらに顔を出したのだ。そして、二人で現場にやって来た。

その後に駆けつけたのは、建史、芳、槇の一団。銃声に驚いた建史がいつもどおりの慎重な足取りで、大輔の後を追うようなルートで廊下を歩いているところへ、二階から来た芳たちが合流したのだ。

一番最後に姿を見せたのはルシイになる。彼女は庭にいて銃声を聞いたが、屋内で響いたとははっきりつかめなかったので、緊急事態とは感じていなかった。〝ガンハウス〟のほうでの、仕事上の発砲だろうと思っていた。気にはしつつも、屋内に戻って廊下を進んでから、騒動を知ったことになる。

警察が、自分と川瀬晴樹を最重要の関係者と見ていることは慶子も承知していた。現場にいて、発砲シーンを直接目撃した二人なのだ。そしてここに、もう一人加わるとしたら、それは雄太郎になるはずだった。

その証拠に、この三人だけが、利き腕を中心に硝煙反応検査を受けていたのだ。任意で身体検査も受けている。

弓弦雄太郎は、廊下の窓から室内の発砲シーンを目にした、第三の目撃者である。

聴取は、その方向に進もうとしていた。

「では、雄太郎さん。清司さんの鍵を使って三人で〝ガンハウス〟に入ってからの動きを再確認します。ここからは、さらに重要度を増しますので」

「繰り返しになりますよ」と牽制しながら、雄太郎は、仕方がないといった表情で頷いている。

「一秒一秒、当時のことを頭の中で再現していってみてください。思わぬことを思い出すかもしれない。些細なことでも伝えるように。いいですね？」

「はい」

凶器のガバメントが保管されていたロッカーには誰も近付いていないことを確認してから、庄司警部は、

「三人で出向いたにしては、〝ガンハウス〟からはすぐに出たようですが？」と、疑問をぶつける。

「清司は、コールマン88クラシックの改良点を説明したのですが、川瀬さんが判りづらいと言い出して、図面を見せながら説明することになったのです。ちょうど川瀬さんが、トイレに行きたいし、とも言い出しまして。今回、図面は〝ガンハウス〟ではなく、書斎にあるということで、母屋へ戻ることにしました。エアピストルは保管ケースに戻し、外へ出て施錠しました」

「鍵を掛けた。清司さんが、ですね？」

「そうです」

「あなたも鍵は持っていた」

「ええ、そうです」少し硬い口調。

「それから？」

「川瀬さんは、裏庭を歩いてトイレのほうに向かいました。〝東の裏口〟へ足を向けたわけです。その姿をしばらく見送っていた清司が、こっそり耳打ちしてきました」

庄司警部は前屈みになり、後ろの刑事たちも明らかに耳をそばだてていた。

「『さっきは失敗した。最近、川瀬は特に激高しやすくなっていて恐怖を感じるんだ。刺激したくはなかったのに、つい泉の事件に言及してしまった』……。そうした意味のことを口にしたのです」

「恐怖を、ね」

「少々極端な表現にも感じたので、もう少し詳しく聞いてみました。清司が言うには、泉の事件のことなのかどうかは判らないが、川瀬はなにかの苛立ちか罪の意識を無理して押し殺していて、それが限界にきているのかもしれない。銃器を手にしている時に特に、荒々しい感情が目の奥に見えて気が気じゃないんだよ、と」

事実だとすれば、確かに気が気ではないだろう。

「それであなたは、川瀬晴樹の後を追ったのですね、雄太郎さん？」

「できれば川瀬さんのそばにいて、様子に気を配ってくれないか、と清司に言われましたのでね。半信半疑でしたが、銃器を手にしている時に特に、と言われてはねえ。私はそろそろお客様の相手もしなければと思っていましたから、そうなるとこれからしばらくは、清司と川瀬さんが〝ガンハウス〟かその周辺で二人だけになる。銃器が常にそばにある状態です。ですから、清司の気懸かりを無視すると後悔することになるかもしれません。小走りで、川瀬さんの後を追いました。私もトイレに行くと言って、一緒になったのです」

「で、実際どうでした、川瀬晴樹の様子は？　今また振り返ってみて、内面に問題がありそうでしたか？」

雄太郎は慎重に考える。

「……そうした様子をはっきり感じたということは、やはりないですね。ほんの瞬間瞬間、考え込むような雰囲気はありましたけど……。ただ、あの時は違いました。清司から川瀬さんの携帯電話に着信があり、短く言葉を交わした時は」

「川瀬晴樹が声を荒《あら》らげたのですね？」

「まあ、多少。『大きなお世話だ』と、吐き捨てたと思います」

「しかし奇妙ですな。すぐそばにいるし、すぐにまた顔を合わせる相手に電話をかけるとは」

「まあ、そうですが……」

雄太郎は、それは自分には答えられない、という顔をしている。

庄司警部の後ろのほうに立っている刑事が、鑑識官から受け取った、ビニール袋入りの携帯電話に目を近付けたりしている。川瀬晴樹に提出させた携帯電話だ。群馬清司からの着信履歴はあるのだろう。

「その電話に声を荒らげたのは、トイレから裏庭を通って引き返している時ですね？　そして、〝西の裏口〟に戻った」

「そう。そうです。川瀬さんの歩調は、確かにちょっと勢いを増していましたかね」

「彼が〝ガンハウス〟に近付いたということは？」

「前に言ったとおりです。そんなことは全然していません。……それで、〝西の裏口〟から中に入ろうとしているあたりで、今度は私にメールが入りました。清司からです。文面は、さっき見てもらったとおりです」

庄司警部は丸い鼻の頭を叩き、記憶の中から文面をふるい落としたかのようだ。

「『不安が昂じて、余計なことをしてしまったかな』でしたね」

「余計なこと、というのが、携帯電話を使ってまで、川瀬さんに一声かけたことでしょう。それが、先ほどの警部の問いへの答えになっているかもしれません。直接話をできる相手なのに、つい、電話までかけてしまった……」

納得の表情は見せない警部に、雄太郎は先を促された。

「私が廊下を二、三歩進んだ時には、川瀬さんはなにか口走りながら書斎に入っていました。そして、次の瞬間には――銃声です。一発、二発、と」

ネクタイを緩める仕草をする庄司警部は、細い目の中にも重々しい光を滲ませた。

「銃声を聞いただけではない。あなたは、目撃もしたわけですね。廊下から、窓越しに」

呼吸を整えるように、雄太郎は間をあけた。

慶子を含め、聞き手も緊張感を増す。

「はっきりとではありませんよ。ガラスにいろいろと映り込んでいますから、視界がそれほどきくわけではありません。角度的に、視野の半分は甲冑に塞がれていました。その向こうに、川瀬さんが現われたことになります。甲冑と川瀬さんは、ほとんど重なる格好です。ですが――」

雄太郎は、やや急ぐ口振りだ。

「そっちをしっかり見ていたのではありません。視界の一部です、あくまでも。部屋に入ろうとしていたので、視野の中心はドアでした。その時室内で銃声がし、白煙が炸裂したので視線がそっちに引き寄せられたのです」

「硝煙を見た。どの辺りに？」

証言者は咳払いをし、

「川瀬さんの前あたりの空間で。ですが、遠近感ははっきりしないので、そこはなんとも……。もっと手前だったのか、川瀬さんよりは奥だったのか……」

「手前だの奥だのはないだろう」控えていた刑事が、我慢できないように鋭く声を挟んだ。「その場には川瀬晴樹しかいないんだから。川瀬が銃を握っているのは、本当に見えなかったのか？　彼の右腕はどうなっていた？」

雄太郎は、庄司警部のほうを見たまま、

「はっきりしたものは、記憶にありません。ただ、なにか影のようなものが素早く動いて、次の瞬間には二発めが発射されたという気はします」

「素早く動いたのは、川瀬晴樹の腕？」

という庄司警部の問いには、雄太郎は頭《かぶり》を振る。「なにも、はっきりとは……」

「それでも、二発めを撃った時の拳銃は見えたのでしたよね？」

「ええ……。その時には、顔はすっかりそちらに向いていましたし、驚きながらも、注意力といいますか観察眼といいますか、そういったものが多少は戻ってきつつありましたから。目撃内容は、松坂さんの証言と同じになります。私には、その銃は空中にあるように見えました。川瀬さんの近くではありましたが」

先ほど口を挟んだ刑事が、苦々しそうな顔をしている。

庄司警部は冷静に、

「銃を握っている川瀬晴樹の右腕が、甲冑の腕に隠されて見えなかったのでは？　甲冑も右腕の肘から先を前方に出していますからね。空中にあるという印象ではあったが、銃のグリップや引き金にはちゃんと、川瀬晴樹の手が添えられていた。そうしたことも有り得るでしょう?」

しかしこの目撃者が、「どうしても、そうは見えませんでした」と答えると、庄司警部にも初めて苛立ちが見えた。

信じてもらえないであろうけれど、そう答えるしかない者の気持ち、慶子にももちろん、よく理解できた。もっと普通に、自分の目で見たことを理解し、伝えることができれば……。だが何度反芻《はんすう》してみても、網膜に残るのは、夢魔の残像のような奇態な一景だけだ。

感情を抑えようとするかのように、庄司警部は足を組んで床に視線を向けていたが、ここで聴取の方向性を変えるようだった。

「では動機はどうなのか、ということで、ここで皆さんに――」

そう言って顔をあげた警部だが、真っ正面にフミの顔を見ると言葉を止めた。母の代役として子供を守る老嬢は、害なすものをすべて弾き返そうとするような機関車めいた顔貌を保ち、真剣な両眼は冷ややかなほどだった。

逸《そ》らされた警部の視線の先には、次には、金髪碧眼《へきがん》の美(少)女の見つめ返す瞳があり、警部の目はさらにその横へと移っていった。

「特に、弓弦家の皆さんにお訊きすることになりますが、川瀬晴樹が群馬清司さんに敵意を持つ原因に心当たりなどありませんか？」

　はかばかしい返事が出てこないと、庄司警部は具体的に、

「三年前の泉ちゃんの事件に、二人はかかわっていますが、あの事件に裏があるとは思えませんしね。もう一人の当事者、犯人の市田の供述も、川瀬・群馬のそれと食い違いはありませんでした。しかし、今日の事件の直前に二人が言い争いをしたのは、泉ちゃんの事件に端を発した内容でしたね。……あの事件前後でもよろしい。なにか、気になることが発生していましたか？」

　慶子たちの席には沈黙が落ちるが、川瀬が聴取を受けている席からは、こちらで動機を探られていることを察知して憤慨しているかのように、荒々しい声があがり始めていた。

　槇たづ子の唇が動きかけたが、とうとうそれがひらくことはなく、建史が口に出すことになった。

「聞いていると思うが、言い争いの原因は、泉の死に対する川瀬晴樹の弔意が足りないと清司くんが感じていたことにあるらしい。そんな指摘に腹を立てて、激高に目が眩《くら》み、発作的に凶行に走ったということは考えられるだろう」

「それは有り得ます。ただ、発作的な犯行にしては腑に落ちないこともあるものですから……」庄司警部は弓弦家関係者を見回す。「ですので、泉ちゃんの事件だけに絞る必要もありません。なにか思いつくことがありましたら、いつでもいいので、申し出てくださ

い」

一番大きく頷いたのは、芳かもしれなかった。

「群馬さんは、最近の川瀬晴樹の言動に危ういものを感じていたようですが……」庄司警部は続ける。「皆さんはどうでした？」

しばらく返事はなかったが、雄太郎が応じた。

「私は特に、異変は感じませんでしたが……」

「今日以前に、川瀬がこのお宅を訪ねたのはいつです？」

「二日前。自分のエアピストルを持参して来た時です」

「その日も、おかしな様子は見えなかった？」

雄太郎は家族たちの顔を見回してから、

「そうですね」と警部に答えた。「ですけど、川瀬さんは清司の友人ですし、今回の依頼も清司相手のものですから、一番長く一緒にいたのは二人です。清司の住居に、川瀬さんは出向いているかもしれない。清司だけが知っていた川瀬さんの素顔もあるのでは……」

「なるほど。参考になります。……で、次は……」

庄司警部の目が、慶子に向けられた。

「松坂さんにお訊きしましょう」

慶子の緊張が伝わったかのように、大輔も小さな拳《こぶし》を握り、警部を見返す姿勢になった。

「あなたが現場の部屋に入って間もなく、川瀬晴樹が廊下から入室して来ましたね。乱暴にドアがあけられたという印象だった、と。その時の、川瀬が群馬さんに発したセリフを再現しましょう。『あまり口数多くするなよ、こっちだって』ですね？」

「そう記憶しています」

この時、川瀬晴樹が荒々しく席を立ち、刑事を振り切るようにしてこちらの席に突進して来た。

「こっちでも、あの時俺が言ったセリフが取りあげられているのか？」

顔面を紅潮させる川瀬は、両足を踏ん張って立つ。

「この刑事には、こう言われたよ」

と、彼の腕を後ろからつかもうとしている、今まで聴取していた若手の部類の谷《たに》刑事を、川瀬は指差した。

「こっちだって覚悟がある、と凄むつもりだったのではないか、ってね。口を封じるぞ、と脅し、それを実行した、だとさ！　そんなヤクザみたいなこと、するはずないだろ」

そうしたことを、かなり凄んで声高にまくし立てている。

「いいかい、俺はピストルの競技者だ。銃で人を傷つけたりしない。そうだろう？　板前が包丁で人を刺すか？　プロ野球選手がバットで人を殴るか？」

「それがねえ、川瀬さん」谷刑事を制し、庄司警部は椅子の中で川瀬に体を向けた。「そうともいえないんですよ、これが。ボクサーが拳で人を殴ってしまうことがあるように、人には止められない衝動がある」

川瀬は一瞬、言葉に詰まった。

「だ、だが、俺がいつ、凶器のガバメントを持ち出せる？　どうやって手にできるっていうんだ？　なんだか、俺が最重要容疑者扱いだが、その女を忘れちゃいないだろうな。容疑は濃いぞ」

川瀬が今度指差したのは、慶子だった。

「なんですって？」強い声を発したのは筧フミだ。大輔が膝の上にいることも忘れて腰を浮かしかけている。「とんでもない言いがかり、始めないでくださいよ、川瀬さん」

「言いがかりで責められているのは、俺もなんだよ。だから、俺が容疑者なら、その松坂さんも同様さ」

反論したのは建史だった。

「今日初めてここを訪れた松坂さんに、どんな動機があるね？」

呆《あき》れてものが言えないという顔をしているフミが、「まったくです」と、建史に同意と感謝の眼差《まなざ》しを注ぐ。

「例えばだ……、例えば、あの稀覯本を巡るトラブルだ。二百万もするっていう、垂涎の品なんだろう？　シャーロッキアンなんていう頭のいかれた――」

「それは言いすぎでしょう」と声を挟んだのは、フミだ。

「そんな連中の偏執狂ぶりが事件を起こしたのかもしれない」川瀬の口調は、また荒く高まっていく。「俺は気付いていたぞ。黒い文具トレーが別の場所に移されていたことを。デスクの上にあったあのトレーの中に、稀覯本の保管庫の鍵があったのは覚えているだろう？」

慶子は頷く。

「松坂さん、あんたは事件の時、隣の〝奥の間〟へのドア近く、応接セットのそばに立っていた。その応接テーブルの上に、中の文具や、たぶん鍵ごと、あのトレーは置かれていた」

デスクの文具トレーが移動していた……？

この時、庄司警部と鑑識官が小声で言葉を交わしているのを、慶子の目は捉《とら》えていた。

「つまり、こういう想像もできるだろう？　あんたは誰もいないコレクションルームに入り、文具トレーを手にして保管棚の鍵をつまみ出そうとしていた。隣室へ急ぎながらそうして、トレーは応接テーブルに置いた。この時に、清司がコレクションルームに戻って来たのさ。まあ、あんたにすれば、本を盗もうなんて気はなく、もう一度じっくり見たかっただけかもしれない。しかし清司は一瞬で沸騰した。コレクションに関しては、あいつは普通でないところがあったからな。目の色を変え、聞く耳を持たず、憤激した清司は狂態を演じた」

「バカバカしい」と、フミは言い返す。「そんな争いで銃を振り回す人がいますか」

片頬を歪《ゆが》める川瀬の笑いは、皮肉の色を強める。

「さっき、警部さんが言ったよ。人には止められない衝動があるって。コレクターとしての、一線を越えた衝動が悲劇を招いたんじゃないのか？　銃は、清司自身が持ち込んでいたんだろう。図面と照らし合わせるためか、書斎に持ち込んでいた。咄嗟の衝動で、清司はそれを手にしてしまった。だから、そう、正当防衛ってことかもしれないな。身の危険を感じた松坂さんは、相手の拳銃を奪って撃ってしまった」

フミは、感情的にはならずに反論する。

「あの拳銃は、あなたのそばで発射されたのではないのですか？　慶子さんは、その場から何メートル離れていました？」

川瀬は言葉に詰まったが、

「ただね、筧さん、松坂さん……」

と、庄司警部が声を返した。残念そうな響きをこもらせて。

「文具トレーが応接テーブルにあったのは事実です。そして、トレーや文具の一部から、松坂慶子さんの指紋が採取されています」

## 6

——なぜ？

生じた混乱を、慶子は見つめる。あのトレーには触れていない。持ち運んだ記憶などない。そのトレーに、なぜ……？

「まあ、問題の鍵には、指紋はありませんでしたが」

そう付け加えた庄司警部は、まあ座りなさい、と川瀬晴樹に声をかけ、巡査の一人に椅子を運ばせた。

「まずいと思い、事件発生後のごたごたの時に拭いたんだろう」

腰掛けてからの、川瀬の第一声がそれだった。

「よろしいですか」

槍のような、フミの視線。

「本を盗もうとしたとか、人を撃ったとか……、そのような疑いは噴飯ものだと、慶子さんの人格を語って説得を試みることはできますが、それでは論証にならないでしょう。ですから、論拠を言わせてもらいます。慶子さんは、コレクションルームへ出向く直前まで、睡眠病によって意識がなかったのですよ。どのような形であれ、群馬清司さんと揉め事を起こすことはできません」

「意識がなかったなど、自己申告にすぎない」すかさず、川瀬は反撃する。

「ルシイが、マカリスターさんがついていました。その後は、大輔さんが」

「子供じゃないか！」

軽視の笑い。

「まあ、マカリスターさんの話は客観的な証言で通るだろうな。でも、彼女が離れてからの松坂さんの行動は白紙だ。母と子で口裏を合わせているのかもしれないし、母親が子供を言いくるめているのかもしれない」

フミは、フードごと大輔の耳を塞ぐ。「なんてことを言っているのです」

「川瀬さん」慶子の頭にも、血がざわざわとのぼりかけた。「子供の前で、言葉に気をつけて——」

「そうでしょう、警部？　五歳の子供の証言なんて、そもそも刑事事件では意味をなさない。そう見れば、松坂さんには最低でも、七、八分の空白ができる。もっとかもしれない。事件の引き金になることを、コレクションルームで充分にできるでしょう」

憤然とした空気をまとい、フミが立ちあがった。

「警部さん。この男性の前に大輔さんをいさせるわけにはいきません。退席させてよろしいですね」

大輔を抱えるようにして、フミは戸口に向かう。

目顔で指示を仰ぐ女性制服警官に、いいだろうと点頭し、庄司警部はついて行けという合図をした。

「フミさん、頼みます」と、慶子は声をかけた。

大輔の顔が、慶子に向けられていた。唇は悔しそうに少し震え、目には心配する思いが溢れている。

慶子はゆっくりと頷いた。大丈夫、と思いを込める。

大輔の手を取り、フミの大きな体が優しい歩調で部屋を出て行く。

「誰が発砲したのか、といった肝心の点だが、警部」尋ねる口調で口を切ったのは、建史だ。「三人の硝煙反応を調べたのだろう？　反応があった人物はいるのかな？」

「雄太郎さんと松坂さんにはありません」

「ほう？　川瀬くんには？」

「出ました」

「ほう！」

「ち、違う」川瀬には明らかに、うろたえが見えた。「それは、事件の発砲とは関係ない。もっと前に、猟銃を撃ったためだ」

「猟銃を？」建史が訊いた。

「松坂さんたちが訪ねて来る前ですよ。猟銃のほうの整備は終わったというので、〝ガンハウス〟の中で試射したのです。その時のものですって」

建史は、疑わしそうに考え込む表情だ。

同じような顔が並ぶ中、ルシイが口をひらいた。

「慶子さんに、その反応がないこと、どう説明しますか、川瀬さん？」

「それは……、火薬痕が付着しないように、なにかで腕を保護してだ……」

「正当防衛、そうでなければ衝動のぶつかり合いの最中《さなか》に、そんな工作、できますか？」

川瀬は眉を歪めて黙ったが、二秒もすると、表情をパッと明るく変えた。

「松坂さんは、睡眠病だということでしたね。夢遊病というのがあるじゃないですか。意識がない間に、松坂さんにもそれが起こっていたのでは」

刑事たちが多少なりともざわつく中、ルシイが淡々と言い返す。

「ナルコレプシーにそのような症状はないし、慶子さんがそのような行動をしたことは一度もない。睡眠の間ほとんどの場合、誰かが慶子さんのそばについているけど、今までずっと、誰一人、睡眠時遊行症《ゆうこうしょう》に類する状態など、見たことはないのです」

だが川瀬は聞く耳を持たず、

「無意識で動いて、だからこそ、清司といさかいが起こったのかもしれない。それでいて、行動は理性的。欺瞞《ぎまん》工作も行なえた」

鋭い目をして囁きを交わす刑事たちもおり、夢遊病的状況下での犯行説は、それなりに彼らの興味を引いたらしく見えた。

そこを疑われるのであれば、慶子には反論もできず、不安は膨らむ。意識がない間に、なにかをしていた……？

谷刑事が頷きつつ、川瀬に顔を向け、

「空中で、銃がひとりでに発砲したというとんでもない目撃談も、夢遊病時に見た幻影ということか？」

入眠時に幻覚を伴うことはある……。そういえば、甲冑の登場する夢は見た気がするが……。

「あっ、それに関しては……、でも俺が見たのも……」

急に矛《ほこ》をおさめる川瀬に、今度は建史が向き直った。

「改めてお訊きしたいな、川瀬さん。あなたは発砲の瞬間に、なにを見聞きしたんです？ガバメントになにが起こっていたんです？」

川瀬は、当惑を隠すように鬢《びん》を掻きあげ、

「……常識で計れないことしか、記憶にない。室内に入って清司に声をかけた瞬間、すぐそばで銃声が轟いた。驚いて、飛びあがるほど体が震えたよ。発砲があったのは、俺より右側のほうだったと思う。硝煙はそっちから広がった。突然のことだし、被弾したデスクのほうに視線も奪われていたから、誰が発砲したかなんて、見えないし、判らない。あそこに、誰もいたはずがないがね。意識が右側に向きかけた瞬間に見えたのは、空中にあるガバメントだった。……これは確かに、松坂さんの言ったとおりだし、雄太郎さんも見たとおりさ。その鉄の塊《かたまり》は、空中に停止していた。そして、二発めを撃ったんだ。その衝撃で跳ねるように震え、銃は落下していった」

　それがすべてだ、と告げるように、川瀬は片方の手の平を上に向けた——あるいは、お手上げなほど信じられない、と告白するかのように。

　三人の目撃証言は、揃いも揃ってそこが共通している。最も信じられない箇所で。自分が目にした光景が幻覚ではないと裏付けられるであろうこと以上に、慶子はそこに、事態の重みを感じる。

　どの方向から見ても実証されてしまう、三次元的な不思議——。

　ふと、慶子は思った。被害者からはどう見えていたのだろうか、と。

　生じた沈黙の後、庄司警部が聴取の役に戻った。

「建史さん。あの甲冑に奇妙な伝説があることは、泉ちゃんの事件の捜査にお邪魔している時に聞きましたが、こうは考えられませんか？　あの甲冑には、銃弾の発射装置が隠されている、と。伝説は、それを脚色して伝えている」

　呆気《あっけ》に取られた者もいたが、建史の応答は早かった。

「今おっしゃったそれは、伝説になるほどの、ロマンのある珍しい仕掛けではないですね。それにオリジナルはいざ知らず、あのレプリカには、どのようなものにしろ隠密武器など一切ないことは、一目瞭然です。どう分解してみても、それは間違いない。鑑識さんも同じ判断では？」

庄司警部の細い目が、苦笑でさらに細くなる。

「確かに、それは……」

ここで、川瀬が急に大きな声を発した。

「判ったぞ、あの場所に存在できる犯人が！」

視線が集まる。庄司警部も真剣な目を向けた。

「一人だけだ！」川瀬は顔を輝かせている。「あの甲冑の中には支柱などがあるそうだが、こ、こ、子、子供なら中に潜めるだろう」

慶子のこめかみは脈打った。

他には、啞然と口をあける者、顔をしかめる者。――ざわめく気配。

川瀬は言い募った。

「あの大輔って子供にも、アリバイはない。それに、あの甲冑。右腕が前に出ているが、あの部分は空洞といえる。そこから弾は飛び出してくるじゃないか！　発射の後で、兜のバイザーをあげて、拳銃を外に放り出す」

「二発めが撃たれてから放り出されたのではなく、銃は空中で発砲していたのではないのかね、川瀬くん？」建史は太い声で質《ただ》す。

だが、先ほどと同じように不都合な意見は耳に入らない様子で、川瀬は自己満足的な思考に没頭していた。

「待った、待った。あれも関係あるんだ！」ギラッと光る目玉で、川瀬は庄司警部に食い入るように、「最初の事情聴取で、筧さんは言っていましたよね、警部。大輔くんの手がべたついたから、手洗いに行ったと。〝ガンハウス〟前に落ちていたエアピストルには、粘着物がかすかに付いていたのでは？　そのべたつきは、大輔くんの手から移ったものではないですか？」

「君は――」

「玩具《おもちゃ》で遊んでいるつもりだったのかもしれない。そして彼は、エアピストルだけではなく、実銃まで手に取った」

「川瀬さん！」たまらず、慶子は声をあげた。

槙は呆れたように川瀬をにらみ、芳は嫌悪を鋭く込め、「子供をどこまで――」

「感心しないな、川瀬くん」建史は、目を暗くさせる。

「フミさんがいたら、血を見るよ」ルシイだ。

「もっと冷静に、川瀬さん」雄太郎は説く。「あの甲冑と初めて対面した人が、十分とかからずに分解し、また組み立て直すなんて、できるはずがない。もっと根本的な否定材料として——」

まあまあ、と両手を振り、庄司警部が割って入る。

「川瀬さんも、無実を訴えたくて必死なのでしょう」

「しかし警部」慶子は知らず、抗議口調になった。「年端もいかない者をいたずらに尋問したりしては、取り返しがつかないことになると申しあげておきます。硝煙反応検査なども、子供の自尊心への傷を考えて、拒否します」

「それも当然ですな。幼い子供の心理ケア、無論、最大限に考慮しますとも。問い詰める気など、ありません」

なにか言いかける川瀬を黙らせ、数秒思案すると、警部は顔をあげた。

「川瀬さん。あなたのその説は成立しないこと、実地で見せてあげましょう。現場でもう一度確認したいこともあるので。雄太郎さんも、来ていただきたい。それと、大輔くんの保護者ということで、松坂さんにも」

ルシイに視線を送ってから、慶子は腰をあげた。

鑑識の係官や刑事たちと戻ったコレクションルームからは、すでに硝煙のにおいは消えていた。

しかし、悲劇と衝撃の記憶が細切れに押し寄せてきて——鼓膜を打つ銃声、流血、死に覆われつつある肉体——脈が変に乱れる。胃の底も冷えるようで、慶子は手を当てて励ましを送った。

庄司警部が話し始めている。

「ご覧なさい、川瀬さん。雄太郎さんはさっき、これを言いかけたのでしょう」

「あっ——」

慶子も甲冑を見た。

腰から上のパーツが取りはずされていた。真ん中の支柱の上に、兜《シャレル》だけは載っている。

「これは……！」

川瀬は絶句し、慶子は、

「スピーカーですね？」と雄太郎に言った。

甲冑の胴体の内側には、大きなスピーカーが一つ、入っていたのだ。支柱は途中で背後へ四角く曲がり、そこにスピーカーが組み込まれている。

「こんな大きな……」

「そう」と警部。「このスピーカーで、胴体内部の空間はほとんど埋まってしまいますよ、川瀬さん。潜り込めるのは、猫ぐらいのものだ」

「もともと、余り物のこのスピーカーがあったから、清司が思いついたことなのです、しゃべる甲冑という余興は」

弟を喪った部屋で、時々目を瞬《しばたた》きながら、雄太郎は気丈に説明し始めていた。

「清司の友達で音楽を趣味にしている男がいて、そのお宅で一組のスピーカーの一方が壊れたそうでして。残りも捨てるだけだという話だったので、甲冑でのいたずらが閃《ひらめ》いた清司は、それをもらい受けて来たのです」

「バイザーをあげれば起動するし、リモートスイッチでも作動するようになっているのですね」鑑識課の一人が、興味ありげに言った。「リモコンスイッチは、被害者の手元に置いてありました」

「そう。リモコンでも、音は出せます。そばに誰もいないのに甲冑が声を出し、お客を驚かせるという趣向のためにです」

慶子は、ふと思いついて声に出した。

「スイッチで、録音してあったセリフを再生させるのですね？」鑑識官に訊くことになった。

「そうですね。スイッチが三つあり、所定のセリフなどを一度再生し、切れる」

「その一つに、銃声が録音してあった、というようなことは？」

相手はすぐに、否定的に首を振る。「それはありません」

考えてみれば、と慶子はたちどころに反省した。偽装の銃声など、起こった事態にはなにも関係してこない。あの時、あの瞬間、銃が二発の銃弾を放ったのは、紛れもない事実なのだ。

「警部さん」

雄太郎が訊いていた。

「この甲冑周辺から、硝煙反応は出たのでしょうけど、どの辺りに？」

「甲冑の左腕から、胸元全体だな、鑑識さん？」

「そうです。上半身の広範囲に広がっていましたが、左腕が顕著です。つまり、川瀬さんが立っていた場所の近くですね」

眉をひそめる川瀬に、警部はさらに、

「内部には、硝煙反応はないからね」と、半ばからかうように言い聞かせた。

「最も現実的なのは」谷刑事の声は厳しい。「一発めは、あんたが自分の手で群馬清司を狙って撃ったというセンだろう、川瀬さん。松坂さんたちが見ている、空中にある銃は、二発めのものなんだから」

「一発めを俺が撃った後、なにがどうなったっていうんだ？」川瀬はけんか腰だ。「銃が俺の手から勝手に漂い出て、引き金を引いたって？　もっと現実的な解釈があるぞ」

「甲冑に拳銃は握らせられないからな。指のパーツは太くて、トリガーガードには入らな

「そんなことじゃない。警部、廊下の窓枠で、硝煙反応検査はしましたか？」

「廊下、ね」

雄太郎は、少し青ざめ、「それは、僕が銃を撃ったと疑っているんだな」

「現場をこうして見て、改めて感じたよ。松坂さんを疑うより、ずっと現実的だ。雄太郎さん、あんたは発砲場所の近くにいた」

「だが、窓は閉まっていた。ずっと閉まったままだ」

「それは、あんたがそう言っているだけでしょう。あんたは窓をあけ、二発撃ち、また窓を閉めた」

庄司警部は刑事に指示して廊下に行かせ、雄太郎が目撃した地点に立たせた。

「あそこでいいですね、雄太郎さん？」

「角度的に、そうですね。あの場所です」

「まあ、室内を撃ちやすいように、もっと窓に近寄ったとする。それでも、川瀬さん、弾丸の角度がまったく違うでしょう。二発の弾は、デスクに対して横のほうから撃ち込まれたのではない。南西の方向からです。つまり、あなたのいた角度だ」

「いや、そこで、トリックが弄されたのかもしれませんよ、警部」唇を舌で湿らせるようにして、川瀬は性急な口調になる。

「ほう、トリックですか？　どのような？」

「糸ですよ、丈夫な糸。テグスかもしれないけど……」

「それをどうすると？」

慶子も雄太郎も、刑事たちも言うまでもなく、川瀬の話に集中する。

「輪にして、引き金に掛けるんです。そうした上で、ガバメントを窓から室内に投げ込む。俺の前へ。糸がのび切ったところで、引き金は引かれる。それで、バン！　です」しゃべるうちに、自説に自信がついてきた口振りだ。「そして、落下する最中か、床に落ちてから、引き金からスルリと糸の輪は抜ける。後は、糸をスルスルと回収するだけだ」

どうです？　と、どこか自慢げに、川瀬は刑事たちを見回す。

しかし彼らの反応は鈍く、

「興味深い方向性ではありますが、現実的とは思えません」

庄司警部はそう評し、他の刑事も、

「力のかかる向きが違うし、狙いも定まらない」と切り捨てる。「それに、今ので二発撃てるかい？」

庄司警部が改めて、意見をまとめるように、

「力のかかる向き……、そう、角度に問題が生じますね。廊下の窓からのびる糸の張力で引き金が引かれるなら、銃口は糸の延長線上にあるはず。引き金は、後ろに引くのですか

ら。そんな風に引き金が引かれた拳銃から発射された弾丸は、ちょうど……」

警部は隣室のドアのほうへ顔を向ける。

「松坂さんがいらした辺りに飛ぶことになる。違いますか、川瀬さん？　もっとも、最初から狙いが定まるものでもない。そんな手荒な手段で拳銃を撃つ動機はなんです？　群馬さん殺害の罪を川瀬さんに着せることにもならない。狙って群馬さんを撃つことはできないのですから。では、ただでたらめ放題に乱射させればよかったと？」

答えに窮しているが、川瀬はまだ昂然と鼻先を上に向けている。

「乱射とも呼べませんか、川瀬さんの説では。一発しか撃てないでしょう。糸がのび切って発砲した後、さらに糸を引いたとしても、拳銃自体が引き寄せられるだけで、引き金を絞ることはできないと思いますが。どうでしょう、雄太郎さん、この拳銃の引き金の緩さなどは……？」

「仮に、この凶器の引き金を緩くする細工が施されていても、二発めは撃てません。ガバメント・モデル1911A1の構造上、無理なのです。シングルアクションといいまして、一発撃った後、射手が自分の指で撃鉄を起こさなければなりません。今の主流であるダブルアクションは、引き金を引くことで撃鉄が起き、それが落ちて雷管を叩くという、二つの動作を一度にするので、ダブルアクションと呼ばれます。シングルアクションのほうは、撃鉄を落とす動きしかしないのです。ですから、射手が撃鉄を起こす。一発撃ったら、撃鉄を起こさない限り、二発めは撃てません」

こうしたことを知らされ、慶子の困惑はさらに深まった。凶器の撃鉄を起こした者……。ますます、その場に人がいなければあの銃撃は不可能だったと思えてくる。見えない犯人がいない限り、川瀬晴樹の容疑が深まることにならないか……。

さすがに沈痛な顔色になりかけている川瀬の横で、庄司警部はさらに、

「廊下のあの窓周辺の硝煙反応検査はしたのか、と指摘してくださったが、しているのですよ、川瀬さん。結果は、陰性です。発射残渣《ざんさ》はなし。窓の桟や廊下の壁に、剝がせるカバーがしてあったと？　しかし発砲後、雄太郎さんはただちにこの部屋に飛び込んで来ている。カバー類を剝がし、処分したなどという仮説は、無理がありすぎる。窓ガラスをなにかで覆ったりしたら、目立って仕方ないですしね」

ということで、と、庄司警部は奇妙に目を細めたままで川瀬の肩に手を置いた。

「窓から雄太郎さんが撃ったという説も、糸つきの拳銃を飛ばす工作説も、どちらも否定するしかないのではないでしょうか、川瀬さん」

発砲時とその少し後まで、慶子は問題の窓を視野に入れていた。窓があいていたか閉まっていたかまでは断言できないが、騎士の甲冑によって見えない部分があったとはいえ、窓の開け閉めがなかったことは間違いない。

「それに……」雄太郎が、刑事たちを窺う様子になる。「私は身体検査にも応じましたが、

糸もテグスも、隠し持ってはいませんでしたよね？」

庄司警部は、うーん、とむずかしげに息を漏らし、

「しかしその点は……、協力してもらってなんですが、関与を完全に否定する材料にはなりません。なにしろ、我々が到着するまでの時間があります。皆さんは監視下にあったわけではない。多少の小道具であれば、密《ひそか》に消去することも可能でしょう」

「はあ……」

あなたもですが、といった目を向けられた慶子は、これを機に言ってみた。

「小道具、ということでしたら、凶器やその周りの床などに、おかしな物はなかったのですか？　それこそ、拳銃に糸がからんでいた、とか」

拳銃を空中で撃つ仕掛けなど、慶子には糸を張り巡らせることしか思いつかない。これもマジックのように、透明なアクリルの支柱でも使うとか……。

「糸くずもなにもないのですよ、松坂さん。板敷きの床に落ちたため、拳銃には若干の傷がありますが、それだけです。粘着物もなく、おかしなにおいもしない。薬莢が二個転がっていただけで、床にも、甲冑にも、不審物はなし……」

言いながら、庄司警部もさすがに苦渋の表情になっている。

撃鉄を起こすことにも糸を使うのであれば、糸は複雑に張り巡らされていただろう。そのまっただ中に飛び込んだ川瀬晴樹が、その工作に気付かないわけはない。

それに、そのような複雑な仕掛けを手際よく処分できる者がいたとすれば、それも川瀬晴樹だけであろう。これでは意味がない。彼が自分で、引き金に紐を結んだ銃を空中に投げた？　いや、これらの行為は意味がないのだ。川瀬は大変な苦労をして、自分の首を絞めているだけになる。

「小道具を素早く拾うなどして隠せるのは……」谷刑事が、重い口調で言う。「おたくたち三人だけですよね。まあ、松坂さんは、拳銃には近付きもせず、被害者のほうへ急がれたようなので除外できるとして、川瀬さんにはその時間がないでしょうか？」

庄司警部に、

「松坂さん」と、問われる。「デスクへ向かい、被害者を見て体の力が抜け、しばらくその場から動けなかったということでしたから、その間、川瀬さんがなにをしていたとしても判りませんね？」

「はい……」

「川瀬さんが死角にいた時間は、十秒か、もっと長い？」

「そうですね……、あっ、でも、十秒なかったかもしれません。川瀬さんはそれほど間を置かず、デスクの上に体を乗せて、群馬さんに声をかけようとしていました。その時はもう、拳銃のそばを離れていたということになります。すると、わたしが目を離してから川瀬さんが拳銃のそばにいたのは、数秒ではないでしょうか」

刑事たちが軽く唸っている。

数秒あれば、素早く屈んで物を拾うことはできるかもしれないが、説得力のある有罪の状況証拠には程遠い。

「私だってそれは同じです」雄太郎が自ら申告する。「清司が倒れたらしいのは、窓から見えていましたから、ドアをあけて入ると、そのままデスクまで走ったのです。拳銃に目も留めなかった」

それを立証するのはむずかしいだろうが、彼も短時間で駆けつけて来たことは、慶子も証言できる。

「ところで」

聴取の停滞を避けるために、谷刑事は話題を変えるようだ。

「川瀬さん。事件発生の少し前に、被害者から携帯電話《ケータイ》でなにを言われたのです？　声を荒らげて言い返したそうですが」

「いや、荒らげたというか……」

「なにを言われました？」

「……『図面を見れば見るほど、これ以上の精密なグレードアップは宝の持ち腐れになるようにも思う。晴樹の集中力と腕前が上達しなければ』といったことを」

谷刑事の疑わしげな、

「それが嘘八百だとしても、今となっては誰にも確かめようはないけどね」

という小声に続き、庄司警部が尋ねた。

「川瀬さん。口数の多さをあなたが怒った相手、群馬清司さんに、どうするつもりだと、あなたは怒鳴るつもりだったのです？」

「いや、それは、別に……」

川瀬の歯切れが悪くなる。

「うん、いいでしょう。では続きは、署のほうで訊かせてもらうということで」

「えっ」

「任意同行です。ここでの聴取の続きですよ。弓弦雄太郎さんと、松坂慶子さんにも来ていただきます。よろしいですね」

慶子は、肝心の目撃シーンを何度も訊き直されるだろうと覚悟した。

だが、変わらない。変えることはできない。凶器の銃は、空中で凶弾を放ったのだ。

そしてそれがやはり、この事件の核心なのだろう。

どうしてそれが起こったのか。どうやって？　なぜ？

その謎を突き崩せれば、全体像が見えてくる。

刑事に促された慶子は、庄司警部に目を向けた。

「大輔に声をかけていって、いいですか？」

もちろんどうぞ、と警部は答えた。

7

応接室の筧フミは、携帯電話で、羽田空港にいる松坂一臣と話していた。慶子が署に連行されたことを、感情の高ぶりを極力抑えて伝えたつもりだ。

『……判った。では、千歳で待たず、そっちへ行くことにします。クリスさんは、まだ到着しない？』

今回のもう一人のメンバー。クリスチアーネ・サガン。彼女は留学していた旧友の講演活動に手を貸していて、別行動になっている。

「まだしばらくかかるそうなので、一臣さんと同じ頃の到着になるかもしれません」

一臣は、警察署の名前を確認し、

『動いてもらえる弁護士がいないか、捜してみるよ。当地の人権擁護団体にも声をかけておこう』

彼の声は冷静だった。最善の手を打とうとしている、精神科医か、学部の指導教官のようだ。

『大輔の様子は、どう？』

「大丈夫です。心配なさることはありません」

飴ではなく、今度はビスケットを与えられ、今は、穏やかな雰囲気で身を寄せているスピアを撫でたり、時には舐められたりして、大輔は笑っている。

そうした姿を、フミはありのままに伝えた。

その点では安堵したようだが、一臣の声は硬いままだ。

『いろいろとご迷惑をおかけして、申し訳ない』

「とんでもございません」

『もうしばらく待っていてください』

先を急ぐように、通話は切れた。

昼食は仕出し弁当が用意された。弓弦家の者も槙も、ほとんど食が進まなかったが、フミは食べ物を無駄にしたくはないと、一つを平らげた。ルシイも、大輔と二人で一つを食べた。

フミが何度掛け合っても、署内で聴取を受けている慶子の詳しい様子は伝わってこなかった。

ルシイは、二階の南向きの部屋で芳と二人でいた。

窓から外を見るルシイの斜め後ろで、芳は安楽椅子に腰掛けている。

芳は当たり障《さわ》りなく、

「マカリスターさんのお仕事はなんなのですか？」と、取っかかりの話題を持ち出してくる。

身内が亡くなり、夫が警察に同行を求められているのだから、芳の心痛と焦燥の色は隠しようもないが、懸命に平静を保ってホストの一人として役目を果たそうとしていた。

「獣医師の勉強をしていますが、えー、リタイア、困難で中断……」

「挫折？」

「挫折しそうです」

残念そうに、芳は驚く。

「どうして？　マカリスターさんにはぴったりのお仕事に思えるのに」

「……患者の声が聞こえすぎるのは、辛い時がありますよ」

「ああ……」

芳は、慎重な口振りで相手の反応を探り、

「でも、うらやましがられたりもしませんか？　人気者なのでは？　動物と会話ができるのは重宝《ちようほう》——便利ですし」

英語も交え、ルシイは会話を進めた。

「奇妙な目で見られることがほとんどです。慣れています。非難されたり、冷笑されたり。クラスメートに陰口を叩かれたり。教授たちでも、認めてくれる人はいません」

「そうですか……」

「でも、わたしは言い続けるわ。本当のことだから。動物たちの声が聞こえる……」

「松坂さんたちは信じてくれているのでは？」

「そういう人たちもいます」微苦笑が浮かぶ。「フミさんはどうなのか、判りませんが。安心して、芳さん。あなたは信じる？　とは訊かないから。そもそも、個性を信じるもなにもない」

「能力ではなく、個性ね」

「珍しい個性」

「夢のような」

「そう言ってもらえると、うれしい。他にも、とんでもない偶然、思いもよらない奇遇、そうした夢のような出来事、がなければ、人の世なんて真っ平らな砂漠よ。この世は凹凸《おうとつ》が生じるようにできていて、それがなければ歴史は書き残されない」

そして、とルシイは続ける。

「他の人との大きな差異や、平均的な物事との雄壮なギャップが、やがて伝説にもなる」

「伝説――」

「そうなるのを決めるのは、時と、それを支える人々だけど、その前の段階の物語は、誰の人生もが描いている。哀しかったり、美しかったり」

ふと、思いついた顔になり、芳は立ちあがった。

「〝ホームズ〟という物語が、伝説になったわけですね」

「ああ……」ルシイは微笑んだ。「そういうことかもしれません」

芳は、ルシイの横に、並んで立った。窓ガラスに、自分の物語を問うように。

門に向かって、二人の自衛隊幹部が去って行くのが見える。預けておいた銃器が犯罪に使われたことに、遺憾の意を伝えに来たのだ。

彼らがいる間、スピアはハウスにつながれていた。

「マカリスターさん。うちのスピアは、どんなことを話しかけました？」

「彼は無口ですね。でも……」ルシイの声は、真剣味を帯びる。「序列についての彼の意識は判りました」

「序列？」

「スピアにとって、この集団でのトップは、建史さんです。でもちょっと意外なことに、その次があなたなのです、芳さん」

「はあ……、そうですか？」

「あなたになら従うというか、支配されても仕方がないといいますか、屈服もやむなし、と意識しています」

あら、と芳は小さく苦笑する。「怖いおばさんということですか？」

「強い衝動を支配できる優しさ、それへの心酔と平伏でしょうか」

真面目なルシイの口調に引きずられたかのように、芳も真顔に急変した。

「衝動……」と呟く。

ためらうように長く沈黙し、

「女には、どれほどの凶暴さや破壊衝動が与えられているのでしょうね、マカリスターさん？」と、問いとも思えない問いを発する。「女のヒステリーなどといいますけど、そんなのは可愛いものですよね。普通の女性は、それで発散してしまえるのでしょうか？……わたしには、もっと恐ろしい衝動がある気がします。暗く、罪深く、とても表には出せない……」

そう、例えば……と、芳は瞳を閉じる。

「泉はわたしのすべてでした。あの子を甦らせるために必要だというならば、わたしは、スピアも殺せるかもしれません」

警察は弓弦邸の中で、なんらかの発見をしたようだった。それも、一つではなく、幾つか。そうした捜査陣の高揚した反応が伝わってくるが、具体的な内容が明かされることはなかった。

ただ、この事実は伝えられた。

群馬清司の命を奪った銃弾は、凶器として押収されたコルトのガバメント・モデル1911A1から発射されたものに間違いないというのが鑑定結果だった。

そうした中、ルシイは〝ガンハウス〟のある裏庭に出て、〝西の裏口〟に近付いていた。

そして、裏口ドアにはまっているガラスに顔を近付けた。

すぐに、廊下で立ち番をしていた山崎巡査が気付き、寄って来る。

ドアを少しあけ、

「どうしました？」と、こそこそ辺りを窺うような仕草で訊いてきた。

ところがルシイは、逆に聞き返す。

「刑事さんたちは、ドーベルマンのハウスに集まったりしていましたよね。スピアが、なにかしましたか？」

「それは……、本官からはなにも言えません」

「では、わたしのほうから、スピアから教えてもらったことをお伝えします」

「はっ？」

「この廊下の床で、彼はツバメを見つけたようなのです。ほら、この窓ガラスを見てください。少し汚れがあるでしょう？」

ポマードをつけた頭を寄りかからせたかのように、脂汚れじみた染みが見える。

「ほんとだ」

「ツバメがぶつかった跡です。家の中に迷い込んだツバメは、外光を求めて突っ込み、ぶつかって意識を失ったのです」

「はあ……？」

「事件に関係ないと思っていましたが、これは大変、関係ありそうです」

「はあ……？」


慶子たち三人が戻って来たのは、二時半を回った頃だった。

応接室の長椅子の上で、慶子が右腕で抱きかかえている存在……。その温かさと香りが、警察署での重苦しかった時間を洗い流してくれる。なによりの妙薬で、命の糧《かて》だ。

だからこそ、三年前に、この家の七歳の子供に起こったことが……。

目の前には、歓待の気持ちをよそ行きの表情で相当抑えて出迎えてくれたフミがいる。身を乗り出し、顔を覗き込む勢いだ。ルシイの姿も目の前にあった。

「あのトレーの指紋の理由も判ったから……」

「と、いいますと？」フミは、グッと目を近付ける。

「銃撃を突然身近で体験させられて、わたし、ふらつくほどだったのです。ソファーに手をついていました。その姿勢からデスクに向かう時も、足元がおぼつかなかった。それで、応接テーブルに手をついたんですね。その時に、トレーとその中身にも触れていたみたいです」

「あの場所に移されてから、トレーに触れたということですね」

「そう。そういう感触を思い出したから伝えると、鑑識さんも、指紋の付着具合はわたしの申告状況と一致する、と認めてくれたの」

フミは、鼻息をフッと吐いた。

「そのようなたまたまがなければ、言いがかりをつけられて疑われることもなかったでしょうにねぇ。……睡眠中の、無意識の行動だとかって」

「ナルコレプシーのそのような症例は、警察も集められなかったみたいね」

「そのような例があったら、無理やり犯人にさせられてしまいますよ。……弁護士さんとは会われたのですか？」

「捜査本部に電話を入れてくれたみたいです。お会いする前に、わたしは放免されましたから」

「でもまだ、完全に容疑者からはずれたわけじゃないわね」

そうルシイが言うと、

「なんですって！」とフミは肩を怒らせる。

「どうも、川瀬晴樹の容疑も固まっていないみたい。だから、捕まらずに戻って来られたんでしょう？　だったら、現場室内にいた慶子にも、容疑は残る」

「そうみたいね」

認めながらも、慶子は笑顔だった。見つめる大輔の笑顔がそうさせる。大きな瞳。見あげる視線。笑顔へのお返しに、二の腕を撫でさすってあげる。

ドアがあき、槙が顔を覗かせた。

「皆さん。スピアと、あのエアピストルのこと、聞きました？」

「なんのことでしょう？」フミは顔を向ける。

「エアピストルを運んだの、スピアらしいんですって」

ルシイを先頭に移動した広間では、皆が部屋の外へと出ているところだった。弓弦家の者や刑事たちが集まったのは、玄関にも階段にも通じる広い廊下だ。

スピアもいる。その手前の床を見て、慶子は少なからずギョッとした。オートマチック拳銃が置いてある。凶器だろうか？

後ろに現われた慶子たちに気付き、庄司警部が状況説明をしてくれた。

「あの銃は、モデルガンです。謎の発砲に関して、あれこれ実験する必要もあるので、取り寄せたものです」

「スピアが、どうしたの？」訊いたのはルシイだ。

「土地柄もあって、うちの刑事や警官の中には、動物に詳しい者が多い。熊や鹿も捜査対象になるんでね。そんな連中が、エアピストルにあった若干の粘つきは、動物の唾液じゃないかと気がついた。鑑定では、犬の唾液だと判明したんだ。それで、実地検証をする。証拠物件のエアピストルを使うわけにはいかないので、モデルガンで代用だ」

警部に目を向けられ、雄太郎は言う。

「もうずっと、こんな命令は出してませんけど……」

「やってみてください」

では、と一呼吸おくと、雄太郎はスピアに、「〝ガンハウス〟！」と命令を発した。

すると、ドーベルマンは的確に動いた。

モデルガンをしっかりと咥え、〝東の裏口〟に足を進める。ラッチを掛けずにおいたドアを押してあけ、外に出て行く。

「事件前後、この裏口をあけておいた記憶はありませんけれど、スピアが出入りしやすいように玄関はあけておりましたので、そちらを使ったのかもしれません」

と槇が説明を加え、芳や建史が小さく頷いていた。

靴やサンダルのない者は、窓からスピアの動きを見守った。

スマートな動きで足早に、〝ガンハウス〟の入り口に近付くスピア。

お座りの姿勢になり、前脚で二度、ドアを軽くカリカリと引っ搔く。しばらく待って反応がないと、彼はモデルガンをその場に置いて、引き返して来た。

モデルガンのある場所は、エアピストル、ファインセンチュリーB6が見つかった、まさにその地点だ。

見ていた者の間で、感心や納得の唸り声が交錯した。

「あの犬が、エアピストルを運ばされたということですか」

フミが確かめるように問うと、刑事たちから肯定の声が幾つか返り、庄司警部はこう言った。

「それが、射殺事件発生直後から、巡査が駆けつけるまでの短時間で行なわれた、ということです。……マカリスターさん」

警部の視線が、ルシイに注がれる。

「銃声を耳にした時、あの犬はあなたと一緒にいたのですよね。その後の、犬の動きは？」

「銃声に驚いて、といいますか、興味を引かれて、急いで家のほうへ戻って行きました。その次……先の行動は、判りません。……ただこの機会に、皆さんにちょっと伺っておきたいことがあるのですが」

「なんでしょう？」と、庄司警部。

「スピアの動きとは無関係ですが」

「どうぞ」

ルシイは、関係者たちに視線を送り、

「皆さん、銃声がした時に、同時に、変な音、震動のようなもの、感じませんでしたか？」

戸惑いの顔が並ぶ。慶子にも、心当たりはない。震動というのであれば、至近距離での発砲が、空気を鞭《むち》のように打ったとの実感はある。しかし、庭にいたルシイに届くほどのものとは……？

「どの方向から？」フミが訊く。

「はっきりはしないの。家のほうからじゃないかと……」

「もう一つの銃声のような？」

庄司警部に尋ねられるが、そうした音とは全然違うと答えるルシイも、どう伝えるべきかは判らないようだ。鼓膜が重く震わされた、としか表現できずにいる。

動物と話せるというルシイにだけ届いた音響なのかもしれない。

一人だけの体験である曖昧な情報には、刑事たちは程なく興味を失い、スピアに関する聴取を再開させた。

皆の供述を総合すると、ルシイのもとから走り去ったスピアがその次に姿を確認されたのは、一同が、警察と救急を待つために広間に集まり始めてからだった。いつの間にか、スピアもそこにいたのである。

スピアが、与えられた品を咥えて〝ガンハウス〟へ向かうという命令をきくのは、弓弦家の三名が指示した時だけだった。川瀬はもちろん、槇の声でも命令はきかない。

「私が命令したと、名乗り出る人はいませんか？」

庄司警部が低い声で発した問いにも、答える者はいなかった。

「あのエアピストルは、事件にやはり関係するのでしょうか？」

と、フミが警部に尋ね返す。

「そう見るしかないでしょうな、筧さん。実は、あの銃の弾も見つかりましたよ。……どこから、ですか？　そうですね、意外な場所ともいえますが、そこになければおかしいという場所でもあります」

答えはぼかしたまま、刑事たちは散開し始めた。

ただ、慶子やフミたちの前を通りすぎようとしたところで、谷刑事が立ち止まった。だまされないぞ、といった目つきをしている。

「松坂さんに夢遊病症状はないのかもしれませんが、眠っていたということがすでに演技かもしれないですよね」

眼球だけを横に動かして固定し、慶子の反応を窺っている。

「そして、川瀬晴樹と共犯であれば、事件はかなり現実的になります。計算違いが生じたため、つじつまの合わない目撃談でも咄嗟に捻出して、口裏を合わせるしかなかった。二人に、以前から関係がないのか、それも調べなくてはね」

＊

群馬清司を殺した人物は窓際に立っており、外に視線を誘われた。正門に、人の動きがある。

来訪者――三人か。警官たちが道をあけたので、彼らの姿がよく見えた。三人の男女。警察関係者ではないだろう。私服を着た、一般の男女だ。そんな彼らが、警官たちの物々しい気配にも臆せず、堂々と敷地に入って来る。

特異な、目を引く雰囲気が発せられているではないか。松坂慶子たち四人に感じた印象が思い返される。しかしこの三人は、先の四人とはまた少し違い、前へ進んで来る力が悠然と見て取れるようだ。

右端の若い女性は外国人だろう。スリムな体形で身長があり、赤毛というのか、それは夏の陽光を浴びて銅線のような輝きを放っている。女優でもないだろうに、なんだろう、この雰囲気は……。日高地方まで乗馬に来たかのような黒いブーツ姿は、手に鞭を持っていないのが不思議なほどだった。

真ん中の女性は年輩者だが、グレードの高い黒いジャケットを着こなす品格があった。彼女も外国人か。格式ある大学の学長のようでもあり、政府高官付きの報道官のようでもあった。

唯一の男性は日本人らしく、体形も姿勢も、まさに壮年の時代を体現している。上下揃いの、仕立てのいい白銀色のスーツは、きびきびとした歩調にも皺ひとつ見せない。ここからでも、男の一直線の眼差しが感じられるような気がする。

そんな三人が、混迷する事件の現場に乗り込もうとしている。

なぜか今、かつて群馬清司が言っていたことを思い出した。

弾丸とは、結晶だと思う。彼はそう表現していた。

人々の思いの結晶。その場の空気が凝り固まった結晶。そして、人の運命を左右する結晶。

競技者の弾丸は、努力の結晶として飛ぶ。

場面が違えば、弾丸に、殺意がこもることも。いや、殺意の結晶が、弾丸となるのだ。

殺意の照準が弾丸となる。それを飛ばすのは、ガンパウダーではない。狙い澄ました激情であり、押し殺されてきた悲哀や怒りが暴発する瞬間の力だ。

何グレインかの物体と思いが一体化して、一発の弾丸は飛ぶ。

様々な思いが交錯し、集約して、その空間に弾丸が発生する。

運命の皮肉が具現化した弾丸。乱れきった欲念の臭気が招く弾丸。

一心の祈りがもたらす弾丸もある。

……そんな彼の言葉をなぜ、いま思い出すのだろう。

新しい三人の登場人物たちが、銃と弾丸の館を訪れようとしている。

8

「大丈夫かい？」

柔らかく声をかけながら、頷く慶子の腰に、一臣は腕を回した。片手は大輔の手を握っている。

何十分か前に、スピア相手の実地検証がされた、広い廊下だ。

ありがとう、と一臣は筧フミに一揖《いちゆう》し、ルシイにも笑みを向ける。

壮年、と言い切るには若々しさも発散されている風貌だ。眉はスッキリと黒く、理知や意気込みが詰め込まれているような額そのものの張りもいい。

「クリスさんとは、同じような時刻に到着できそうだったから、合流したんだよ」

説明を聞くのは、他に、警察職員や弓弦家の面々。

その彼らのほとんどが、クリスチアーネ・サガンとアガサに注意を奪われている。

オレンジ色とも磨かれた鉛の輝きとも見えるサガンの赤毛は、流麗に背中まで達し、青灰色の瞳は冷たいレーザー光線でも発しそうだった。

慶子の伯母のアガサもまた、サガンに負けない存在感を持っている。乱れのない銀髪に覆われた顔は、いつもは柔和だが、今は引き締まっており、皺一本、そして物腰にも、日本ではほとんどお目にかかれない、これが歴史に培《つちか》われた上流か！といった風格が滲み出している。きりっと似合うメガネは、鑑定士のもののようだった。〝英国・シャーロック・ホームズ・ソサエティー〟の大幹部である。東京からずっと、一臣と同行していた。

彼女は、一臣に続いて優雅に、

「お邪魔してしまって、申し訳ございません」

と、弓弦家の者に日本語で挨拶をした。彼女が日本語で使えるのは、挨拶と限られた言葉だけだ。

多少あがった様子の槇は、どこまでお持てなしをするべきなのかと戸惑っていたが、そんな彼女を庄司警部の言葉が止めた。

「時間を無駄にせず、さっそく事件のことを知りたいのでしょうな、松坂さん？」

「おっしゃるとおりです。妻への疑いを晴らす機会をいただけるとか」

一臣は慶子と我が子から離れ、警部に近付いた。

「鑑識の班長も来てくれています。しかし大した影響力ですな、松坂さん」警部の目は細められたままだったが、口元周辺には強張りもあった。「各界の上のほうが、あたふたしていましたよ」

「私個人の影響力ではありません。上同士の仕事上の付き合いがあり、意思の疎通が図られたのでしょう」

「したたかでそつがなく、感心しました。おたくの財団だかコングロマリットだかの名前は、表に出てこないのですから。それでいて、伝わるべき〝呼吸〟がある。あの弁護士も、地元ではちょっと厄介なほどの大物です」

「圧力をかけたとか、無理を通したなどということはないはずですが」

「そうですなあ、確かに。すべては当然の処置で、法規に則《のっと》っている。そして……」警部の唇は、それこそしたたかさを含んで、笑みらしい弧を描いた。「私は、周りや上のほうの空気を読んで、警部にまでなった男なんですわ」

「そうした能力も必要だ」と言ったのは、建史だった。

「事件や捜査の内容は、フミさんや慶子との電話でかなり細部まで知っているつもりです」と、一臣は話を進めた。

「でもね」ルシイが、得意げに一臣の顔を見る。「わたしのちょっとした発見、まだ知らないでしょう?」

「誰の命令でエアピストルを〝ガンハウス〟まで運んだのか、スピアが示唆したとか？」

「その点、このコ、口が堅いの。沈黙の厳命をされたのか、誰かをかばっているみたいに……」

「じゃあ、なに？」

「まだ誰にも言ってないこと」

「なにを発見したって？」庄司警部も興味を示す。

「〝アウトドア部屋〟に関することで」

部屋まで移動することになり、なにかインスピレーションをくれるかもしれないとルシイが言うのでスピアも一緒に歩いていた。廊下を進みながら彼女はまず、家に飛び込んだツバメの件を話して、皆に思い出させ、

「あのツバメは、廊下も横切って、〝アウトドア部屋〟にまで飛び込んだのは間違いないのです。……この窓です」

と、〝アウトドア部屋〟の、西側の窓を指差す。

部屋の南側に、東西にのびて廊下はあり、南の庭に面して廊下の窓も二つある。その西側の窓が当時はあいており、それと向かい合う〝アウトドア部屋〟の窓もあいていた、とルシイは言う。

「事件の後、ちょっと気になって、見たのですが、〝アウトドア部屋〟の他の窓はあいて

いませんでした」

「それで?」幾分苛立つ調子で谷刑事が促す。

「不思議なのは、ツバメがぶつかってしまったのが、〝西の裏口〟のドアの窓ガラスであることです。鑑識が調べてくれたわけではありませんが、これも間違いのない事実です」

そうだよね、と話しかけるかのように、ルシイはスピアの頭をリズミカルに撫でた。

「ですと、ツバメの……飛ぶコースはどうなるでしょう? 奇妙ではありませんか?」

彼女の話は、サガンやアガサのために、逐次《ちくじ》通訳もされている。主に、フミが行ない、時には慶子も。

ルシイが日本語に詰まる時は、手助けもしつつ……。

「〝アウトドア部屋〟に迷い込んだツバメは、入って来た窓から部屋の外へ出て行くしかないはずです。部屋から出たのなら、目の前の廊下の窓から戸外へ飛び出るのが、ごく自然です。それなのに、廊下をグルグルと飛び回り、わざわざ〝西の裏口〟へ向かったというのでしょうか? 同じ廊下の、もっと近い南側のドアもあいていたのに」

「……それで、言いたいことは?」部屋の窓と外壁の窓を見比べる庄司警部は、困惑げに眉根を寄せている。

「事件の直前、コレクションルームと向き合う〝アウトドア部屋〟の窓かドアが、あいていたのではないか、ということです」

庄司警部は、現場のドアのある、南北にのびる廊下に進み、「そうだな、この廊下は、〝現場廊下〟と名付けるか」と皆に伝える。「この〝現場廊下〟に面した、〝アウトドア部屋〟のドアか窓があいていた?」

ドアを挟んで、南と北に、窓は一つずつ。

「そう考えると、ツバメの動きは自然になります。〝アウトドア部屋〟の、南に面した西側の窓から室内に飛び込み、部屋を北西方向に横切ります。部屋の南西の角をかすめた、ともいえるかもしれません。いずれにしろ、ツバメがそのような飛行コースを取ったのは、〝現場廊下〟のドアか窓があいていたからです」

聞き手たちの顔に、なるほどという色が見え始める中、ルシイは続ける。

「〝現場廊下〟に飛び出した進行方向の先に、〝西の裏口〟がありますね。迷いツバメは、最短距離で外光を目差したのです」

「……確かに、自然だ」頭の中で情報を整理しているらしい庄司警部は、鼻の先に指を当てる。「南の窓から入り、壁とは違うあいている空間があったので、鳥はそちらを目差して左にコースを変えた。〝現場廊下〟を北に進んだが、裏口ドアの窓ガラスに衝突した」

大輔も、ちょっと驚いたような顔をして、廊下の窓やドアを見回している。ツバメ事件の〝被害者〟の動きを理解しようとするかのように。

「ですけど」少ししてフミが、記憶を探っているためか、一言一言、声を出した。「駆けつけた時、ドアは閉まっていたはずです。あいていれば、気付かないはずがありません」

「あいていたとは思えないな」

と、建史も同意し、他の者にも異論の顔色はない。

「わたしもそう思います」ルシイだ。「記憶をどう再生しても、ドアは閉まっていたはずです。ですが、窓はどうでしょう？　ご覧のように、二枚一組の、普通の引き違い窓で、一枚をすっかりスライドさせれば……」

谷刑事が、実際に窓をあける。

「二枚は重なり合って、一見しただけでは、あいているか閉まっているか、はっきりせず、見過ごしてしまうのではないでしょうか」

「窓として、目立つ状態じゃない」雄太郎が言った。「記憶には残りづらいだろうな」

ルシイは、そうでしょう？　という目をし、

「すると、わたしたちが駆けつけて来た時、どちらかの窓はあいていたと考えられます」

「大したものだ」建史の呟きが聞こえた。

「するとルシイは」一臣が目をやる。「事件直前から、そして事件発生時にもあいていた〝アウトドア部屋〟の窓が、事件直後には閉まっていたと言いたいのかい？」

金髪のその女性は、表情豊かだ。小首を傾《かし》げ、肩を小さく回し、仕草でも「違う？」と問い返していた。

慶子は、ルシイの指摘に充分な説得力を感じていた。そして、その推論から生じる疑問。事件の衝撃に誰もが巻き込まれていた時に、なぜ、その人物は窓を閉めることなどをしたのか？

「では、確かめてみよう」庄司警部が両手を握り合わせた。「皆さんにお尋ねします。銃声がして駆けつける時、〝アウトドア部屋〟の窓が閉まっているのを確認しているという方、そして、その時に閉めたのだ、という方、いますか？」

誰からも返事はない。

「では次に、事件発生直後に窓を閉じた、という方は？」

慶子は意外に感じたが、手をあげた者がいる。怯《おび》えた気配で、そっと……。

槇たづ子だ。

「わたしが、閉めましたけれど……」

へえ？　と、目をやや鋭く閉じてルシイが見やる。弓弦家の者にも、意外そうな顔が多い。

「ほう」庄司警部は片手を腰に当て、「いつ、そんなことを？　あいていた窓はどっちでした？」

「う、裏口に近いほう……。この、北側の窓です。閉めたのは……、閉めましたのは、大変なことが起こっていた部屋から、出た後でした」

「現場、コレクションルームを出た後だね?」

「はい……」

「なぜ、窓を閉めたのです?」

「なぜ、といわれましても……。考えもなく、なんとなく、ですね。清司さんが撃たれて意識がないと知り、わたしは恐怖とショックで目が回る思いがし、ふらふらと部屋を出ていました。わたしなどがそこにいても仕方ありませんし。廊下で呆然としている時に、あいている窓が目に入ったのでしょう……、入ったのです。それで、無意識に、あいているものを閉めた、と、そんな風にしか説明できないのですけれど……」

「そうした半ば自動的な行動をしてしまうのも理解できるので、慶子はそれを口に出した。曲がっているものを直したり、電話しながらついしてしまうことはありますよね。

ありますね、と平淡に認め、庄司警部は、

「マカリスターさん、槇さんに、なにか訊いてみたいことは?」

「意味はない、自覚していない行動だったと言われてしまえば……」

ルシイもその先に追及の手はないようだったが、代わるように、谷刑事が川瀬晴樹の前に進み出た。

「あなたは、"西の裏口"から入って来たよね? その時、そこの "アウトドア部屋" の窓があいていることには気がつかなかった？」

「さっぱり気がつかなかったな」

谷刑事は次に、雄太郎に問う。

「あなたはどうです？」

「同じく、なにも記憶に残っていません」

「……本当は、あなたが窓を閉めたなんてことはないの？」

「えっ？」驚きで、雄太郎の目が丸くなる。「なぜです？　なぜわたしが、そんなことをしなければならないんです？」

これには谷刑事も口を閉ざすしかない。そもそも、〝アウトドア部屋〟の窓は事件と関連があると思えないのだから、これ以上の追及や推論の手立てがない。女シャーロック・ホームズ、クリスチアーネ・サガンにも、今のところ質《ただ》すことはないようだ。

「ではちょっと、この〝アウトドア部屋〟を見せてもらっていいですか？」

許可を得て入室する一臣に続き、数人が一緒になって移動する。

教えてもらった、〝ガンハウス〟の鍵が保管されている棚に、一臣は手をのばした。北側の壁に、それはある。縦長の戸が付いており、あけると、真ん中の仕切りに鍵がさがっていた。周囲には、拡大鏡やノギス、ウェスなど、ちょっとした工具やその手入れ道具なども見て取れた。

そんな時に、髪を指で梳《す》きながら、サガンが英語で川瀬に声をかけた。

「松坂慶子の夢遊病説を唱えたのは、あなたね？」と、静かに。「でもあれは、理詰めで考えても無理がある」

フミが通訳として間に立っていた。

「稀覯本を動機とするのも、極端でしょうか。どなたが唱えたのか、あなたと慶子の共犯説は、まだ検討しがいがあるけど」

「『私家版　第二の血痕』は、保管棚にあったことが確認されています」庄司警部は、一応知らせておこうという口振りだ。「特に異状も見当たらない」

この時、「『私家版　第二の血痕』ですって？」と、強く反応したのは一臣だった。

「ええ」雄太郎は、わずかに自信ありげな色を見せた。「本物ですよ」

一臣は、呆れたように慶子とフミを見やり、

「稀覯本としか言わないから……。この期に及んで、まだサプライズに配慮したのかい？」

申し訳ありません、と恐縮するようにフミが頭をさげたので、慶子は慌てて弁明した。

「本気で身の証《あかし》を立てなければならないほど、その点で追い詰められていたわけではないから……」

「だから、黙っていても大勢に影響はない、か」

なんのことだ？　そう問う視線が突き刺さる中、一臣は、

「刑事さん——いえ、警部さん、川瀬さん」と、彼らに視線を巡らせた。「その稀覯本を奪おうとしたなどといった理由でこの犯罪が起こることは、やはり絶対にありません」

「なぜです？」川瀬がにらむように訊く。

「『私家版　第二の血痕』でしたら、うちに二冊あるからです」

はあっ？　と、雄太郎の口が半分あく。

「明日は、こちらのクリスチアーネ・サガンさんの誕生日で、ルシイも所属している〝英国・シャーロック・ホームズ・ソサエティー〟の創立記念日でもあるのです」

ワトスンと誕生日が同じ、女シャーロック・ホームズ……。

「それで、その日にうちにいらっしゃるお二人に、内緒《ないしょ》でプレゼントをしようと、妻たちと計画しまして。どうにか入手したのですよ」

雄太郎も川瀬も毒気を抜かれ、逆にルシイには興奮の血の色がのぼっていくようだった。計画者の一人、アガサに早口の英語で伝えられたサガンにも、さすがに似たような兆候が見て取れる。

「『私家版　第二の血痕』が……、プレゼント！」ルシイのブルーの瞳は、輝き満載だ。

「サプライズにならなくて、すまない」

「そんなことは問題ではない」と、サガン。「ここでの込み入った事態を、一つずつクリ

ーにしていくことが最優先だ」

「ということで、警部。この件はここまでとして、エアピストルの弾はどこで見つかったのですか？」

9

ほとんどの関係者が、コレクションルームに入っていた。大輔は、フミと一緒に廊下にいるが。スピアは部屋と廊下の境だ。

それぞれ、白手袋をはめさせられている。手は貸さずに見守る芳や槇のそばで、建史は、応接コーナーのソファーの肘掛けに腰を乗せていた。

デスクの後ろの棚につかつかと歩み寄ったアガサは、制服警官の一人が止める間もなく、ブロンズ色のガラス戸をあける。

「ああ、色紙にねぇ。これがホームズのサイン……」

「だってさ」と、入手者の川瀬。

「故人となったコレクターには申し訳ないけれど」

「なに？」

「信じていたのなら、それでよかったかしら。これは、偽物ですね。真筆ではありません。

当人が言うのですから、間違いありません」

「当人？」

川瀬と雄太郎に、アガサは振り返った。

「所定鑑定人より確かですよ。わたしが、シャーロック・ホームズのサインを許されている、当人です」

雄太郎は、ハッと息を吞み、そのまま呼吸を止めた。数秒して、驚きと得心の息を吐き出しつつ、「〝英国・シャーロック・ホームズ・ソサエティー〟に所属している……！」

慶子にとっての伯母が、まさにその人だ。

「これもご縁です。よろしければ、サインいたしましょうか」

呆然としていた雄太郎の目に、生気が戻る。

「そうしていただければ……、清司の奴も……」

ガラス戸を閉めたアガサも厳粛さを深め、

「後でしましょう。それよりもまず、故人の死の真相を明らかにして、魂を安んじることが第一の供養でしょうから」

甲冑を着た馬と目を合わせている谷刑事が、「あんたたちに邪魔されなければ、捜査も早く進むだろうさ」と毒づいている。

庄司警部は警部で、雑事を処理しようと割り切っているのか、

「エアピストルの弾が発見されたのは……」

　と、隠し事もなく対応を続け、その視線の先にあるのは、騎士の甲冑だった。

　また一体に組みあがっていたが、

「うまく固定できていないのでね。そのへんも持ち主に確認してもらおうと思っていました」

　との注釈を挟んだ後、警部はそれを告げた。

「その甲冑の中に、弾はあったのです」

　初耳だった者たちの顔には、戸惑いの色が濃く、

「中、ですって？」そう慶子が聞き返した。

「ええ、中です。足のほうまで、全部分解して調べていた時に、発見したのです。右足の底に、落ちていた」

　なんだって、そのような所に……？

「弾が入る空間はある。肘など、腕には空洞が多いし、膝の裏も同様、そして、兜の目に当たる場所にも隙間があいている。弾が飛び込んだのか、犯人が押し込んだのか……」

「弾には、なにかに当たった痕跡はあったのですか？」一臣が訊いた。

　答えたのは、庄司警部に身振りでそう指示された、鑑識の班長だ。それほどの年輩者ではないが、長いまつげには白いものが混じっている。

「先端に、衝突痕はありましたから、発射されてなにかに命中したのでしょう。血痕、指紋、共になし」

一臣は、一瞬思案し、

「エアピストルは二日前から〝ガンハウス〟にあるとはいえ、弾が発射されたのは、やはり事件の時と見ていいでしょうね」

「我々も、そう見ている。直接関係しているだろう。していないはずがない。……だが、どう関係するのか……」

一臣は、甲冑とその周辺の観察をし始めていた。ドア、照明スイッチのあるだけの壁。特に目を引く物はなにもない。

一臣の集中力は高く、慶子は同時に、サガンの思考も鋭く働き始めているのを感じていた。

刑事の一人が、

「川瀬さん」と、皮肉な口調で声をかけていた。「エアピストルの弾が甲冑の中から発見されたからって、誰かが中にいて撃った、なんて言わないでくれよね」

「先に言ってくれて、ありがとさん」

一臣が、観察の動きを止めた。

「この甲冑の中には、スピーカーがあるのでしたね。かなり大きな物が」

頷きながら、それがなにか？　と眉の動きで問う庄司警部に、横から雄太郎が、

「そういえば、スピーカーの件で気になっていたことがあるんですが、警部」と声をかけた。

「なんです？」

「鑑識官がここで、リモコンについて説明している時でした。たしか、こうおっしゃった。リモコンにはスイッチが三つあり、それぞれ、録音されているセリフなどが再生される、と。この、〈など〉って、なんですか？　三つとも、清司のセリフが再生されるだけのはずですが」

そうですよね、と頷く仕草の芳。

鑑識の班長と刑事たちは視線を交わした。眉をひそめている。

口をひらいたのは庄司警部だ。

「いえ、雄太郎さん。なにも録音されていないといっていいのが、一つあったのですよ」

「なにも録音されてない？」そんなはずはないという顔だ。

「音としては聞こえない音なんだよな、班長？」

警部は、技術的な解説を専門家に譲った。

「低音域の音が発せられるようになっていますが、このスピーカーでは、それを、人に聞こえる音としては再生できないのです」

「あれか」思い出す口調で、川瀬が言う。「サブウーファーなどの、それ専用のスピーカーがないと拾えない低音」

「百ヘルツ以下の音で、戦場のような音が録音されていますが、低音専用スピーカーでなければ、鑑賞はできないでしょう」

「清司の奴、いつの間にそんなものを……」雄太郎は、戸惑いの視線を甲冑に注いでいる。

「……まさか」この時、一臣は呟き、「もしかすると」と声を高めると、鑑識の班長に可能性をぶつけた。「その、音ではない音は、ものすごい音量、音圧なのではありませんか？」

「確かにすごかったですね。恐らくあれですと、百十デシベル以上」

「それは、体感としてはどの程度のものだ？」硬い表情で、庄司警部も興味を示す。

「そうですねぇ、唸るジェットエンジンまで何十メートルかの距離でしょうか」

「それだ！」

確信を声に込めると、一臣は甲冑にさらに近寄って肩に触れる。

周囲は呆気に取られているが、庄司警部が一番早く問いを発することができた。

「その録音が、事件に関係すると？」

「ええ。――班長さん、いわば無音のその爆音は、聴覚では捉えられなくても、スピーカーから音波として発信されてはいるのですよね？」

「そうです」

「低音域は、エネルギーが大きい。なにも聞こえていなくても、窓ガラスをガタガタ揺らしたりするのは、低周波音や超低周波音の仕業《しわざ》だ」

「超低周波音のそうした被害は、よく知られていますね。人体にも被害を及ぼし、不定愁訴を引き起こしたりもします」

「それが……」

　と言葉を挟もうとする庄司警部に、一臣は向き直った。

「警部。ルシイの話を聞いていませんか？　私はつい先ほど、電話で聞きましたよ」

「なにを？」

「銃声がした時、鼓膜を重く震わせる、変な震動のようなものを感じた。そういう話でした」

　慶子は思い出していた。ルシイがあの話をしていた時、近くに鑑識の人はいなかった。

　少し苦い顔をして、庄司警部は丸い鼻の頭をトントンと叩いている。

「その空気の震動こそ、このスピーカーから発せられた、無音の爆音なのでは？」

「う〜……」

「ルシイの聴覚といいますか、体はそれを感じたのです。スピーカーは、ちょうど、ルシイのいた南西のほうを向いていますよ」

話の途中からすでに、ルシイは、そういうことか、という顔をしていた。

「すると松坂さん、あなたはこう言いたいわけか。発砲があった時、その無音の爆音を発した者がいる、と。しかし、それでなにが判明する？　空中発砲に筋道が立つのかね？」

瞬間的に思案を深めた一臣は、スッと表情を消す。

「……一部か？」ほとんど独り言だ。「一部の可能性か？　すべてではない……？」

ここで口を切ったのが、クリスチアーネ・サガンだ。

「そう。一部だよ、一臣。分割するべきだ」

訳される彼女の言葉に、皆が嫌でも集中した。一臣も耳を傾けている。

「まず、事件をはっきりさせてみる。起こったのは、空中にある銃が二発発砲した、ということではない。二発撃たれるシーンを通して目撃した者は、一人もいないのだから」

そう。慶子も見てはいない。一発めは、あまりに突然のことに、ただ驚かされただけだ。かろうじて見えたのは、炸裂した硝煙。

「二発めは、空中で撃たれたらしい。しかし、一発めは違う。違うはずだ。一発めと二発めでは、事態の実相が違う。別物なんだ。そう考えなければ、この不可能性は解き明かせない」

違う実相？

さらにクリスチアーネ・サガンは言う。

「犯罪に直面して推論を進めなければならない場合、わたしは今まで動機を重視したことはなかった。それは犯人しか判らないことであり、合理性にほとんど関連してこない要素だからだ。でも、今回のは、動機も重要そうだ。違う？　一臣？　長年よじれていた思念の放出が、この厄介な計画も形作っている。直結している。でも一方の実相を作るのは、別の動機かもしれない。つまり、したがって、計画性と非計画性が重なり合っていることも有り得る」

それらが、魔像めいた一瞬の幻を生んだ？

一臣はすでに、甲冑を凝視していた。犯人の思念を突き返すような思念を発しているのではないかと見えるほど、その集中力は他を寄せつけない。

慶子の鼓動は高まった。そして、室内に吹くはずもない風のような動きすら感じた。空気の動きは渦を成し、息苦しい塊ともなりそうだった。

珍しいことに、戸口にいるスピアが、吠えた。

「……なるほど」

遂に、一臣の声が聞こえた。

「雄太郎さん。この甲冑は陳列されている時、微動だにしない、ということはないですね？」

「それはまあ、多少ずれたり、普通に揺れ動きますよ」

「では、警部。実験してみてはいかがでしょう」

凶器と同型のモデルガンが、一臣の手に渡されていた。

雄太郎と建史の手で、騎士の甲冑のパーツそれぞれがしっかりと連結し直されている間、一臣は、凶器のガバメントの性能や特徴を改めて聞き出していた。薬莢が飛び出すオートマチック。シングルアクション。安全装置……。

レクチャーを終えた鑑識班長に、アガサが言った。

「シングルアクションというのは、暴発が起こりやすいのではありませんでしたか？」

「ああ、あらかじめ撃鉄を起こすことが多いからですね。銃を構えて撃鉄を起こしている時、通常は安全装置を掛けておきます。しかし、銃撃戦のような現場で、一発ごとに安全装置など掛けてはおれません。そんな時に、銃が激しく壁にぶつかったり、床に落ちたりすれば、暴発も有り得ますね。しかし、空中で暴発するなんてことは、絶対にありませんよ。誰かが撃鉄を起こさない限り、連射もできないのですし」

それでも実験するのかね？　と、一臣に向けられる庄司警部の目は語っている。

「やってみて判明することもあるでしょう」

甲冑に接近し、一臣が指差したのは、右胸の一部だった。

「これは、槍掛ですね？」

重い槍を下から支える、円弧《アール》。

少し考え、一臣はガバメントのモデルガンを横向きに倒した。握り《グリップ》のほうが、甲冑の胴体の左側、中央へと向く格好だ。

横向きにされた拳銃を見るだけで、慶子は、奇異で不思議な気がした……。

槍掛の、上を向いている先端に、一臣はモデルガンの引き金《トリガー》とトリガーガード部分を通し、銃をそこに載せようとしている。上から載せようとしても、下と対になっている槍掛の上部の突起や、甲冑表面の装飾的畝《うね》、鋲《びょう》などによってスムーズにいかない。しかし、甲冑の正面からモデルガンを持っていくと、それは槍掛の上に載っかった。しかも、一臣が手を離しても、それはその位置にとどまっている。

どこからともなく、お〜っと低く複数の声が漏れた。

甲冑の右胸で、右側へと銃口を向けて固定されているガバメント——。

一臣自身、若干、目を瞠《みは》った様子で、モデルガンを下のほうから覗き込んだりしている。

「これはぴったりだ。畝模様の段差が、銃のグリップを下から支えているんですよ」

刑事や鑑識班長らは寄って行き、驚きの状態を自分の目で確かめていた。

「それだと……」サガンが指摘する。「銃口はまさに、デスクに向けられている」

慶子はぞっとし、こめかみに粟が立った。

銃口が向いているのは、確かにデスクだ。銃は、水平よりやや下を向き……。

群馬清司が座っていたデスク。一発めが撃ち込まれた天板。

「この型の拳銃だと……」一臣の声が続く。「こうしたことができると犯人は気がついた。このセットができてしまえば、後は簡単でしょう。無音の爆音を発生させればいい」

「いや、そんなはずはない」

どこか苦しそうに、鑑識の班長は顔をしかめている。

「それでは、硝煙反応と矛盾する。反応は、甲冑の左腕でより顕著だったのだ。右胸でも、確かに検出されたが、ドアから入って来た者がいる、甲冑の左側で発砲があったと鑑定したほうが現実的だった。二発めも、証言が本当だとすれば空中での、しかももっと前方での発砲だ、甲冑の左腕とは距離がある」

「そこは偽装できるのでは？」

「んっ？」

「時間差を利用することもできると思います。例えば、実際の事件が起こる何時間か前、誰もいない朝のうちに、甲冑の左腕のほうには、あらかじめ硝煙反応を残しておくのです」

「――――」

「血痕では、こうした偽装は通用しませんよね。凝固反応などですぐに差が露見します。流出したり、付着したりした時刻が相当正確に割り出されます。血痕は、研究され尽くしていますから。でも、硝煙反応はいかがです？　一部が二、三時間前に付着していたとしても、不審を買うような明確な差異としては検出できないのでは？」

黙り込んだ班長に代わり、庄司警部が口をひらく。

「では、犯人はあらかじめ……？」

「甲冑の左腕付近で、完全に消音して銃を発砲したか——、いや、そこまでする必要はないか。薬莢に詰める前のガンパウダーを、発火させればいいのですね」

建史が、甲冑の右胸に目をやっている。

「本当の発砲は、あそこで……」

アガサは一臣に言う。

「めくらましであり、入室して来た人に容疑を向けるための工作ね」

「犯人にすれば大した手間ではなく、効果も期待できます」

「そして本番では、リモコンを使って無音の爆音を発生させた」

「強烈な音圧で、甲冑を震動させるために。拳銃も揺すられ、引き金が引かれる」

それが、自動発砲装置——。

「この場でも、音圧による空気の震動は、人によっては感じたかもしれません。しかし当人たちは当然、それは銃の発砲のために生じた震動と思い込んで疑いません」

全身を鞭打つようだった衝撃——。

庄司警部は、頭を振るようにしながら髪を掻きあげ、

「では、実際にやってみるか。……しかし、引き金が引かれたかどうかは、どうやって確かめる？」

警部と鑑識班長は相談するように目を合わせ、谷刑事たちは、「なにかないか」と周囲を見回す。

「粘土など、いいかもしれませんね」一臣は言った。「引き金の後ろに密着させて詰めれば、動いた引き金が形《かた》を残す」

「それもいいな……」

言いながら、刑事の一人はデスクの抽斗をあけていた。すぐに手に入る、めぼしい物はないかと探して。

次に引きあけられた抽斗の中に、一臣は「あっ」と目を留めた。

「なにか？」刑事は手を止める。

近寄って一臣がつまみあげたのは、粘土ではなく、小さな黒い筒だった。

「レーザーポインターですよ、これ。犯人は、これを拳銃に取りつけて実験を重ねたのではないでしょうか。銃弾が命中するポイントが、正確に判ります」

鑑識班長が、それを受け取った。

引き金の動きの確認には、やはり粘土が使われることになった。この家では、銃のモデ

ルを作ったりするための粘土にこと欠かない。

引き金の後ろには、びっしりと粘土。引き金の前には、槍掛の突起。

甲冑を遠巻きにして固唾を呑み、皆が見守る中、実験は開始される。

リモコンの一番下のボタンを、鑑識班長が押す。

慶子は、震動は感じなかった。甲冑も特に震えたようには見えなかったが、音はかすかにした。

「この程度の音は、低周波の音ではなく、甲冑が震動してパーツが触れ合った音だ。

銃声の轟音に消される」言ったのは、半ば息を呑むようにしている川瀬晴樹だ。「か、仮に、甲冑の揺れが見えたり、音が聞こえても、発砲による空気の波動が原因だと受け取ってしまう」

モデルガンは落下してもいない。槍掛の上で固定されたままだ。

それを手にした鑑識班長が、細心の様子で検証を始めていた。そして、顔をあげる。

「粘土には痕跡があります。トリガーは、引かれたんだ」

槇は、恐ろしいという顔をし、芳は、「どうしてこんなことを……？」と、青ざめて呟く。

「なぜです？」雄太郎もその疑問を口にした。「なぜ、こんな仕掛けまでして、清司を？

あいつを殺害した罪を、甲冑のそばにいた者に押しつけるためですか？」

一臣は、「雄太郎さん」と、慎重に言葉を絞り出すように言った。「この発砲は、清司さんが自分で仕掛けたはずですよ」

10

クリスチアーネ・サガンも頷いている。

しかし、他に納得の顔色は少なく、被害者の兄は、一臣に詰め寄りそうだった。

「清司が？　あいつが自分で？　そんなはずがない！　あいつが自殺なんてするものか」

自殺の動機があるようには、慶子も思えなかった……。

「そうとも」建史も、嗄《しわが》れた声で言う。「彼が自ら命を絶つとは考えられない」

一臣の反論は、

「自殺とは言っていません」というものだった。

雄太郎たちは、虚《きょ》を踏んだようになる。

「違う？」力が抜けてしまった、雄太郎の声。

「クリスさんの指摘を思い出してください。実相は分割されているのです。一発めと二発めは、犯罪の質が違う。清司さんが計画して実行したのは、一発めだけです」

文字どおり理解に苦しむ雄太郎は、呻《うめ》き声をあげ、顔を両手で覆った後、頭髪も掻きむしった。

表現に程度の差こそあれ、混迷の空気が広がる中、サガンの声がする。

「視点を二つに分けるべきだと、よりはっきりしたと思います。検証してきたように、手を掛けて練りあげた計画で発射された弾丸は、デスクに穴をあけただけです。一方、空中にあったらしい拳銃、という不安定な条件から発射された弾丸は、群馬清司さんの命を奪った。……果たして、殺害は計画だったのでしょうか？」

——では、計画はどこまでだろう？

「清司は……」

被害者の旧友、川瀬は、小さな声とは裏腹に、大きく腕を振り回した。

「あいつは、じゃあ、なにをやりたかったんだ。幻の射撃犯を作り出して、なにをする気だった？　なにが目的だ？」

「川瀬さん」

一臣はまた、慎重に声を絞った。

「清司さんは、まあ、こう言ってよければ……、あなたから人生の目標を奪い、自分の人生からは、あなたを消したかったのではないでしょうか」

「な……にっ？　なんのことだ？　なぜ？」

反応する声は、意外なところから聞こえた。槙たづ子の口だ。

「そんなことに気付きもしないから……」

川瀬は瞬きも止めている。

ルシイが、次に言った。

「ちょっと過ごしただけで、理由はすぐに見せつけられたけど。あなたは、ほとんど常に、清司さんを見下すようにからかい、精神を小突き回していましたね。学生時代からずっと？　考えられません。耐えられるのでしょうか、そんな関係性に。しかも、これからずっと」

「そういうことですね……」メガネの奥のアガサの瞳は、心痛の色をまつげで隠すかのようだった。「川瀬さんは、ピストル競技者で、猟も趣味。清司さんはガンスミスが天職。二人の生活、人生は、クロスしたままなかなか離れない……」

「そのあなたから、銃を奪ったらどうでしょう、川瀬さん」

一臣に言われても、川瀬は声も出せない。

顔色は、複雑な感情の激流を反映して、赤くなり、青くなり、灰色になる。恥辱、当惑、心外、驚きと憤り。表情が歪む。

「二人の関係性だけの問題ではなくなってもいましたね」

と言うルシイの声は、川瀬晴樹に届いているのか。

「泉くんの事件が起こった」

槇、そして弓弦の家の者たちの面《おもて》を、悲嘆の細波《さざなみ》が走る。

「川瀬さんの主張どおり、子供の死に、あなたの罪はないでしょう。でも、その先は？　ただ割り切って接することが許されない聖域もあるはず」

ルシイの言いたいことを手助けしながら、慶子も、弓弦の人たちから感じた哀しみを思う。失われて埋まらない穴に、深い痛みの風が吹く。そこに……。

「感謝されるべき、と言う。世界大会にも出る地元の名士だと尊大に構える者が、土足で出入りする」

「俺は——、いいか、俺は、あえて剽軽《ひょうきん》な空気を作っていたんだ」

「その空気を吸う側は、時に精神がささくれ立つ。顔が強張る。傷口が塞がらない。そんな弓弦の家と時間を共にしていた清司さんは、もう、あなたを許しがたくなっていた。忍従も限界だった。そして家族のためにも、あなたを弓弦の家から排除しようとした。違うかな？」

川瀬は、顎を左右に揺すっただけで、なにも言わない。

「あいつが……」と、小さく雄太郎の声。

「松坂さん」庄司警部が一臣に声をかけた。「清司は、川瀬晴樹から銃を奪おうとした、とあなたは言ったが、それは……？」

「清司さんの計画の概要を、先に言ってしまうと、こういうことではないでしょうか。些細なことで頭に血がのぼった川瀬晴樹が、人に発砲したという事件を作り出すこと。川瀬さんのような立場の人が、そのような事件を引き起こせば、どうなります？」

警部は低く唸り、

「猟銃の所有許可は取り消される。エアピストル競技？　まさか。除名。永久追放だろう」

「ガンスミスは必要なくなる。さらに、家族の一員が撃たれそうになったのですから、もう二度と出入りしないでくれ、と弓弦家の者は堂々と通告できます。周囲も、当然、と理解を示す。川瀬さんは、土地にも居づらくなるでしょうか」

「人生の目的さえ奪い、か……」

「そこは復讐といえますかね……。鬱積した過去に突き動かされた反射行動でもあるでしょうか。川瀬さんから、勲章や名声を奪いたかった。泥にまみれさせたかった。責められ、蔑《さげす》まれ、社会から冷笑されてほしかった……。抑圧に変形させられ、もちろん、清司さんの精神も、残念ながら普通ではなくなっていたのです。そうでなければ、犯罪者にはならない。彼の、無数の傷で発熱していた精神は、甲冑とオートマチック拳銃の関係性を知って、妄想めいた計画に取り憑《つ》かれた」

庄司警部に、そして大勢の視線に請われて、一臣は計画の具体的な推理を語り始めた。

「本当でしたら、この計画は、明日実行されるはずだったのではないでしょうか。合宿の日程が変更になり、明日のはずが、急遽、川瀬さんは今朝ここを訪問することになったのですよね？」

そうだった、と頷くような仕草が揃う。

「慶子たち客人が来ている時に実行するつもりはなかったのです。……いや、まずいと思ったと想像したのですが、そうでもなかったのか……？　自分の計画に陶酔し、観客や困難が増えたことに、清司さんはかえって高揚したということも有り得ますね。計画実行後、人を狙って撃ったりする川瀬さんを責める人間の数が多くなりますし、身内以外の証人がいるのも有利と考えたかもしれません。いずれにしろ、ガバメントが手元にある間で、川瀬さんが弓弦邸にいるのは、今日しかないのです。今日、決行するしかなかった。それで計画どおり、川瀬さんを早くから〝ガンハウス〟に誘い、猟銃を試射させた。硝煙にまみれさせるために」

川瀬晴樹は、今ではデスクに身を寄りかからせている。

右腕をゆっくりあげると、しげしげと眺めだす。

「甲冑にも、硝煙を付着させる。やがて、慶子たちが訪れ、清司さんはコレクターとしての自尊心も満足させつつ皆をうまくあしらい、〝奥の間〟からコレクションルームへと、川瀬さんと二人で移動した。それから頃合いを見て、清司さんは意識的に川瀬さんとの言い争いを始めたのです。川瀬さんの頭に血がのぼっていると、大勢の人間に印象づけるために。そして再び〝ガンハウス〟です。雄太郎さんも一緒でしたね」

慶子たちが通訳しやすいように、一臣はゆっくりと推論を語る。

「清司さんにしてみれば、川瀬さんをなるべく〝ガンハウス〟周辺で引っ張り回し、この時に凶器の拳銃を手に入れたのだろうと疑われる時間を増やす必要がありました。そうした最中の、トイレに行きたいと川瀬さんが言ったタイミングは、願ったり叶ったりだったでしょうね。清司さんはコレクションルームに移動することにします。銃を、甲冑の槍掛の上に仕掛けるために」

ここで、なにか思い出した顔になり、芳は、

「そういえば」と、夫にそっと声をかけた。「昨日の午前中、わたしたちはみんな出かけたけど、留守番を頼んだ清司さんは、槇さんまで……」

「なにか、気になることでも？」

一臣が首を回し、雄太郎が、

「気になるといいますか……。昨日の午前中、珍しく義父《ちち》も一緒に、三人で外出したのですよ。そんな時、なぜだか、清司は槇さんにも……」

「ええ」と、槇本人が話を引き取る。「少し強引な調子で、清司さんがわたしに、買い物を言いつけましてして。車を運転できるご自分で行かれたほうが手早く済むような……」

「あなたは長時間、家を離れた、ということですね」

「はあ」

「……なるほど。それはつまり、清司さんは、この家をしばらく無人にしたかったということですね」

「なにかその……」慶子が訊いた。「この計画のために？」

「最終実験のために、じゃないかな。実弾を発砲してみるんだ。銃の発砲がどれほどの衝撃を生むか、当然、清司さんは日常的に知っている。だから、実弾で試さない限り、どんな計画も最終決断は下せない。ある意味、命がけのやり口だから——、いや、それほど悲壮ではなかったかな」

「たぶん」と、サガンだ。「彼は銃については誰よりも詳しいと自負していたのでは。計画にも、絶対の自信を持っていた」

「確実を期すために、みんなを家から遠ざけ、彼は実弾をガバメントに込め、試射した。デスクの上には、そうだなぁ、砂袋などを載せて。無音の爆音で引き金は引かれて、弾は発射された。狙いどおり、デスクの一点に」

「その本番が、翌日だった」と、慶子。

「どこまで話したかな……。川瀬さんがトイレに行くところか。清司さんは当然、一人でコレクションルームへ行かなければならない。そこで雄太郎さんには、川瀬さんの行動に警戒してくれ、と耳打ちして、兄も遠ざけた。清司さんはコレクションルームで、甲冑にガバメントを仕掛ける。凶悪さが強調されるから、全弾装塡《そうてん》したのだろう。一発ではなく全弾詰めたとなれば、殺意の証明になる。用意が整ったところで、清司さんは川瀬さんに電話を入れた。さらに刺激して、カッカさせるためだ。その姿を、雄太郎さんがそばで見ている」

「後で証言させるためですね……」雄太郎の血色はよくない。「私のところには、清司からメールが入りましたが、あれは……？」

「内容よりも、足止めの意味でしょうね。携帯電話をひらいて、メール文を追う。これによって、川瀬さんからは遅れるわけです。清司さんは、コレクションルームと廊下の境の窓から、〝西の裏口〟を見張っていて、あなたたちが来るのを待っていた。そしてタイミングを見計らい、デスクに移動しながらメール文を送信した。これは功を奏し、川瀬さんだけが先に、コレクションルームに入って来たのです」

「遅らせることで、雄太郎さんには次の役割が与えられた」

というサガンの言葉に、

「ああ、そうだね」と一臣が応える。「現場の目撃者だ。窓を通して、室内の発砲シーンを見ることになる。この計画に空中の銃は登場しないから、雄太郎さんが目にするのは、こんなシーンだ。入室してすぐ、川瀬さんのそばで硝煙が爆《は》ぜ、手元で銃声が轟く。誰が目撃しても、また、伝聞で聞いたとしても、川瀬さんが銃を撃ったとしか思えない」

「そこの勝負なのね、この計画」と、アガサが理解を示す。

「そうです。なにが起こったのか、川瀬さんにも判らないという点が肝要ですね。『川瀬晴樹がいきなり撃ってきた』と、清司さんが周囲に訴えても、この状況ならそう勘違いするのも無理はない、と川瀬さん自身も思う。少なくとも、『でたらめだ。お前が自分で撃ったんじゃないか』と自信を持って対抗する立場は取れない。そしてここでさらに、清司さんは兄も目撃者にする。これで、当事者間での水掛け論ではなく、目撃者の配分が二対一になる。それに加えて、精神的なアリバイ」

「精神的な……？　それはなんのこと？」アガサが尋ねた。

「現場がコレクションルームである、ということです。『ここで私が銃を撃つわけがない』というもっともな主張が、清司さんには成立します。壁の棚のコレクションは傷付かないという絶対の自信があったから清司さんにもできた、機械的銃撃計画ですね。ただ、デスクの上のトレーは危ない。そこに入っているコレクションはどちらかといえば雄太郎さんの物ですが、そこは同じコレクターです、破壊などしたくはなく、清司さんは、トレーごと応接テーブルに移動させていた」

　ああっ！　と、幾つか声が流れた。トレーを動かした意味。そして、それをした人物。

腑に落ちたことによる快感にも似た思いが、吐息めいた声を出させる。

「人の動きをコントロールして、雄太郎さんを計画どおり目撃者にできたのは、上出来でしょう。しかしそうすべてがうまくはいかず、例えば、川瀬さんがガバメントを内密に入手できたと思わせる機会なども作りたかったのでしょうが、それは作れなかった。それと、〝奥の間〟にいる者も懸念の対象でしたでしょうが、案の定、なんとも言えないタイミングで慶子が踏み込んでしまった」

そんな必要はないはずだが、慶子はちょっと、肩を縮める。

「ちなみに、清司さんは音楽プレーヤーをかけていたそうですが、これは少しでも、低周波音や甲冑の震動音をごまかすためでしょう。彼は慶子の入室を許可したわけではなく、あっ？　と戸惑っているうちに、慶子が勘違いをして入室したということだと思います。こうなっても、清司さんは計画の中断はできなかった。もう数秒で、川瀬さんも入って来るのですから。計画をやり過ごしたら、甲冑の胸にある銃が見つかってしまいます。決行するしかなかった。それに、外部の目撃者が増えるのは好運だと、気持ちを切り替えたかもしれませんね。川瀬さんが甲冑の横に立ったところで、清司さんはリモコンのスイッチを入れ、同時にデスクから飛び離れていた」

見事につじつまは合っているけれど、その後、なにが起こったのか……？

魔弾のような二発め。

群馬清司の計画の第二弾ではないのか？

彼ですらコントロールできなかった？

建史が一臣に訊く。

「それでどうして、拳銃が空中にあった？　二発めは、どうして撃たれた？　その解説もできるのかね？」

「拳銃が空中にあったことは説明できます。先ほど、発砲の衝撃のことを話している時にはっきりしました。発砲とは、とにかくすごい衝撃です。その力で、拳銃は自ら弾け飛んだのでしょう、槍掛から、上にと」

「ああ、そうか。そうだな。充分有り得る」

起こって当然のことと言えた。

「反動によるこうした動きは、清司さんも、実包での実験の時に確かめられたはずです。ですから、計画は進められた。音圧トリックで発砲させられても、銃が槍掛に載ったままでは、タネはばればれになります。空中に弾み、床に落ちるから、川瀬さんに容疑がかかる状況が生まれるのです」

「なるほど」

「空《くう》をゆく拳銃……。しかし本番の時は、この前に、もう一つ出来事があった。槍掛の上の突起かどこかに、撃鉄がぶつかったのです。これで、撃鉄が起こされた」

「おおっ」

庄司警部たちも息を詰める。

「また、ぶつかったことで、銃の向きも変わった。横倒しだったものが縦に起きていった。ちょうど、人が持っている時の格好です」

空中の、あの銃。

「放物線の頂点で、拳銃の移動速度はゼロになります」

その瞬間の目撃。見えざる者が保持している拳銃――。

「そこで……」

一臣は少し、間をあけた。

「そこで、なにが起こったのか……」

一臣は、軽く握っていた拳《こぶし》を、ゆっくりとひらいた。

「それは判りません。今のところ、私の推論はここまでですね」

見えざる者は、どうやってトリガーを引いたのか……。

部下に連絡を入れた鑑識の班長は、作業しやすい場所に移動させた騎士の甲冑の胸当てをはずそうとしていた。怖い顔をし、見逃してしまった重要なトリックの元、スピーカーともう一度対面しようとしている。一臣の推論を裏付ける物証があるかもしれない。

〝奥の間〟に移ったフミ、そして大輔と顔を見せ合った後、その甲冑のそばまで戻って来ていた慶子に、一臣が抑えた声で言う。

「清司さんが生きていれば、低周波音トリックの痕跡は、簡単に消せたんだろう。いつもの録音内容に上書きすることができたんじゃないかな」

「なかなか用意周到だけれど、警察に川瀬晴樹の有罪を証明させるのが目的じゃないわけよね」ルシイが言う。「逮捕、起訴まではむずかしいかも」

「当然、川瀬さんは否認し続けるしね。これは、世間に疑わせるのが目的の計画なんだ。川瀬さんが否定しても、彼が犯人としか考えられないじゃないか、と思わせる。警察が逮捕しないのは、灰色だけれど、証拠がないからにすぎない。そう噂が立つようにする。確証がなくても、銃で人を撃ったと疑われている者を、競技者として認め続けられるだろうか？」

「世間の猛反発、すごいでしょうとも」と、アガサはジャケットの胸元を合わせる。

「社会的に葬る。それが、群馬清司の計画だったはずだよ」

「そのはずが、彼の命が消えてしまった」クリスチアーネ・サガンは、タバコでも喫《す》うかのように、二本の指を唇に当てている。「第二の事象が舞いおりて」

二発めを放った、第二の実相とはなんなのか？

群馬清司の計画以上のものなど、あるだろうか？

慶子も想像を巡らし、瞬間的に膨張する物質を仮定してみた。それを、引き金の前に詰めておく。放り出されている間に、その物質は膨れあがり、引き金を押す。

しかしそのような物質は、現場のどこにも発見されていない。犯人が素早く拾ったのか？

いや、だめだ。引き金の前には、槍掛があったのだから、他の物の存在スペースがない。

そもそも、なぜ、そんなことをしなければならない？　誰にできるという？

まだ、仮説の組み立てに使われていない〝駒〟はなんだろう。なにが残っている？

——そうだ。

五里霧中と思われたが、慶子に閃きの前触れが訪れたのは、この時だった。

それは、ルシイを見て形になった。

ルシイが、たまたまピストルの形を真似てのばしていた人差し指——。指先に、小鳥でも留まらせるかのように。それとも、指は一直線の進路を示すのか。

——そうだ。引き金を引いたんじゃない。

ああっ！

——舞いおりて。

そんなことが起こったのか？

では、まさか……。

そんな——そんな。

気がつけば、慶子は、デスクのそばに立っている槇たづ子と弓弦建史を見ていた。

二人を交互に見やる。

視線に気付き、不審げに問い返してくる目。

――なんてこと。

慶子は、いつの間にか声を発していた。

「槇さん」と。「先ほどの、〝アウトドア部屋〟の窓を閉めたお話、半分嘘をつきましたね？」

11

「半分って、どういうこと、慶子？」

ルシイの青い瞳が覗き込んでくる。

「どうかしたかい、慶子？」

一臣も様子を窺うように……。

なんの話だ？　と、庄司警部たちも寄って来ていた。

「嘘とは、なんのことでしょう？」

心外だ、と装いたかったのかもしれないが、意外と力はなかった。小柄な体に、むしろ、怯えが感じられる。

「半分の嘘って?」

繰り返しルシイに問われ、慶子は答えた。

「閉めたのは、ドアの北側の窓、と槇さんは刑事さんに答えていましたけど、本当は、南側の窓だったはずです」

「南の……」

廊下の様子を思い出そうとしている様子のアガサの横で、慶子は続けた。

「この現場にみんなが駆けつけて騒然となった後、一番早く廊下へ出たのが、ご自分でおっしゃっていたとおり、槇さんです。この家の中へと進むのにも、救急車を出迎えようとするにも、このドアから南に廊下を進むのがごく普通です。自失していたとしても、反対の裏口に向かうのは、無理がありませんか? 南にふらと進み、そこで目にした窓を閉めたというのであれば、自然な行動だと思います」

サガンが話をなぞるように、

「〝アウトドア部屋〟の窓の開け閉めが問題になっていたから、閉めたことは認め、ただ、どの窓だったかは偽った、というのか」

「どうしてそんなことを?」芳が厳しい顔になって、慶子に詰め寄って来る。「槇さんが、どうして嘘などつかなければならないのです」

「発砲があった時、〝アウトドア部屋〟にいた人をかばうためではないでしょうか……」

この推理を語っていくと、心は重くなりそうだった。

「かばう？」

何人かのあげた声が重なった。

槇は反論もせず、じっと硬くなっている。

「では、慶子」一臣が訊いてきた。「発砲時に〝アウトドア部屋〟にいた者が、事件に関与している、と？」

「そう。そうでないと、事態の説明がつかないもの。第二の弾丸を撃つためには、どうしてもそれが必要……」

「あそこに誰がいたか、その推測も立ってるの？」

ええ、と頷いた慶子は今さらながら、人の容疑を語り始めたことに気後れを感じたが、口をつぐむわけにもいかなかった。

悲劇を引き起こした原因と、その構図を……。

「誰が、あの部屋にいたって？」

一臣に問われ、庄司警部にも話すように言われ、慶子は、重い口をひらいた。

「弓弦建史さんのはずです」

ほとんどの視線が、老主に集まった。彼は、さっきまで川瀬晴樹がそうしていたように、デスクに体を寄せていた。

　そちらから引き剝がされた芳の視線が、慶子を鋭く捉えた。

「お父さんを疑っているということですか、慶子さん？」

　雄太郎は、当の建史に声を飛ばす。

「お義父《とう》さん、あんなこと言われてますけど？」

　表情の動かない建史の顔は、無機質めいてさえいる。

　槇にはわずかに、狼狽《ろうばい》が窺えた。手を握り合わせているが、指の動きが落ち着かない。

　息も荒かった。それでも口は閉じている。

　固まりそうな空気を動かそうとするように、一臣は、

「慶子。事件の時、〝アウトドア部屋〟に建史さんがいた。そして、〝現場廊下〟に面した、南側の窓があいていた。それで、なにが起こったと？」

「清司さんの計画には関係のない物が現場にあったのを、わたし、思い出したのです。エアピストルの弾です」

「ああ、確かに」

「甲冑の中から発見された弾」庄司警部が、一歩、慶子に近付いた。「あれに説明のつく推理なんですね？」

　こくっと、頷き、

「建史さんは、エアピストルを持って〝アウトドア部屋〟にいたはずです」

　空気が揺れる。

「凶行に使おうなどとしていたのではないはずです」

　違うはずだ。計画して起こせることではない。

「ガンスミスとして、その銃を手にしていたのでしょう。清司さんが、今度の調整はとてもむずかしいと話していたのですよね？　それは建史さんも耳に入れ、手を貸そうとしたのではないでしょうか。実物を手にして、イメージを描こうとしていた。〝アウトドア部屋〟には、ルーペや、多少の工具もありますよね。わたしたちがコレクションを拝見したりして楽しんでいる間に、建史さんは、〝ガンハウス〟の保管ケースから、えー、ファインセンチュリーとかいうあのエアピストルを持ち出し、〝アウトドア部屋〟に座ったのです。清司さんに、銃を見てやると声をかけていたのかどうかは判りませんけど」

　不意にこの時、声が響いた。

「見させてもらうかもしれない、とだけ言っておいた」

　建史の声だった。

　再び視線が集まる中、彼は、長く勤めている使用人に静かに顔を向けた。

「やはり、私のためにと思って、窓の件はあんな風に言ったのだな、槇さん。だが、もう嘘は言わなくていい」

ショックを表わす声や身じろぎが、室内に満ちた。「お父さん？」と、芳は口走る。雄太郎は青ざめる。川瀬晴樹は、眉根を寄せて背筋をのばしている。刑事たちは色めき立った。

槙は涙をこらえるように頬を震わせ、背中を丸めた。

慶子が示唆した嫌疑に触れる弓弦建史の今の発言は、自供に等しい。

当人が口をひらいてくれたことで、慶子は心底ホッとして、足腰から力が抜けそうだった。

建史は顔を正面に戻し——そこには誰もいなかったが、訥々《とつとつ》とした口調で語りだした。

「装塡孔にも影響するデザイン内容だったから、弾も一発用意した。装塡したり、取り出したり……」

「じゃあ」

と、声を漏らしたのは川瀬だ。彼は、甲冑に近いデスクの縁にいて、裏の〝ガンハウス〟のほうに視線を投げかけている。

「雄太郎さんと清司と、三人で〝ガンハウス〟に入った時、保管ケースの中に、ファインセンチュリーB６はなかったんだな」

一臣が言った。

「保管ケースをあけて、そのエアピストルがないことを知った清司さんは、建史さんが持って行っているのだなと察し、特に口にもしなかったのでしょうね」

「どうりで、コールマン88クラシックのほうだけの話をして、短く切りあげたわけだ」

「それで、建史さん。その後の行動は？」

庄司警部の声には、悼むような響きも流れていた。

「私は、そう……、南側の窓をあけた。皆と一緒に動いている大輔くんの声が聞こえるような気がしてね……。だが、そこからやがて聞こえてきたのは、清司くんと川瀬が泉の件で口論する声だった。芳、雄太郎くんも出て来て……。芳が感情を乱してその場から遠ざかるのも見えた。落ち着かせる声でもかけようと、私は後を追った。もちろん、〝アウトドア部屋〟から隣の部屋へとドアを抜けたのだ。芳が居間にでもいれば追いつくつもりだったが、二階の自室まで引きあげてしまったらしい。そこまでは追えないのでね。槇が行ってくれるのが見えたので、こちらはその部屋でゆっくりと息を整えていた。そして〝アウトドア部屋〟へ戻ろうとしていた時に、筧フミさんが入っていらした」

――ああ。そんなタイミングだったのだ。

慶子は、綾を成す人の動きを思う。

「泉のことを話したよ。槇さんも加わった……。話を終え、二人と別れてから、私は〝アウトドア部屋〟へ戻った。戻る時の姿を、槇には見られていたのかな……」

弓弦邸に銃声が響き渡るのは、もうすぐだ。

「〝アウトドア部屋〟の、南西の角にある椅子に、私は掛けていた。背凭《せもた》れの高さがある椅子だ。〝アウトドア部屋〟にはこの手の椅子が多いから、それに座っていると廊下を行く者からは見えないことが少なくない。……私の手の中には、エアピストルがあった」

建史はしばらく、言葉を止めた。自分の内面でも、深く覗き込んでいるかのように。

「あの時、泉の死は、私を意外なほど蝕《むしば》んでいた。そんなところへ、裏口から川瀬晴樹がやって来た。荒々しい足音が聞こえる。彼が、書斎のドアの前に立った。それが、あいている窓越しに見えた。その背へ、私はエアピストルの銃口を向けていた」

槙が、拳《こぶし》の背で口を押さえていた。

口を半ばひらく芳の目は、虚《うつ》ろになりかけている。

「建史さん……」上体をひねって建史を見据える川瀬は、信じられないという顔だ。「俺の背中に銃を向けたのかい？　撃ったのか？」

「この男は、ドアをあけながら怒鳴っていた。家族の一員に、この家の中で。喪は明けていない、この棺《ひつぎ》の中で……」

慶子は瞑目《めいもく》する。

「川瀬晴樹という男が、泉の死とかかわり、真摯《しんし》に命と向き合うようになっているのであれば言うことはない。しかしこの男に、そんな成長や充実はない。医師を名乗る価値もないのではないか」

槇のまつげが震えている……。

「まるで、泉は犬死にだ。年齢のこともあり、芳は、子供をもう望めそうもない。この弓弦の血筋はどうなる？　そういう命でもあったことが、判っているのか？　一つの命の重みを——」

いや、と、建史は声を低く落とした。

「責める資格はないな、人の背後から引き金を引いた私には。川瀬の首筋を狙って、私は撃った。……だが、今でも順番は混沌《こんとん》としている。銃声と引き金……。書斎から銃声がして、その瞬間に引き金を引いたように思う。銃声に驚いて引き金の指に力が入った、などと言い訳はしない。だが、そんなタイミングだった。エアピストルが轟音を響かせたのかとも思った気がする……」

それほど、瞬間的な出来事であったろうことは想像に難くない。エアピストルの鋭い発射音は、実銃の発砲音に紛れてしまったし、近くには誰一人いなかったのだから、耳にする者がいなくて当然だろう。

「はっきりしているのは、私が引き金を引いた直後に、二発めの銃声が轟いたことだ」

一臣が、ドアをあけていた。

「なるほど」と呟く。

慶子も廊下に目を向けたし、刑事やルシイたちも集まって来る。

〝アウトドア部屋〟の、〝現場廊下〟に面した、南側の窓。その室内側に、背凭れの高い椅子が見える。

「慶子。このラインをイメージしたんだな？」

「そう」夫からルシイへと、慶子は視線を移す。「そうよ、ルシイ。これは、途中までは、迷い込んだツバメのライン。そして、エアピストルの銃弾が飛んだコース」

ルシイは、青い瞳で、じっとその空間を見つめている。

「一発めの銃弾が撃たれた時、川瀬さんは後ろ手にドアを閉めようとしていました」慶子は、あの時の様子を改めて再現し、「でも、まだドアは閉まってはいなかった。その狭い空間を抜けてきたエアピストルの弾は、川瀬さんの右の肩口か腋の下をかすめたのでしょうね。至近距離で銃が発砲していた時なのですから、エアピストルの弾が空気を裂く感触など、肌は感じないでしょう」

納得の表情を一番強く浮かべているのは、鑑識の班長だった。

「エアピストルの弾は、川瀬さんの前へ飛び――」

ああっ、と、一臣が感嘆するように呻いた。

キラッと光を見せたサガンの目は、鋭くなる。「そこに、槍掛から空中に飛び出していた拳銃があった」

「放物線の頂点に達していた拳銃ですね」慶子は夫の表現を借り、「一瞬、静止したような凶器。そこに、エアピストルの弾が迫っていた。そして、その弾は……」

引き金を引いたのではない――

「撃鉄を後ろから叩いたのです」

刑事たちや鑑識の係官の喉の奥で、唸るような声が響いた。

啞然とする、雄太郎、芳、川瀬……。

自分の目すら疑う光景。空中で撃たれた拳銃――。しかしそれは、慶子たちが見たとおりの現象だったのだ。事実だったのだ。

宙での暴発？　しかしそれは暴発なのか？　紛《まご》う方なく、撃鉄は落とされた――一つの意志によって。

撃った後、撃鉄を起こす必要があるから、人がいなければ連射は不可能だとされていた凶器。しかし、その機構だからこそ、これは起こってしまったのだ。

「エアピストルの弾ですから、銃を破壊するような力はないですよね。それに、対象物が固定されておらず、空中で、いわばフリーの状態ですから、なおさら、命中しても破壊的な作用は及ぼさない」

「それに」一臣は感じ入った様子で、「命中したエアピストルの弾は、当然、ガバメントを前へ押すことになる。撃鉄は銃器の後部、その上端にあるから、お辞儀をさせながら前へ飛ばすといった感じの力になっているはず。ところが、ここにちょうど反作用が働く。

解答図

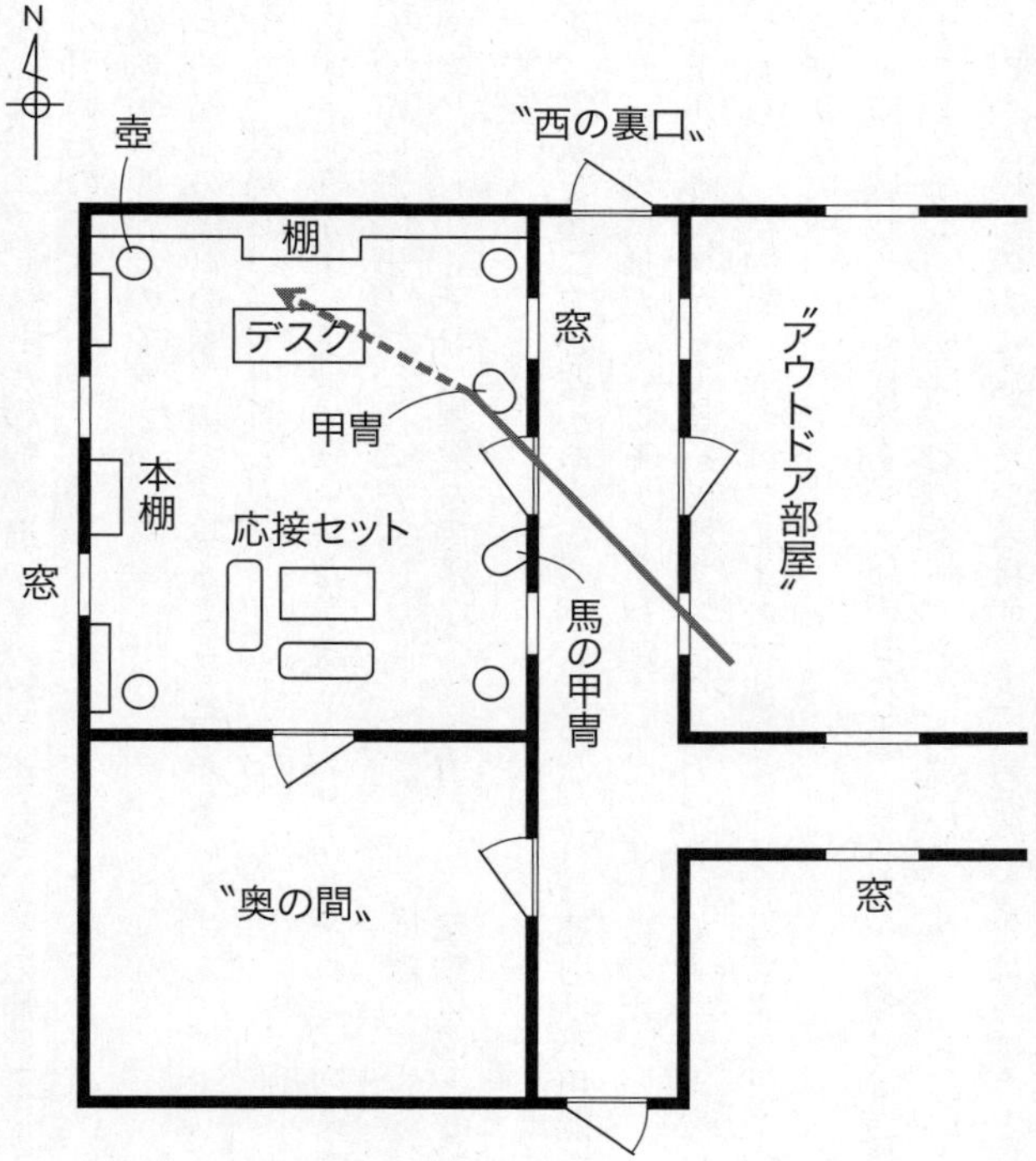

ガバメントそのものの、発射の反動だ」

　頷く男たち。

「発射の反動は銃身を上に弾きあげる印象があるけれど、それは手で支持しているため、そこを支点にして銃が動くからだ。前方に飛ぶ弾丸の反作用は、基本的に真後ろに働く。その力が、エアピストルの弾がガバメントを前へ飛ばそうとする力を相殺させた。それであの凶器は、発砲時も空中で多少暴れたとしか見えなかった」

　庄司警部が、ドアからデスクへと視線を送る。

「なんてことだ……。エアピストルの弾丸の〝力〟は、多少軌道を変え、実弾となって被害者の所まで飛んでいったのか……」

　うつむく建史は、こめかみに指を当てている。

「そんなことが起こっていたとは……」

　雄太郎たちには、かける言葉もなく……。

「警部さん」慶子は控えめに言った。「フローリングの床に落ちたから、凶器の拳銃には多少の傷はあった、ということでしたよね？　撃鉄にも、傷があるのではないでしょうか？」

「記録にはとどめていないと思うが、調べれば――」そこで、ハッとなった警部は、甲冑に視線を投げた。「そうか、ガバメントに当たった後、弾かれたエアピストルの弾丸は、隙間から甲冑の中へ入ったのだな」

「その弾丸には衝突痕があるということでしたが、凶器の拳銃の撃鉄の形状とそれが一致すれば、この説の裏付けにはなりそうですね」

少しすると、聞き取れないほどかすかに、「じゃあ、お義父《とう》さんが、清司を……？」と雄太郎が呟くのが聞こえた。喘ぐような声だ。

川瀬晴樹は、はっきりと言った。

「建史さん。つまりあんたが引き金を引いたから、清司は死んだんじゃないのかい？」

涙目の槇が、発言者に向けて憤怒の息を吐き出しかけたが、先に発せられた建史の声には痛みがこもっていた。

「そうだな。罪は私にある。一瞬、私は自分の王でいられなかったのだ。闇の色をした亀裂から噴き出すものに、抗しきれなかった。……いや、もっと無様なものだ。私は、あの時……」

視界を永遠に閉ざすかのように目を閉じ、建史は述懐する。

「銃声が二度轟き、手には、発射したエアピストル……。なにが起こったか判らなかったが、大変な事態が発生したのは全身で察していた。書斎から聞こえてくる、悲鳴のような大声も悲劇を伝えていた……。私は、その場にいてはまずいと感じた。エアピストルを持っていてはいけないと怯えた。だから私は……、その場から逃げたのだ。卑怯にも、こそこそと身を隠し、口をつぐもうとしたのだ。書斎へ急ぐ筧さんを室内にいてやり過ごし、私は隣の部屋へ行こうとしていた。すると、筧さんと大輔くんが書斎のドアの前へと進んだその背後から、スピアが邸内に入って来たのを見かけた。それで、南の廊下へ出るドアの所で呼び寄せ、指紋を拭き取ったエアピストルを咥えさせ、〝ガンハウス〟へ向かうように命じた」

この時、ルシイが質問を挟んだ。

「もしかすると、建史さんは、ツバメが〝アウトドア部屋〟に飛び込んだのを、その部屋で見た？」

「そうだ、見たよ。〝アウトドア部屋〟へ戻って少ししてから、そんなことが起こったんだ。だがそんなことを話せば、あの部屋にいたことを明かすことになる。だから、とぼけ続けた」

「エアピストルをスピアに渡してからは、建史さん？」庄司警部が質《ただ》す。

「スピアは玄関まですっ飛んで行き、外へ出たようだった。二階からおりて来る、芳と槇さんには見られなかったらしいな。二人が来るのは判っていたから、私は、廊下を少し東へと移動した。書斎から離れる方向だな。そして、適当な所でUターンし、〝アウトドア部屋〟の東側隣室――筧さんたちと話していた部屋だ――そこから出て書斎へ向かっている様子を演出した」

その後ろから、槙と芳は追いついて来た……。

建史は、

「槙さんは……」と、かすれた声をかけた。「私が〝アウトドア部屋〟にいたはずだと、察していたのかね？」

嗚咽をこらえるように、わずかな間があき、

「な、なんとなくでした。あの窓を閉めたほうが、大旦那さんのためになると感じたのでございます」

首を支える力が切れたかのような動きで、建史は頷き、項垂れた。

そして、気管が塞がっているかのような、くぐもった声が漏れてくる。

「まさか、清司くんが死んでいるとは……。だが本当に混乱した。彼を殺したのは、ガバメントの実弾だという。そして、エアピストルの弾はない——。わけが判らなかった。しかしそれでも、事実を告げるべきだったのに、私は卑劣にも、口をつぐみ続けたのだ……」

「それにしても」川瀬は放言する語調だった。「清司も建史さんも、愚かなことを……、醜怪なことをしたんじゃありませんか？　ガンスミスの家で銃を発砲するような無茶をすれば、家業にもしっぺ返しはくる」

それほどの傷を負う危険と引き替えてでも、やらずにはいられなくなるほどの禍根があ

ったということではないか、と、慶子は川瀬の言い草に反発を覚える。

雄太郎は、血走った目で川瀬をにらんでいた。谷刑事も厳しい視線を注いでいる。

「そうだな」建史は顔をあげていた。「怨嗟《えんさ》の弾は自分に跳ね返ってくる。因果は巡ったか……。清司くんの言葉を思い出す……。拳銃の弾は、見分けのつかない量産品だ。鉛か、合金でできている、画一的な小さな塊《かたまり》。だがそれが、運命の結晶になる。因果の結晶となって、生と死の狭間《はざま》を巡る……」

ややあって、庄司警部は弓弦建史に声をかけた。

「あなたに殺意があったわけではない。直接、群馬さんを殺害したわけではない。群馬さんの奇態な仕掛けがなければ、起こらなかったことだ」

「ちょっと、警部さん。俺への発砲はどうなるの？」川瀬は文句をつけた。「俺への殺意がなかったなんて――」

「エアピストルで狙っただけだ。命を奪おうなどという意識があったのか？　銃声に驚いて引き金に掛けていた指に力が入っただけかもしれない」

刑事の立場の庄司が、弁護士活動をしているかのようだ。

「ねえ、建史さん？　川瀬さんに絶対命中させようとして狙ったわけでもないでしょう？」

アガサも言う。「この事例で奮い立たない弁護士がいたら、もぐりでしょうね」

だが川瀬は、自分の嫌疑が晴れたための反動か、口数が多い。

「あんたたちは、泉くんの死を引きずりすぎるから、こんな結果を招いたのさ」

「やめて！」

耳を塞ぎ、芳が叫ぶ。

「建史さん。あんたの感覚だと、直系の子孫にかかわる雄太郎さんを殺さなかっただけ、ましなんじゃない」

「そうだな」建史の口調は、言葉が重すぎるかのように、ひどくゆっくりだ。「清司くんの命を奪っておいて、殺意がなかったなどと論じて罪を軽くすることなど、許されない」

次の瞬間に起こったことも、一瞬の混沌だった。

建史の上半身が素早く動いていた。

すぐそばにいた山崎巡査が、「ああっ？」と声を発していた。

彼の体はデスクに押しつけられ、腕を背後にねじあげられている。

ホルスターからリボルバーを抜きながら、建史はこう声を発していた。

「殺意を込めた発砲で、決着をつけよう」

川瀬晴樹に向けて引き金が引かれたが、一発めは装塡されておらず、空《から》撃ちだった。続けざまに、引き金が引かれる。二発めには実弾が込められている。

しかしこの瞬間には、巡査が必死に抵抗したため、狙いが逸れていた。甲冑の前に立つ慶子へと銃口は向き、そこで弾は発射された。

一臣が慶子の腕をつかみ、猛然と我が身に引き寄せている。銃声と重なる一瞬だ。

空気を凍りつかせ、同時に砕いたようなその一瞬の後、しかし人々は困惑した。

銃弾がなにかを破壊したという様子がないからだ。慶子にも、幸い、当たってはいない。

だが、弾の飛んだ方向で、壊れた物がない。

少しして、ゴトッと音がした。発砲した建史の近くからだ。彼の手からこぼれ落ちた拳銃が、吊り紐にぶらさがったまま、デスクの側面にぶつかったのだ。

彼の右手からは、血が滴っていた。

それを見て……、眺めて、建史は、

「ほう……！」と、声を吐いた。

刑事たちに押さえ込まれながら、

「そういうことか」と、弓弦建史は感心したように呟いていた。

あの伝説の再現の場に立ち会ったことに、建史以外はしばらく気付かなかった。

12

あの後、一臣と鑑識班長は話し込んだようだ。〝生ある守護騎士〟の働きについて。

甲冑は分解されるに当たり、出入りする者の邪魔になるので、壁から離し、室内に正面を向ける角度で立たされていた。これが、建史とほぼ正対する位置だったのだ。

そして、胸当てははずされていた。背面側半分、背当てだけが残っていた。

正面より少し右側に、騎士の左側、建史は発砲することになった。その弾は、背当てのウエスト部分に滑り込んだ。騎士の左側、向かって右側のウエスト部分。絶妙の角度だった。パチンコの玉が、台のレールに触れて流れていくように……。

ウエスト部分は、円形だった。背当てなので、半円だ。この半円の内側を、支柱にもスピーカーにも邪魔されず、銃弾は滑るように走ったのだ。そして、再び外へ飛び出した。

ある一定の距離ならば、ほぼ、発射した者の所へ戻る。

甲冑の中を滑走したことによって、弾の速度、威力は落ちている。建史は、それほど重くはない傷で済んだのだ。

所々に障害物はあるが、背当ての背中部分を弾が滑走することもあるかもしれない。その場合、弾が撃ち返される角度、方向は複雑だ。背面は、人体に合わせた曲線で作られている。その微妙なスロープから飛び出す先は、入射角とはかなり違っているはずだ。

ただ、放った者の方向へ弾が飛んでいくことだけは、確かだろう。

何百年に一度しか起こらないことであっても。

気まぐれな神は、人には思いもつかない運命の図面を引く、と、慶子やアガサたちも語り合った。

一本の線の向かう先……。交わる奇遇。

そんな、身が震えるような演出をするのか？　ドラマチックすぎないか？

胸中に雷鳴が響くような――

しみじみと、その時を振り返らされるような――

だから……

クリスチアーネ・サガンもルシイ・マカリスターも、深く身を委《ゆだ》ねる――誕生会、創立記念日――ふと出会い、そして友人であり続ける者たちと祝える、異国での忘れがたい時間にも。

黄色い夢の部屋

少年は……かつてもっと幼かった頃のことを思い出す。

家の中にまで不安の黒い雲が広がり、父親が襲われてしまった日のこと……。

もやもやとした不安。

どこにいても落ち着かない空気……。

物の壊れる音。荒々しい響き。大人たちの大きな声。

父親の苦しそうな呻《うめ》き。あの表情——。

血が……、血が！

命を狙われるなんて……！　首を絞められるなんて……！

大人の人たちは見た、首にアザのように残された犯人の手形——。それが、悪夢が現実に触れた印《しるし》。紋章みたいに。烙印みたいに……。

でも、夢じゃなく、本当の痕跡。その場にいた人が刻みつけたもの。

人が……。

あの人が。

でも、他の人たちは味方。

みんなで力を出し合って、悪いことを越える。

味方は大勢いる。

1

クリスチアーネ・サガンさんは、え〜と、モルペウスなんだな。

それで、ルシイ・マカリスターさんはポベトルなんだ、きっと。

ボクは、パンタソス……。

この中で、ママを助けられるのは、誰なんだろう？

慶子ママが眠ったままになっているのは、眠りの神様のせいだって、みんな言っている。

でも、ボクにだってわかる。ママが死んじゃうかもしれないってこと。

もう十日も眠り続けている。

お部屋は、パパとフミさんが素敵に飾りつけているからきれいだけど、ママは、起きてそれを見ることもできないんだ。

〝時を止める少女〟って呼ばれてたママだけど、自分の時も止めちゃったの？　家では顔をしかめた大人の人たちがざわざわし続けていて、その変な空気が、ただの眠りじゃないって感じさせる。ひそひそと聞こえてくる、耳にしたくない言葉も……。意味のわからない言葉も多いのに、誰もはっきりと教えてくれない。長く眠り続けるクライン・レヴィンしょうこうぐんへの移行？　……薬物？　教えてくれる人もいるけど、全部にじゃないし、子供あつかいして答えの半分はぼやかして……はぐらかすだ、そう、はぐらかしたりしている。

だから、自分で調べなきゃ。調べて、頑張って、役に立つ。ママをこのままにしておけない。助けるんだ。

調べるのには、ネットとパパが作ったソフトがとても役に立つ。いろいろなお話が、ボクでも読めるようになるんだから。むずかしい漢字がほとんどなくなる。ひらがなとカタカナに訳されるんだ。

こーてつのハウスキーパー筧フミさんが時々言っているとおり、慶子ママが眠りの神様ヒュプノスだとすると、死の神様タナトスとは兄弟になるみたい。やっぱり、死の神様が出てきた。

タナトスは、え〜と、つまりカッとしやすいけれど、眠りの神ヒュプノスは、人間にやさしいって。そう、ママはやさしい。……でも変だな、ヒュプノスは男の神様みたいだけど。

ああ、そういえば、フミさんやルシイが言っていた。神様は人の姿になる時、場面に合わせて変身しているんだって。弱っているお年寄りの格好をしたり、もうこの世にいない人になってみたり。

パパは違うことも言ってたな。ママは、ナルコレプシーっていう眠りの病気だけれど、眠っている間にヒュプノスと触れ合っているんだって。急に眠ってしまう数分間。その短い間にヒュプノスから教えてもらったことを、ママは起きてから口にしたりする。ママは、ヒュプノス用のアンテナであり、スピーカー。

どっちが本当なんだろう？　ママが神様なのか、それとも、神様の知り合いなのか……。あっ、迷うことはなかった。ちょっと前に見つけた情報が教えてくれている。ママはヒュプノスだから、ママの子供のボクやお友達が夢の一族なんだ。ママが眠りの神様の証拠だ。

ヒュプノスには、夢の精――夢を支配するっていう三人の息子たちがいるんだって。夢の一族だ。

それが、モルペウスやポベトル、パンタソス。

モルペウスは、人の姿を真似るのがうまいって書いてある。そっくりに化けるんだ。登場人物になり切って、人の夢の中に現われる。ここに書いてある昔の話だと、旅先で死んでしまった王様に成り代わってモルペウスが奥さんのもとへ行き、無駄な祈りに命を削らず、もにふくして魂《たましい》を見送ってほしいと伝えた、ってある。

他にも、人の姿で悪夢を生み出すという物語に使われたりとか、いろいろだ。

とにかく、人の姿になって夢を支配するんだから、クリスチアーネ・サガンさんは、このモルペウスだろう。

クリスさんとルシイは、シャーロック・ホームズという探偵が大好きな人で、そんなシャーロッキアンたちの集まりに入ったママとも親友になった。そして、日本へも時々、遊びに来る。それで、不思議な事件に出合ったりしちゃうんだ。

聞いた話だけど、クリスさんがいる時の事件は、悪夢が人の姿になっているものが多い。女の人が怖くてしかたがないどこかのおにいさんが巻き込まれた事件は、ボクもイメージしやすかった。

フミさん、それにママも時々怖いけど、そのおにいさんが感じる怖さがそれとは全然ちがうことはわかる。ホラーやサスペンスのお話やゲームの中の悪漢《ヒール》キャラみたいに、女の人が恐ろしく思えてしまうんだろう。女の人みんなを、ゾンビみたいに怖くしか思えなかったら、大変だと思う。

そんなふうになってしまったおにいさんが、後で周りの人たちに打ち明けたんだ。事件に巻き込まれている時、自分は女性恐怖症だったたって。事件で火災を目撃した後は、悪夢も見たって。女の人が黒い煙や炎の怪物になって襲ってくるっていう、怖い夢だ。

女性恐怖症って、女の人の姿をした悪夢を見ているようなものだと思う。そして、本物の夢の中にも、人の姿をした魔物が出てくる。これは絶対、モルペウスの仕業《しわざ》だろう。

クリスさんがモルペウスなんだ。ヒュプノスであるママと一緒になった時、その力が強くなって近くの人が影響を受ける。

だから、クリスチアーネ・サガンさんが関係する事件は、悲しいことや怖いことが人の姿をとっていることが多いんだ。

「もっとも」って、フミさんは言っていた。「人が事件を起こすのですから、どんな事件でも悲劇でも、悪夢と幻想の元は人ですけどね」って。

それで次は、ルシイ・マカリスターさん。

ルシイは、もちろん、動物に化けられる夢の精、ポベトルだ。モルペウスはどんな人にでもなれるけど、ポベトルは夢の中で蛇にも鳥にもなれるんだ。

ルシイが動物と話せるのは、やっぱり神様だったからだ！　ポベトルは、夢の外ではどんな動物ともおしゃべりできるにちがいない！

ママと一緒にルシイが解決するのは、迷い鳥の事件とか、もちろん、動物が重要な役割を果たすことがほとんどだ。そういう話をいっぱい聞いてる。

そして、ボク。ママの本当の子供であるボクは、パンタソス。クリスさんとルシイは、地上ではママの友達の姿をしているけれど、ボクは夢の外でもヒュプノスの息子だ。

夢の精パンタソスは、木や、え〜と、無生物……石や水なんかに変身できるんだ。そういうなんにでもなって、夢を形にする。ややこしくて空想的な夢を作り出すから、ファンタジーという言葉はパンタソスが元になって……、この辺はいいかな——いや、ママたちが好きなシャーロック・ホームズさんなんかはファンタジーの中の人だってフミさんが言ってたから、やっぱりすごく関係があるんだ。ボクも、そういうお話はとっても好きだ。

この息子パンタソスは、やっぱり強く関係しているぞ。

ママまでずいぶんピンチになったあの事件だって、きっとボクが悪い夢を形にしてしまったんだ。ピストルに、幾つかの弾、珍しい本、西洋のヨロイ。そんな、生物ではない物体に苦しめられることになった事件。あれがスタートかもしれない。

その後も、いろいろな無生物が謎になったり手掛かりになったりした、現実とは思えない事件が幾つも起こる。ボクの力のせいだったんだろう。

でも、ボクは、ママやパパたちを困らせるつもりなんて全然ない。それなのになぜ、悪い夢みたいなことが起こっちゃうんだろう。

……ボクが、変な夢を作っているわけじゃないんだ、きっと。こんがらがっちゃう悪夢に呼ばれて、ボクは物質の交通整理に来るんだ。そうにちがいない。

ママたちは今まで、ちゃんと事件を乗り越えてきた。ボクはもちろん、それに協力する息子なんだ。

だから今回だって、ママを眠りの世界に引き止めちゃってる悪い夢の力と戦うつもりだけど、もう一つ変な点があるな。

眠りの世界での一番の神様であるヒュプノスが、どうして眠りで苦しんでいるんだろう? 苦しんでいるんじゃなくて、眠りの世界にずっといることにしたんだろうか? そんなのイヤだ。

でもどうしても、ママのヒュプノスは起きてくれない。

そう。きっとこれには、死の神様タナトスが関係している。タナトスが、ヒュプノスの眠りの質をおかしくしているんじゃないかな。

きっとそうだから、ボクはタナトスを突き止めるんだ。

急がなくちゃ。

ヒュプノスの兄弟のタナトスって、誰だろう。

タナトスは、昨日の夜になってパパにまで魔手をのばした。パパは倒れて苦しみだした。今は寝ているけど、ひどくうなされていて熱病みたい。

パパとママの意識が、どっちもないなんて——。

こんな恐ろしいこと、今までになかった。家のみんなもそうだし、パパの会社の人たちも困っていて顔色が白い。治療に必死だけど、みんな、タナトスの仕業だって気付いていないからダメなんだ。タナトスを見つけなくちゃ。

見つけて、そして――

窓の外から、悲鳴みたいな、女の人の声が聞こえた。車で来た誰かに、あわててなにかを伝えているんだ。とても良くないことを。

さっき、家の中でも大きな声が響いていた。

なにかあったんだ。

パパかママのようだいが悪化した？

ボクは急いで部屋を飛び出し、階段の下に向かった。

2

筧フミさんが、パパが寝ている部屋のドアを強く叩いていた。

「あけますよ、一臣さん！」

ノブを回そうとガチャガチャやっているフミさんは、ボクが来たことに気付いているだろうか。あかないドアと、ドアの中の様子に神経を集中しきっている。黒い服を着た大きな体の上に、怖いぐらいに必死そうな顔がある。

一度、ドンと、フミさんはドアに肩をぶつけた。体重をかけて押し破ろうとするみたいに。フミさんならできそうだけど、ドアも頑丈そう。

この時、バタバタと足音が近付いてきた。

西津《にしづ》さんだ。今、車で来たばかりなのがこの人だったんだ。薄いコートを着たままだ。パパはいくつもの会社をまとめているんだけど、西津さんはその中の一つ、新素材製造会社の社長さんだ。最近は何度か来ている。

戸惑っているけど、顔はもう強張《こわば》っていた。

「外で、秘書の小村《こむら》さんに聞きましたよ」フミさんに話しかける。「会長さんが、大きな声をあげて口論でもしていらっしゃるようで、様子が変だとか……?」

小村さんは? と、ちょっと思ったけど、すぐにわかった。高島医師《たかしませんせい》がちょうど往診に来る時間だ。そのまま玄関にいて迎えるんだな。ママの所より先に、ここへ来てくれたほうがいいかもしれないもの。

部屋の中からうめき声が聞こえてきて、ボクの首の後ろが、不安と怖さでひやりとなった。

パパ! と呼びかけるボクの肩に手の平をそっと乗せて、

「このとおりなんですけれど……」片手を室内に向けたフミさんは、西津さんには急ぐ口調でそう言った。「容態が悪化したせいでうなされているだけとも思えません。物が壊れる音も聞こえてきましてね」

「入らないんですか？」

「錠が掛けられているみたいです」

「錠が？」

「物騒な事情がありまして、この家の要所には錠が取りつけられたのです。でも、意識がほとんどない旦那さんが、自分で錠を掛けたとは思えません」

西津さんの顔がさっと青ざめ、緊張感が増した。

「誰かが中にいて、家の人たちを閉め出している？」

西津さんはドアの前に立った。

「ドアを破っていいのですね？」

「それしかありません」

西津さんは蹴りつけたけれど、ドアは平気そうだった。ちっとも壊れない。

簡単じゃないんだ、と思ってあせったところへ、クーさんが駆けて来た。

「持って来ましたよ」

と、長い金属の工具をフミさんに差し出した。

フミさんとクーさん、最初は二人でドアの前にいたんだな。でもドアがあかないから、壊す道具を持って来るように、フミさんが言いつけたんだろう。ボクたちはクーさんって呼んでるけど、本当の名前は楠《くすのき》久夫《ひさお》さん。若いハウスキーパーさんで、フミさんの助手みたいな人だ。メガネも四角いクーさん。

「高島医師《せんせい》の車が到着したみたいです」

「そう」

工具は、フミさんの手から西津さんの手へと渡った。

「錠はこの辺りです、ここを壊しましょう」しっかりした声で言い、フミさんの太い指がドアの一ヶ所を差した。

ドアと木の枠の間に、西津さんは工具の先を突き刺した。何度かそうやったり、ぐいっと隙間を広げたりすると、室内側にある錠の金具が少し見えた。

「これがボルトだな」

はーはーしながら西津さんは、そのボルトの近くに工具を打ちつけた。

「よし！」

と、掛け声みたいに言うと、西津さんはドアを蹴りつけた。今度は大きく、ドアはあいた。

「パパ！」

みんなそれぞれ、なにか声に出しながら、わっと室内に進む。

夕方なので西日の色に染まっていたけれど、この部屋にはもともと、落ち着く、やさしい黄色っぽい色が多く使われている。風水《ふうすい》的にいいからって、大きくヒマワリの描かれた黄色だらけの絵も飾られていて、目につく。その部屋の真ん中に、頭のほうを左側に向けて大きなベッドが二つ置かれている。ここは本当はお客さんが泊まる時の部屋だ。何度も診察が必要なので、倒れてからはパパがここを使っている。二階の寝室よりは、みんな足を運びやすい。

手前のベッドにパパは寝ている。ふとんがすごく乱れているし――、血？　あれは血？

パパの口からあご、胸まで、血で汚れているみたい！　怖くて、びっくりして、心配で、心臓がドキュッてなる。みんなもハッとしている。

急いで近寄ろうとするけど、足元にも注意しなくちゃならなかった。水を入れてあった器――水差しだ、それが壊れて床に散っている。

パパは、片方の肘《ひじ》を突いて体を起こしていた。熱っぽい顔の、血でぬれている部分の他は汗でびっしょりだ。目が、どこを見ているのか、よくわからない。パパが、いつもと全然ちがう……。

だから、やることも変だった。ボクたちをにらみ返すようにして、近くにあったお客さん用の厚い本を手に取った。聞き取れない、脅すような声を出しながら、それを剣のように突き出してくるけど、ちゃんとつかんでいなかった部分のページがだらりとさがった。手も、血で染まっている。

水差しの破片を避《よ》けながら近付いたフミさんが、

「一臣さん、わたしです」と、声をかける。

よその人がいる時は、フミさんはパパを旦那さんと呼ぶけれど、今はもう、そんなことも忘れて一生懸命だ。

大丈夫ですよ、しっかり、とフミさんが声をかけ続けていると、パパの目の焦点も合ってきた。重そうにしていた本も手放し、ベッドで仰向《あおむ》けになった。

でも苦しそうな様子はそのままで、パパの両手は、胸や喉の近くを這《は》い回った。パジャマの胸のところも血で赤くなっている。ふとんにも血の染みがあった。

ぞぞっとなったのは、パジャマに、血でつけられた五本の指の跡がくっきり残っているのが見えたから。

パパは息苦しそうに、「誰かが」と小さく言った。「襲って来た……」

悔しそうなクーさんは「くそっ！」と乱暴に言って辺りをにらみ回した。西津さんは、「なんてことだ……」と呟《つぶや》いて青ざめている。

フミさんも厳しい顔になって、部屋の中をグルッと見回した。誰もいないように見えるけど、ベッドの下とか、クローゼットの中とか……？　もう、逃げたのかな？

二つのベッドの中間にある小さな机の上で、卓上ライトがひっくり返って電球が割れていた。ガラスの破片が、パパの枕元に散らばっている。

フミさんはパパのパジャマのボタンをはずし、体に傷がないか見ている。「怪我《けが》は？」と訊《き》いても、パパは目を閉じてうめいているだけだ。

血が怖かったけど、怪我していないことを祈りながら、ボクはパパの胸なんかをしっかり見ていく。傷はないみたいだ。——でも、首に、また怖いものが。首も血で汚れていて、そこにべったりと、人の手の形が赤くぬれてはりついている。

クーさんもそれに気がついたみたいだ。「旦那さん！　息はできますね？」と大声で訊く。でもパパはうわごとのように、「殴りかかってきて……、誰だ、やめろ！　体に乗ってきた……絞めて……」そんなふうに呟いているだけだ。

タオルみたいに大きなハンカチを出したフミさんが、パパの口の周りから血をふいていく。

フミさんは、枕元のガラスの破片にも目をやって、

「部屋を移しましょう」と言った。

苦しそうに身をよじり、「く、首から手を離せ」そんなふうに声を震わせているパパの上半身をぐいぐいと引き寄せながら、フミさんは、「楠くん、足のほうを持って」と指示をする。「予備の寝室に運びましょう」

二人に抱えられたパパの体が、ドアのほうへ向かう。

ボクはこの時、ドアに近い壁がぬれていることに気がついた。その前に水差しの破片が散らばってるから、水差しは壁にぶつかったんだろう。

もう一度、後ろのほうもグルッと見回したボクは、ちょっとドキッとした。窓の外に、人影があったんだ。ちょうど今、近寄って来たという感じ。半分ぐらいかげになっていて見えづらかったけど、お庭の仕事をしてくれている大園《おおぞの》さんだ。

右手に、高い場所の枝を切る道具を持っていて、それが昔の武器の槍《やり》のように見えて少し不気味だった。太さが全然ちがうけど、鬼の金棒にも見えちゃった。

パパを襲った人がそんな武器を持って部屋にかくれていたら怖いから、ボクは急いでフミさんたちを追った。

廊下を運ばれる間も、パパは時々腕を振り回して、「く、来るな！」と、すごく弱々しくうめいている。「なにか、ぶつけてやった。けっこう重たかった……」

そのうち鼻血が出てきた。

「襲って来たの、男なんですね？」

とクーさんが訊いたりしてるけど、まともな返事はない。

小さめの部屋には、ベッドが一つだけ。

寝かせてブランケットを途中までかけると、鼻、首や胸、手にも残っている血をふき取ろうとするけど、フミさんのハンカチはもう、真っ赤だ。自分のハンカチを出した西津さんが代わってくれたので、「すみません」と頭をさげた後、フミさんはてきぱきと、「楠さんは、さっきのゲスト用寝室に行ってちょうだい。高島医師《せんせい》はあちらへ向かうでしょうから、ここへご案内して」と言う。「わたしは慶子さんの様子を見に行きます」

「わかりました」

クーさんとフミさんは一緒に廊下に出ていた。ボクも急いで足を動かして、二人に続く。途中で二人は右と左に分かれたので、ボクはフミさんのほうへ。パパを襲った人がいるなら、ママが心配だった。

向かった廊下の先でクーさんが、「高島医師《せんせい》、こちらへ早く！」と声を張りあげているのが聞こえた。医師《せんせい》、パパを早く治してね！

廊下を進み、フミさんが鍵をあけたママの部屋に入った。

柔らかい、白いベッド。頭のほう、ベッドの両側には、ベールみたいなレースのカーテン。加湿器、空調機、芳香剤。そして、壁にはボクたちが描いた絵が何枚も飾られ、枕元には工作の置物や家族の写真がにぎやかに並べられている。

ついでに、ホームズさんの写真も。写真じゃなかった、絵で描かれている黒いやつ。それと、ホームズさんの大事な相手だったっていう、アイリーンという女性の絵。それぞれ、額に入って壁に並んで掛けられている。変なの。

それに、枕元の、もっと壁の上のほうには、ホームズさんについて書かれた本に載っているっていう、〈心の中のロマンチックな小部屋で〉で始まる言葉も貼られていたりするんだ。

この部屋に黄色い色は多くないけど、暖かな感じがするし、空気がやわらかい。

フミさんは安心したみたいだ。ママは普通にしていて、おかしなところはない。

普通に……、眠り続けている。

いつ見ても、苦しんでいる感じはしない。時々姿勢を変えて、ただ眠っているだけに見える。

長く長く眠っている。

ママはヒュプノスに戻って、眠りの世界に帰ってしまったんだろうか。

……イヤだ。戻って来てくれなくちゃ。

血液検査というのをしたけど、毒物みたいなのは検出されなかったって。今は、病名を見つけようとしているみたいだ。

これは病気なの、ママ？　病気なら、治るよね。

でもパパのほうは、病気とは違う気がする。

急に吐き気やしびれに苦しんで、熱を出して倒れただけじゃなく、今度は誰かに襲われて血まみれに……。

パパに怪我はなかったけど、首には、絞められた手の跡がはっきり残っていたって。

3

パパの周辺で、おかしな、とても乱暴なことが起こり始めたのは、パパの仕事のほうで大きな動きがあったからみたい。もちろん、よくわからないんだけど、合併とか、買収とか、そんなことが……。

割り込んできたしほんが、悪いことも平気でする集団なんだって。ペットを殺して脅したり、追い詰めて自殺する人を出したりする、ひどい人たちだ。今までずっと一緒に仕事をしてきた人の裏切りにも注意しなければならなくなっているって聞いた。

パパは、この家のパソコンをいじられた形跡があったりしたから、玄関の錠も厳重にしたし、部屋にも錠や鍵を付けていった。

パパは敵に対抗するすごく重要な人になっていたから、ろこつに狙われるようになっていたみたいで、毒を盛られても不思議じゃないんだって……。

どんな理由があったって、毒を使ったり首を絞めたりして人を殺していいなんてことがあるはずない。さっぱりわからないよ……。

「大《だい》ちゃん、お腹《なか》減ってないかい？」

階段に座ってじっと考えていると、廊下に立つクーさんが顔をのぞき込んできた。あまり顔色がよくないけど、クーさんは柔らかい表情を作っている。

「大丈夫だよ。ごはんはいつでもいいよ」

本当はお腹がすいてきていたけど、がまんした。あたりはもう暗くなりそうで、夕ごはんの時間も近付いてる。だけど、フミさんたちも大変でそれどころじゃないだろう。警察も来るみたいだ。

クーさんに訊いてみた。

「パパは大丈夫でしょ？」

「うん、もちろん。負傷はなし。呼吸も普通にできるよ。容態は前のままだから、話はまともにできないけどね」

「……パパを襲った人は、壁を通り抜けないと逃げられないはずだって、本当？」

「まあね。シャーロッキアンのお母さんたちがいるから知ってるよね、密室ってやつだ。犯人の逃走経路がわからない。煙のように消えたんだろうか」

クーさんは、しっかり教えてくれた。

パパの秘書の小村さんとやって来た高島医師《せんせい》を、パパが移された部屋まで案内すると、事情の説明は西津さんにまかせて、クーさんは、現場のゲスト用寝室に戻ってみたっていう。窓からは、大園さんがまだ中を見ていた。北《きた》さんと一緒に。北さんは、ペットのケアや調教をする男の人で、その時はちょうど、バクーの散歩をさせていたんだ。バクーは、グレート・ピレニーズっていう犬種で、大きくて白くて、ムクムクだ。まちがいなく家族の一員。北さんには一ヶ月ぐらい前から、時々来てもらっている。

パパを抱えて部屋を出る時、大園さんが窓の所に来ていたよ、とボクは教えた。

「大園さんもそう言ってた。庭にいた彼にも、あの部屋で物が壊れる音がかすかに聞こえていたらしいんだ。でも仕事中だったから、それを先に済ませた。気になっていたので近付いてのぞき込むと、僕たちがぞろぞろと部屋を出て行くタイミングだったって」

部屋に誰もいなくなったから、大園さんはそこを離れようとしたけど、ちょうど北さんがやって来た。「そこ、会長さんが寝ている部屋じゃないの？　なに見てるの？」と北さんに訊かれて、「会長さんを移動したみたいだ」と、大園さんは答えた。

どうしてだろう？　なんて話しながら室内をよく見ると、卓上ライトが壊れていたし、ふとんには、黒いような赤いような染みも見える。「血だろうか？」と心配しながら二人は、老犬バクーがそこに座り込んだこともあって、その場で室内を見ながらあれこれと推測を話し合っていた。そこへ、クーさんが戻って来たんだ。

二重窓は、どちらも錠が掛かっていた。窓は一つだけ。内と外で情報を交換しながら、クーさんがせじょうを確認するのを、大園さんも北さんも見ていた。

それからクーさんは、ドアの所に落ちていた工具——バールって言うんだ、それを手に持って武器にして、ベッドの下やクローゼットの中を点検していった。でもどこにも、誰も隠れてはいなかった。

「ね？」クーさんは言った。「不思議なのさ。ドアからも窓からも犯人は逃げられないはずなのに、室内に隠れてもいない」

この言葉が聞こえていたみたいで、廊下を近付いて来ていた小村さんが、クーさんに声をかけた。

「会長の首に残っていた、手形の内出血痕《こん》や血……」

小村千明《ちあき》さんの年齢は、三十歳を超えたとか超えないとか、機密扱いになっている。やせていて、髪が長い。大きすぎるぐらいの目でじっとクーさんを見て、考え込んだり不安を感じたりしている様子だった。

「あの痕跡さえなければ、高熱が見せた幻覚のせいで済むのにね。襲撃者なんてどこにもいない、会長の錯覚……」

「そうなの？」驚いて、ボクは訊いた。

「旦那さんに、傷は全然なかった」と答えてくれたのはクーさんだ。「口の中にも傷はないし、ほっぺたやあごにもアザはない。襲われて殴られたにしては変だ」

「でも、あの、いっぱいの血は？」

「……鼻血かもしれない。高熱のせいで出た鼻血。でもね、首を絞めた手の跡は厳然とあったんだ」

「それって、会長自身がつけたんじゃない？」小村さんが言う。「錯乱していて、自分で自分の首を絞めてしまったの」

「それは、高島医師《せんせい》も慎重に検分した」

自慢するように、クーさんは四角いメガネを押しあげた。

「意外だったけど、自分で絞めても人に絞められても、基本的な手形の残り方は変わらないんだね。上下や左右が逆になるんじゃないかと思ってたけど」

クーさんは自分の両手で前から首をつかむ。

「親指が上になって、左手は僕の右側、右手は逆」

ボクも自分でやってみたけど……、あれ？　混乱しちゃう。

「小村さん、僕の首を絞めようとしてみて」

手をおろして、二人を見ることにした。

「こうでしょ」

首に指を回しているクーさんの手の上に、小村さんの手が重なる。

「相似形だ」

クーさんが言ったのは、二人の手の形はそっくりだってことだろう。そのとおりの形で手は重なっている。小村さんの左手は、クーさんの右側にある。

「だから」手を離しながら、小村さんは言った。「会長が自分でやってしまったという説も無視はできないでしょう」

「相似は、でも、合同じゃない。高島医師《せんせい》は、むかし嘱託医として検死を担当した時期があったから、調べ方は心得ている。自分で絞めたら、親指以外の四本の指が、ほぼ水平に首に当たる」

クーさんの手の形を見て、「そうね」と言う小村さんに、クーさんはまた絞める真似をさせる。

「ほら、他の人の首を絞めようとすると、指は水平にならない」

「ほんとだ……」

「水平なんて、手首に無理がかかって力が入らない。力を入れようとしたら、相手の耳のほう、上に向かって四本の指が置かれる。旦那さんの首に残っていた手の形は、指が水平じゃなかった。それに、旦那さんの指より若干《じゃっかん》太いみたいでね」

「そう。それなら、本当に誰かがいて、会長の首を絞めたのね」

納得しながら怯《おび》えた感じの小村さんは、まだなにか言いたそうにしていた。

パパの首を絞めた誰かのことを知ろうとして、ボクはちょろちょろと歩いてみんなの話を聞いて回ったけど――バクーとも少し遊んだ――警察が到着してからは、おにぎりとお手ふきを渡してくれたフミさんに言われたとおり、二階の自分の部屋にひきあげた。

4

パパが寝ていた部屋のドアに錠をして、パパの首を絞めた人。

姿を消してしまえる謎の怪人だけど、大人のみんなが謎だと悩んでいるのは、タナトスを見落としているからだと思う。

タナトスは眠りの神様の兄弟だから、眠りさえあれば、そこから魔の腕をのばすことができるんじゃないかな。パパを苦しめていた悪夢の中から、黒い煙みたいな腕が現実の世界にのびてきて、パパの首を絞めたんだ。

眠りの神様のママが今は働けないから、死の神様が眠りの世界でもあるていど力を発揮できちゃうんじゃないだろうか。ママが早く、死の神様を追い払わなくちゃ。

クリスさんでもいいのかな？　腕って、人の体だ。だとしたら、夢の世界で人の姿を支配しているモルペウス、クリスチアーネ・サガンさんの出番だ。やっつけるとか、正体を知るとかが、できると思う。

でも、クリスさんは遠い外国にいる。ルシイも自分の国に帰ったばかり。力は借りられない。

ボクがやろう。ボクだって、眠りの神様の息子なんだから。

でも、……ああ、最初に祈っちゃう。

戻して、パパを、ママを。どうして、前のままじゃいけないの？

バクーだって……！　もう一人の兄弟で、ふわふわの友達で……！　枕になってくれて、びっくりするぐらい、こっちの気持ちがわかって、なぐさめてくれるお利口さんで……！

足が速くて……。

でも、もう、やせてきていて、よぼよぼしている。

大事な、みんな、みんな……！

ボクたちが宝だと言ってくれるパパ。

太陽のふとんみたいな、ママ。

家庭教師さんやお祖母《ばあ》ちゃんの姿を教えてくれてるみたいな、フミさん。

日本や外国のお友達……！　みんな、みんな！

戻るんだ。戻らなくちゃ。また、前みたいに……！

……。

ちょっとぐすぐすしてしまったけど、やることを思い出した。

がんばらなくちゃ。

……でも、どうやって？

あれだ。困っていたり、不思議を解決しようとしたりする時にママがやっている方法を真似してみるのはどう？

まず、整理する。わかること、わからないこと。時間の流れや場所を決めて、順々に。

おにぎりは後にして、ノートとシャープペンシルを引き寄せた。

まず、ドアのまえ、って書いてみる。

部屋の中から大きな物音がして、最初に駆けつけたのはクーさんだ。

近くには、小村千明さんもいた。西津さんを迎えに行くところだったんだ。たまたま、西津さんと高島医師《せんせい》が立て続けに到着しそうだったから、迎えに出ようとしていた。パパの寝ていた部屋を玄関のほうに通りすぎたところで、物の壊れる音を聞いた。でもすぐ、クーさんが部屋の前に来て、自分が様子を見るから大丈夫、という仕草をした。

小村さんが遠ざかる間も、大声や争うような物音が聞こえてきて、小村さんは不安になりながら玄関に向かったんだ。

クーさんがドアをあけられずにいると、ママの部屋へ行こうとしていた筧フミさんが通りかかった。荒々しい物音の話をクーさんから聞いたし、ひどいうめき声も聞こえるので、フミさんはドアを壊す道具を持ってくるようにクーさんに言った。

そこに、ボクの到着だ。

小村さんから話を聞いた西津さんが駆けつけ、小村さんは玄関で高島医師《せんせい》を待っていた。後は、ドアを破って四人でベッドのそばへ。

小さな部屋のほうにパパを移してから、小村さんが出迎えた高島医師《せんせい》が――。

あっ、違った。……消しゴムを使う。

ここで、窓のほうを書こう。

パパが襲われた部屋をボクたちが出る時、窓には大園さんがいた。

大園さんの家は庭師《ガーデナー》が仕事で、本当は、週に一回お父さんが仕事に来ていた。でもそのお父さんが腰を悪くして、先週から息子の大園さんが来ている。若いけど、老犬バクーに負けないぐらい、ゆっくり動いたり話したりする人だ。

さっき北さんが、「犯人が廊下へ逃げて行くのを見逃したんじゃないのか?」と、大園さんに何度も確かめていた。一人で部屋の中を見ていた時の見落とし……。

大園さんは、「部屋には誰もいなかったし、誰も出て行かなかった」と言っていたし、一人だけだった時間もとても短い。大園さんが窓に近付くのを目にして、北さんも寄って行った。そして十秒ほどして、そろって部屋の中を見ていたっていう。たった十秒だ。

最後に部屋を出たのはボクだけど、怪しい人がいるのかもしれないと怖かったから、廊下で何度も振り返っていた。その間も、もちろん、部屋からは誰も出て来なかったんだ。

そうしているうちに、窓から二人が監視することになった。やっぱり、犯人が廊下に逃げ出すのは無理だってことだよね。

　廊下もダメ、窓の外もダメ。

　さて、どうしよう。

　知恵を借りたい、頼りになる二人は外出中。まだ帰って来ないのかな……。

　やっぱり、ママのやり方をお手本にしよう。でも、どうするんだっけ？　ホームズさんはどうする？

　……そういえば、もっともっと前に犯行があったんじゃないかって、小村さんは疑っていたみたいだ。階段の所で話した後、こう言っていた。犯人が首を絞めて部屋を出た後、しばらくしてから、会長は一人で暴れたんじゃないか、って。パパは、首を絞められたことが悪夢を呼んで、うなされて暴れてしまった。

　でも、だとしたら、誰がドアの錠を閉めたんだろう？　犯人が、なにかのトリックをしたの？

　パパが死ななくてよかったのは当然だけど、どうして犯人は途中で逃げ出したんだろう？　パパに反撃されて怪我をした？　あの血は、犯人のもの？

　でも高島医師《せんせい》の話だと、首の手形は十分も二十分も前のものとは思えないということだったし、この推理もちがうのかも……。

　どうしようかと考えていて、ママのやり方を思い出した。基本をまとめたら、やわらかくした発想で細かなものをひろいあげる。誰かが何気なく言った言葉とか、小さな食いちがいとか……。

ボクは、タナトスを中心にいろいろと発想してみよう。

タナトスと書いて、丸でグルグルと囲む。

慶子ママには、男も女も、きょうだいはいないから、タナトスはこの世では別の姿をしていることになる。

地の底の館に、タナトスは住んでいる。ドロドロした雲に囲まれた館だ。

タナトスの心臓は鉄でできていて、心は青銅っていう金属。

誰だろう……？

あれこれ考えているうちに、ちょっと眠たくなっちゃった。

集中しなくちゃ。

タナトスは誰？

もっといろいろ、タナトスのことを思い出し、連想する。

……またちょっと眠たくなった時、頭の中でピンとつながるものがあった。

目が覚める。目が冴える。

これだ！

席を移動してパソコンを動かし、確認してみる。

やっぱりそうだ。まちがいない。

そういえば、あれも……。そうだったんだ！

わかったぞ、タナトスの正体。


思った以上に時間が経《た》っていたみたいだ。外はすっかり暗いし、警察の人たちが帰ろうとしている。大勢の人声が玄関のほうから聞こえる。

窓をあけて、空気が冷えてきているベランダへ出てみた。すぐ右側の下が玄関前だ。何台もの車に警察の人が乗り込んでいく。

事情を訊かれたみんなが残っていて、刑事さんたちを見送るようにしている。その中にタナトスがいるのに、捕まる様子はない。

パパを殺そうとしたタナトス。ママを眠らせ続けているのもアレなのかも。

ボクは室内を抜けて廊下に出て、パパの趣味の部屋に向かった。そこで彫り物用の小《こ》刀《がたな》をつかむと、部屋へ戻った。

明かりがあると姿が見えちゃうから、電灯のスイッチを切ってからベランダへ出た。

警察の車は走り去っていたけど、玄関の前ではまだ人声がする。玄関の明かりに照らされて、数人の姿が見える。

いた！　タナトスはまだいる。よかった。

小刀をしっかり握り、ボクは身を乗り出した。

右斜め前、距離は六メートル？

小刀の刃で狙う——。

のばしたボクの腕を後ろからグッとつかまれて、飛びあがりそうになった。

「なにしようとしてるの？」

驚いているようだけど、落ち着きもある声。いつの間にか、部屋に入って来ていたんだ。

その相手の顔を、ボクはホッとしながら見る。

「大輔お兄ちゃん」

5

「まだ眠る時間じゃないだろう」

お兄ちゃんが明かりのスイッチを入れる。

「それなのに明かりが消えたから、なんだろうと思って覗いてみたんだ」

小刀を机に置き、お兄ちゃんはイスに座った。ボクはベッドのへりだ。

もうすぐ中学生になるお兄ちゃん。サラサラの前髪は浅いV字の形で、そのカットはいつもママがしている。だから今は、ちょっとのびすぎ。それでも、きりっとシャープな印象はかっこよく残っている。暗闇の猫の目みたいと言われる瞳は、キラキラと光っているんだ。

でも最近は寝不足なのか、目が時々、赤いことがある。

筧フミさんも頼りになるけど、お兄ちゃんもそう。今日は片桐《かたぎり》さんと、大事な用で外に出ていた。片桐さんも、なんでも知っていてなんでも器用にできる、パパのふくしんっていうパートナーだ。あくまでも自分は部下です、って、渋い声で片桐さんはいつも言ってる。

片桐さんは今日、パパを苦しめているものを突き止めるために、血液検査の依頼に行っていたんだ。そうした分析施設に興味があるし、早く結果が知りたいと、お兄ちゃんもついて行った。

「なにかわかったの？」口をひらきかけたお兄ちゃんより早く、ボクは言った。

「毒が検出されたんだ。種類はキノコのもの」

「じゃあ、事故なの？　パパは、間違って毒キノコを食べた？」

「でもお父さんは、ボクたちや会社の人たちと同じものを食べていた」

「そうか、そうだね」

「お父さんを狙って、毒が盛られたんだろう」

「毒って……、パパはどうなるの？」

「解毒剤を持って来た。高島医師《せんせい》が射《う》ってくれているはずだ。後は回復するだけだろうけど、毒だってわかった以上、病院に入ったほうがいいかもしれないね」

パパが入院しなかったのは、まだ意識がある時に、慶子のそばを絶対離れないと言ったことと、片桐さんが全力で守る、と決意したからだ。片桐さんはもともと医学生だし。

「留守にしている間にお父さんが襲われたって知って、片桐さんはすごく自分を責めてるよ」

小刀に目を向けてから、「ねえ」と、お兄ちゃんはじんわり口調を変えて、ボクを見つめた。

「これで、なにをしようとしていたの、広大《こうだい》？」

ボクを広大って呼ぶのは、うちではお兄ちゃんぐらいだ。広大くん、はあるけど、お兄ちゃんが大くん、ボクが大ちゃんって呼ばれることが多い。二人まとめて、大ツーとか。お兄ちゃんは中学生になったら、大輔くんって呼ばれるみたいだ――ボクが生まれる前みたいに。

お兄ちゃんがグッと身を乗り出してくるから、ボクはまず、ボクやクリスさんたち三人は、夢の一族だって話から始めた。

「……広大が、無生物をあつかう夢の精、パンタソスか」聞き終わるとお兄ちゃんは、少し考え込みながら言った。「でもそんなに、広大が物質の夢にかかわった感じって、あった？」

「スタートからそうじゃない、お兄ちゃん。ボクがママのお腹の中にいる時。ママやお兄ちゃんまで大ピンチになった、ピストルの事件。パンタソスは、ややこしい、こんがらった変な夢に関係するんだ。あの事件は、まさにそれでしょ？」

「うん、まあ。悪夢だったかな」

「ボクがママのお腹の中で眠っている時に作っていた夢が、困らせる気はなかったのに、現実になっちゃったんだ。ヒュプノスのママと、息子のパンタソスであるボクが本当に一体だった時だから、強烈な力を発揮しちゃったんだね」

「なるほど」

ピストルの家に行く時、ボクがお腹の中にいるのは、ママとパパ、フミさんは知っていたけれど、子供のことで悲しんでいる家にお邪魔するので、そのことは黙っていたって、フミさんが話してくれた。大輔お兄ちゃんの姿はなぐさめになるかもしれないけれど、おめでたまで伝えることは避けたって。

「一年前にも、ボクが眠っている時にだけ不思議なことが続いた事件、あったたし。でも、いいこともあるよ。眠っている間に、夢みたいにすてきなことが起こっていたことが何回かある」

わかったよ、って感じでうなずいたお兄ちゃんは、「で？」と言って小刀を指先で突いた。

　それでボクは、今度はタナトスの正体を探ろうとした話をしていった。

　お兄ちゃんはもう、パパが襲われた不思議な事件のことをみんなから聞いていたみたいだけど、ボクが死の神様からの連想を手掛かりにしたことを知ると、その結果をすぐに知りたがった。

「それで、誰がタナトスか、わかったの？」

「西津さんだよ」

　一瞬息を止めると、お兄ちゃんはゆっくり言った。「どうして？」

「西津さんの会社の名前、〝レアアース・ケール〟だよね。タナトスと一緒に、死の運命も生まれて、その名前がケールっていうんだよ！」

「う〜ん！」

　あれ？　ダメだよ、みたいな顔をしてる。

「よくそんなこと知って――。パソコンでの検索か」

「そう」

「お父さんのソフトも、善《よ》し悪《あ》しだなぁ」

「他にもあるよ」お兄ちゃんを驚かせなきゃ。「二日前にも西津さんは来たでしょ。その時も高島医師《せんせい》が来ていたけど、握手をしようとした時、お医者さんだと知ると、西津さん

は パッと手を離した。あれは、自分の正体がバレると思ったからなんだ。医師《せんせい》はむかし、検死をする人だったんだよね。検死って、死や死体を調べる人でしょ。タナトスに敏感に気付いちゃう。それはまずいから、タナトスの西津さんは医師《せんせい》にふれないようにしたんだ」

「う〜ん。それは静電気のせいじゃないかな」

「え？　でも、バクーのこともある」

「へえ。どんなこと？」

「これも二日前のことだけど、西津さんはバクーをなでようとしたんだ。でも、めったに吠えない、やさしいあのバクーが、警戒してうなるみたいに短く吠えた。年取っちゃってるバクーは、タナトスにふれてほしくなかったんだ」

今度はお兄ちゃんも、う〜ん、とは言わなかった。考えるように顔を伏せた。浅いV字カットの前髪に、目が隠れた。

少ししてから、

「それで、西津さんを刃物でやっつけようとしたの？」とお兄ちゃんは言った。

「やっつけるなんて、大人の人相手に、むりだよ。する気もないし。西津さんを捕まえようとしただけ」

お兄ちゃんは顔を起こした。「捕まえる？」

「むかしの話にあるんだよ。タナトスが人の魂を持って行こうとするんだけど、逆に捕まってしまうんだ。タナトスが捕まっている間は、人は誰も死ななかったって。だから、タナトスの西津さんを捕まえておけば、パパは死なないし、ママもよくなる。人は誰も死ななくなるんだよ」

「それはすごいけど……。刃物でどうやって捕まえるの？」

「ルシイが残していってくれたワナを使うんだよ」

「ルシイが？」

「ルシイが帰っちゃう最後の日――」

「一週間前だ」

「うん。その日に、剝製《はくせい》を売りに来た人たちがいたじゃない。鳥を一網打尽にすることを自慢したり。それでルシイが怒っちゃって、ここのベランダの外に、あの人たちを捕まえるワナを仕掛けたんだよ」

「うわっ……」

「あの木の、太い枝のかげに。網が丸まってるんだけど、それを縛っているロープを切ると、広がった網が、ブラーンと振れながらさがっていって玄関前の人を捕まえるんだ。……剝製の人たちには使わなかったけどね」

ははっ、とお兄ちゃんは笑った。笑顔のまま小刀を持ち、行こうという身振りをする。

明かりを消して、ボクたちは廊下へ出た。

「お父さんが首を絞められた件だけど……」

歩きながら言ったお兄ちゃんの声は、ちょっと前とはすっかり変わって深刻だった。

「うん？」

「生身の人間にも犯行は可能なんだ」

「そう？」

「まず、ドアの錠を掛けたのは、お父さん自身だと考えることはできる。お父さんは、錯乱するほど生々しい悪夢を見たけど、その前に、自分で錠を掛けに行ったんじゃないかな。こんな感じだ。お父さんは家にも誰かが侵入していると不安を感じていたから、熱に浮かされている時に、部屋に押し入って来る敵の幻影を感じてフラフラと錠を掛けに行った。でも、夢遊病みたいなものだから、自分では意識していない。そしてベッドに戻った時には鼻血が出たんだろう。したたる血を見たお父さんの、夢うつつの悪い幻影は加速する。襲われるという不安がはっきりとした悪夢になり、現実と区別のつかなかったお父さんは、誰かに襲われて殴られたと思い込む。恐怖を相手に争い、水差しを投げたりして暴れた」

そうか。覚えてないだろうけど、パパが自分で錠を……。

「鼻血はいったん止まったみたいだね。鼻血が出ればごく自然に拭うから、口やあごを汚している血に比べれば、鼻の穴の中の血なんてまったく目立たなくなる」

「うん」そんなこまかなところまで、気は回らなかった。

「お父さんが、生身の犯人と戦ったとは思えない。首まで絞められているのに、熱でフラフラのお父さんが勝てるわけはないからね」

パパの趣味の部屋に入ると、お兄ちゃんは、

「警察が、あのドアの錠の指紋を採取していったらしいから、お父さんが錠を掛けたことは間もなくはっきりすると思うよ」と言った。「現場の血液も調べているけど、たぶん全部がお父さんのものだろう」

小刀を返してから廊下に戻り、二人で階段に向かった。

「残る謎は、お父さんの首を絞めた内出血の跡だけど、これはお父さんが自分でやったことじゃない」

「うん……」

「でも、血の手形を首につけたのはお父さんだろうね。お父さんは悪夢の中で首を絞められた。その手を振りほどこうとして、首に手をやる。そして、自分の血と手で、血染めの手形を残した。でも、内出血を起こすほど首を絞めたのは別人だ。お父さんが悪夢にうなされて暴れる前の犯行とは思えないって高島医師《せんせい》が検案していたから、犯行時刻は絞られる」

「……パパが血の手形を首につけちゃった後ってこと？」

「後しかないね。血の手形があったし、お父さんが首を絞められたって言ったから、誰もが、首絞めの犯行は済んでいると思ってしまった。でもフミさんに訊いたら、首は血で汚れていたから、手形の内出血跡は見ていないって言う。広大はどう？」

「……そうだね、血の手形はあったけど、他はなにもわからない」

「その時の首に、絞めた手の跡なんてなかったのさ」

「で、でも、パパが錠を掛けてからは、犯人は部屋の中に入ることも出ることもできないんじゃ？」

「窓の錠も閉まっていた。それを確認した三人、大園さん、北さん、クーさんがぐるじゃない限り……おかしなことがあったらバクーが教えてくれるだろうから――」

「そうだよ」

「三人の証言を信じると、残る可能性は一つだけだ。密室から運び出されてから、お父さんは首を絞められたことになる」

階段をおりる足が止まりそうになった。

「……あの部屋を出てから？」

「だから、犯人は西津さんになるね」

やっぱり西津さんが、と思っていると、お兄ちゃんが続けた。

「お父さんは、幻影に首を絞められただけだ。だから、フミさんや広大が駆けつけた時には内出血による手形なんてなかった。でも、三、四分して、小村さんも見守る中で高島医師《せんせい》が調べた時には、間違いなくあった。この間、お父さんと二人だけでいたのは西津さんだ」

廊下を二人だけで歩いていた。家から急に人の数が減ったのかと思っちゃうほど、誰の姿も見えない。

「……西津さんは、パパを絞め殺そうとしたの？」

「そうじゃないだろう。殺しちゃったら、犯人はすぐにわかっちゃう。西津さんは、お父さんの首に絞められた証拠を残したかったんだろうな」

「……どういうこと？」

「一人になって首の血を拭っていた西津さんは、首に手形の内出血跡はないし、お父さんは幻に襲われただけだと察していたんだろう。そんな、うなされた程度の騒動を、西津さんは本当の事件にしたかった。部屋を移されてからもお父さんの意識は朦朧《もうろう》としているから、そこで首を絞められてもはっきりと記憶できないだろうし、時間の観念がおかしくなるのはよくあることだから、こんなふうに首を絞められたのは最初のベッドでのことだと、前後を取り違えることもじゅうぶん期待できる」

「最初に首を絞められたのを思い出している、と感じるとか……」

「そうだね。フラッシュバックってやつか。で、お父さんが暴れた最初の事件の時は、西津さんはまだここに到着していなかったからアリバイがある。容疑者は、ほとんどが身内ばかりだ。仲間同士が疑い始めることを、西津さんは狙ったんだろう。疑心暗鬼《ぎしんあんき》って言うんだけどね、疑いの思いがわいてきて、団結に亀裂が入っていく。結束が乱れる。付け入る隙ができる……」

「じゃあ西津さんは、パパの会社の敵の人だったの？」

「そうなんじゃないかな。最初はちがったけど、敵にさせられちゃったんだと思う。こうした今までの考えは、片桐さんにも伝えてある。西津さんは警察も調べるだろうね」

歩いている先はわかっていた。ママが寝ている部屋だ。

「今回の西津さんの失敗は、密室になるなんて思わなかったところだ。窓から大園さんが見ているなんて知らなかったからね。窓からの目撃者たちがいなかったら、どうなっていた？　お父さんの首を絞めた犯人には逃げ道ができる。みんなが部屋を出てから、室内に潜んでいた犯人は逃げ出せばいい。窓から逃げてもいいね。屋内の共犯者が窓の錠を掛けるんだ。そういうふうに、西津さんは疑いの種をまく気だった。ところが、自分の首を絞める結果になっちゃったんだ」

最後のは、しゃれかな？　と思っていると、お兄ちゃんはママの部屋の鍵をあけた。

ママが一人で寝ている。やさしいにおいのする部屋だ。

お兄ちゃんがそっと言った。

「二日前に、西津さんに向かってバクーが吠えたというのはヒントかもしれないよ」

「やっぱり、西津さんがタナトスっていうヒント？」

「それもあるかもしれないけど、西津さんが毒を入れた犯人というヒントさ」

「そうなの？」

「ちょっぴりの可能性だけどね。西津さんはあの時、お父さんだけが使うなにかに毒を仕掛けた。それで、指に毒が残っていたのかもしれない。嗅覚でそれに気がついたバクーが警戒の声を出した」

「わあっ、きっとそうだよ」

ボクを白い揺り椅子に座らせるお兄ちゃんに、尊敬の視線を注いじゃう。

「すごいや、大輔お兄ちゃん。さっき聞いたばかりのパパの事件も、すぐに解決できちゃったし」

お兄ちゃんの表情はほぐれている。

「解答は、お母さんに教えてもらったんだよ」

「慶子ママに？」

ど、どうやって？

大きな声をあげてママの顔を見るボクに、お兄ちゃんは、しーっと指を立てる。

「帰りの車の中で寝ちゃってね。そしたら、夢の中でお母さんがいろいろ言っていた。ここに着いてから事件のことを聞いたら、お母さんの言ってたことが全部ヒントだってわかったんだ。そのおかげで、すぐに答えが閃《ひらめ》いたのさ」

さすがヒュプノス！

頭の中が光ったようなこの瞬間、枕元の壁に貼られている言葉を、ボクは漢字のところも含めてすっかり思い出した。

心の中のロマンチックな小部屋で、頭の中のノスタルジックな世界で、彼らは心から愛してくれる者のために、いつまでも生き続けるのである。そしてそこでは時は一八九五年のまま動かない。

お兄ちゃんは、イスをゆっくり揺すりだした。

「お父さんは、もう大丈夫だ」

やわらかな吐息みたいな声を丸く出してから、お兄ちゃんはママの顔を見る。

雪のように白くて、だから溶けそうで怖くて、でも温かい顔を……。

「あとは、お母さんだ」

「慶子ママ、絶対に死なないよね」

「もちろん、まだまだ大丈夫さ。……でもね、広大。人はいつか、絶対にタナトスの手に落ちてしまう……」

その意味が理解できて、ずーんときたショックで顔の筋肉も変になった時、お兄ちゃんはあわててボクの腕をさすった。

「そうじゃない、広大。お母さんはよく言っているだろう」

お兄ちゃんは、部屋の所々にあるホームズさんグッズに目をやりながら、

「シャーロック・ホームズさんは実在の人物よりもっと、歴史上の人物みたいになっていて、励みになるって。どれほど時間が経っても、興味を懐《いだ》かれ、愛されて……。歴史書や教科書には載らないけれど……。だからこう思うって、お母さんは言ってた。自分のような、どういうことのない人間でも、偉い人とは違う〝歴史〟を持てるのかもしれない」

血をいっぱい見て、タナトスを感じ、今まで知っていた人の悪事に怯えそうになっていたボクの心の奥に、お兄ちゃんは話しかけているようだった。

「時間とともに曖昧になり、誤解も生まれるけど、それもまた魅力としていける……。だから僕たちも、嫌なことや辛《つら》いことを一緒に超えて、もっともっと家族になっていく！魅力的な記憶を作る！」

ぐぐっ、と、ボクはうなずく。

「僕とお前は、間違いなくお父さんやお母さんを語り継ぐ。歴史的な偉人よりも、もっ

と！　お母さんとお父さんが出会った頃のすごい事件のこと……、みんなとの、バクーとの、かけがえのない思い出を……」

「うん……」

「助けに行こう」

「えっ？」

「夢の中へさ、パンタソスくん！」

「あっ」

「夢の中のお母さんに会いに行くんだ。そして助け出す」

「……!!」

「二人ならできるさ」

揺り椅子をこいでくれる大輔お兄ちゃんに、ボクは何度も、うん！　を繰り返した。

# 解説

つづみ綾《あや》
（ミステリー評論家）

『翼のある依頼人』は作者の柄刀氏自身によって、〝ティータイム・ミステリー〟と名づけられたシリーズの一冊だが、〝ティータイム・ミステリー〟にはじめて出会ったとき、私は心地よさとともに驚きを感じた。それは衝撃といってもいいほどの驚きだったように覚えている。午後の穏やかな時間にふさわしい寛《くつろ》ぎをもたらしてくれるミステリーであるのはもちろんのことながら、超ど級といってもおかしくないほどの壮大な謎に、くらくらとしたからだ。「密室牢獄」の中で墜落死した男や、食べ物に囲まれたテーブルの上で餓死した男といった奇想が提示されたその作品、『マスグレイヴ館の島』は、重厚な謎を扱いながらも、不思議なことに、お茶の時間の読書らしくほっとする読み心地が特徴のミステリーである。刊行当時、はやる心で読み終えた私は、読書の余韻《よいん》にひたりながら、壮大な謎と、柔らかな持ち味の双方が両立するのはなぜだろう？　と考え込んだものだったが、そのとき思い当たらなかった理由に気がついたのは、それから十一年後にシリーズ二作目である本書が刊行されたときだった。

ソフトカバーで刊行された親本は、タイトル『翼のある依頼人』のすぐ下に「慶子さんとお仲間探偵団」と副題がうたれ、登場人物やホームズ、鳥の羽などが和《なご》やかなタッチで描かれたイラストが目を引く。作品の温かな手触りを想起させる表紙である。『マスグレイヴ館の島』からだいぶ時間がたってからの二作目の刊行であったため、刊行時の読者の方の中には、副題にもある「慶子さん」が『マスグレイヴ館の島』の語り手のナルコレプシー（睡眠障害）を抱えた彼女だと気づかずに読み進め、途中で気がついて嬉しく思われた方もおられたのではないだろうか。

『マスグレイヴ館の島』も『翼のある依頼人』もそれぞれ独立した作品として享受されうるもので、ノン・シリーズとして読んだとしても十二分に楽しい作品なのは間違いないのだが、この二作に共有されるキイ・ワードとして〝ティータイム・ミステリー〟という用語は確かな存在感をはなっている。もっとも柄刀氏の〝天地龍《りゅう》之《の》介《すけ》〟シリーズも、〝ティータイム・ミステリー〟に近い性質を帯びたものだが、両者の類似性や方向性を分析すると、性格は共通しながらも、異なった性質を帯びていて、〝慶子さんとお仲間探偵団〟シリーズのほうがより〝ティータイム・ミステリー〟らしいのではないか……そのような印象を私は受けるのだ。龍之介シリーズは柄刀氏のデビュー間もない時期から続いている作品群で、これまでに十二冊が発表されているので、長い時間を登場人物と共有してきたことゆえの連帯感が読者にはある。だが一方、不思議なことに〝慶子さんとお仲間探偵団〟シリーズは本書が二作目であるという冊数の少なさをなぜか感じさせずに、おなじみのシリーズに触れたという感覚があるのだ。この心地よさ、安堵感が〝ティータイム・ミステリー〟の語にこめられていた秘密であり、読者を喜ばせるものなのではないかと私は考えざるを得ない。

その安堵感を生み出すものを分析すると、もちろん語り手の温かなまなざしや、柔らかな物語作りがあげられて、そういったものが登場人物たちの心の根底に横たわる哀しみさえも包み込むような優しさを携《たずさ》えている。さらに、お仲間たちである登場人物は、読み手をはらはらさせるときがあっても、不思議と連帯感で結ばれている。慶子さんを含めたお仲間たちの関係を支える信頼感を、ホームズ愛好家、すなわちシャーロッキアンであることに結びつけることは可能である。ジャンルがなんであれ、ある特定のものを好きなことで生まれる親密さがそこにあるのは間違いないからだ。

そして、そこから一歩さらに考察を深めると、今から百年以上前のヴィクトリア朝イギリスで誕生したシャーロック・ホームズ・シリーズと同じく、どの作品から読んでも（といっても、残念なことに二〇一四年現在では、〝慶子さんとお仲間探偵団〟シリーズはまだ二作しか刊行されていないが、近い将来にこの状況が改善されることを祈りつつ）親しみを感じさせる点に、〝ティータイム・ミステリー〟の肝はあるのではないだろうか。ホームズがシリーズでありながらも、どこからでも読めるというのは、どの作品から読んでも面白いということである。どの作から読みはじめても親しめるところに、大河的なシリーズを可能にする要素がくみとれる。わずか二作ながら、〝慶子さんとお仲間探偵団〟シリーズには、そういった大御所的なシリーズに発展しそうな資質が確かに存在しているのである。

もちろん、物語の中核にはティータイムの読書に似つかわしい上質な謎解きがあるのは言うまでもない。その謎はゆるやかなものではなく、作者の気骨さえ感じさせるものだ。トリックもロジックもとことん考え抜かれている。柄刀氏のこれまでの作品を振り返ると、それも納得のいくことである。というのは、柄刀氏は一九九七年に『3000年の密室』で第八回鮎川哲也賞の最終候補作に残り、翌年、有栖川有栖氏らの推薦を受けて同作が刊行されたが、その後も『OZの迷宮　ケンタウロスの殺人』（二〇〇四）、『ゴーレムの檻』（二〇〇六）、『時を巡る肖像』（二〇〇七）、『密室キングダム』（二〇〇八）と日本推理作家協会賞や本格ミステリ大賞の候補作に何度となく選ばれ、各種年刊ベスト誌の常連でもあるからである。その氏が放つ〝ティータイム・ミステリー〟であるからには、ミステリー部分にも期待を抱いてしまうのはむべなるかな。

それでは、本書におさめられた四編について、一作ずつみていこう。

「女性恐怖症になった男」女性恐怖症になってしまった若い男性が語り手の物語。マンションの一室で火災が発生し、密室状態の室内から住人の遺体が発見され……。密室でいかにして犯行がなされたか。消防署に連絡した通報者は、なぜ虚偽の情報を混ぜたのか。それらの謎が解き明かされ、火災が引き起こされた手順がわかると、どうにもやるせない気分になる。ともあれ、主人公には気の毒だが、どこかユーモラスな味わいを彼の語り口に感じるのが、やるせなさを和らげている。

「翼のある依頼人」迷子になった小鳥の飼い主が誰かという推理を皮切りに、思いもよらぬ重大な犯行が明らかになり……という筋立てで、動物と会話ができると公言するルシイが活躍する。お仲間たちが親身になって飼い主のところに戻そうとする様子にほのぼのする。よほど動物が好きな方でなければ描けない光景である。ミステリーとしては、インコの覚えていたコトバを手掛かりに飼い主の仕事や住所を推測するくだりや、小鳥の連続毒殺事件との関連がぴたりと明確になるあたりに、読書の快感がある。

「見えない射手《しゃしゅ》の、立つところ」本書で随一の読みごたえがある作品であり、中世の甲《かっ》冑《ちゅう》というわくわくする小道具が登場し、目撃者の前で空中で発砲された拳銃の謎が何とも興趣《きょうしゅ》あるもので、未読の方には、今すぐにでもお読みいただきたい。

実は、「見えない射手の、立つところ」にはフランスからも翻訳の要望が届いている。不可能犯罪にこだわるミステリー作家、ポール・アルテ氏はフランスのディクスン・カーという誉れも高いが、プライベートでは、日本のミステリー状況にも興味津々である。書棚には二階堂黎人《にかいどうれいと》氏の『人狼城の恐怖』など日本の書物も並び、「名探偵コナン」のフランス語版も鑑賞されている。もっとも「名探偵コナン」は独創的なミステリーとは言い難いかもしれないが、そういったアニメが生まれるだけの日本のミステリー需要の広さが羨ましいと氏は語る。島田荘司《しまだそうじ》氏の『占星術殺人事件』のフランス語版も、刊行後ただちに読まれて感銘を受けておられた。そんなアルテ氏から、日本ではまだ紹介されていない名探偵オーウェン・バーンズもの（註）というアルテ氏ご自慢のトリック満載シリーズのお話を伺っているときのことだった。謎の設定に熱弁をふるうアルテ氏の語り口に既視感を感じた。洋の東西の違いこそあれ、アルテ氏は必ず柄刀氏のダイナミックなトリックがお好きなはずだ、そんな確信を抱いたのである。だから、「見えない射手の、立つところ」を読んだときは、真っ先にアルテ氏に感想を伝えた。オーウェン・バーンズにも謎を解いていただきたい事件がある、と。空中に浮かんだ拳銃から発砲されたという設定に、予想通り、アルテ氏はとても関心を示され、ぜひともフランス語版が読みたいとおっしゃっていた。いつの日か、フランスと日本にまたがった謎対決があればよいのに、私はそんな願いをそっと抱いている。

さて、本書の紹介に戻ると、最後におかれた「黄色い夢の部屋」はガストン・ルルー『黄色い部屋の秘密』へのオマージュでありながら、収録作を幻想的につなぐ話である。読後、私は『不思議の国のアリス』を連想した。世代を超えて親しまれているアリスの冒険も、午睡のひとときがみせたティータイムにおこった物語だったのだから。本シリーズも時代を超えて楽しまれることを願いつつ、筆をおきたい。

（註）古典的な雪密室や、大勢の証人の前で繰り広げられる不可能犯罪など、本格的な謎が満載のシリーズで、『ヘラクレスの十二の犯罪』（"Les Douze Crimes d'Hercule"、二〇〇一）や『幽霊小路』（"La Ruelle Fantôme"、二〇〇五）などの五作が書かれている。

〈初出〉
女性恐怖症になった男　「ジャーロ」（光文社刊）36号（二〇〇九年七月）
翼のある依頼人　「ジャーロ」37号（二〇〇九年九月）
見えない射手《しゃしゅ》の、立つところ　単行本時、書下ろし
黄色い夢の部屋　「ジャーロ」40号（二〇一〇年一二月）

〈単行本〉
二〇一一年七月　光文社刊

光文社文庫

本格推理小説
翼《つばさ》のある依頼人《いらいにん》　慶子《けいこ》さんとお仲間探偵団《なかまたんていだん》
著者　柄《つか》刀《とう》　一《はじめ》

2014年6月20日　初版1刷発行

発行者　駒井　稔
印刷　堀内印刷
製本　関川製本

発行所　株式会社　光文社
〒112-8011　東京都文京区音羽1-16-6
電話（03）5395-8149　編集部
8116　書籍販売部
8125　業務部

© Hajime Tsukatō 2014
落丁本・乱丁本は業務部にご連絡くだされば、お取替えいたします。
ISBN978-4-334-76755-6　Printed in Japan

JCOPY ＜(社)出版者著作権管理機構 委託出版物＞
本書の無断複写複製（コピー）は著作権法上での例外を除き禁じられています。本書をコピーされる場合は、そのつど事前に、(社)出版者著作権管理機構（☎03-3513-6969、e-mail : info@jcopy.or.jp）の許諾を得てください。

組版　萩原印刷

**お願い**　光文社文庫をお読みになって、いかがでございましたか。「読後の感想」を編集部あてに、ぜひお送りください。

このほか光文社文庫では、どんな本をお読みになりましたか。これから、どういう本をご希望ですか。

どの本も、誤植がないようつとめていますが、もしお気づきの点がございましたら、お教えください。ご職業、ご年齢などもお書きそえいただければ幸いです。当社の規定により本来の目的以外に使用せず、大切に扱わせていただきます。

光文社文庫編集部

本書の電子化は私的使用に限り、著作権法上認められています。ただし代行業者等の第三者による電子データ化及び電子書籍化は、いかなる場合も認められておりません。

◇◇◇◇◇◇◇◇◇光文社文庫　好評既刊◇◇◇◇◇◇◇◇◇

成吉思汗の秘密（新装版）　高木彬光
白昼の死角（新装版）　高木彬光
ゼロの蜜月（新装版）　高木彬光
人形はなぜ殺される（新装版）　高木彬光
邪馬台国の秘密（新装版）　高木彬光
「横浜」をつくった男　高木彬光
神津恭介への挑戦　高木彬光
神津恭介の復活　高木彬光
神津恭介の予言　高木彬光
神津恭介、密室に挑む　高木彬光
神津恭介、犯罪の蔭に女あり　高木彬光
刺青殺人事件（新装版）　高木彬光
社長の器　高杉　良
組織に埋れず　高杉　良
みちのく迷宮　高橋克彦
王都炎上　田中芳樹
王子二人　田中芳樹

落日悲歌　田中芳樹
汗血公路　田中芳樹
征馬孤影　田中芳樹
女王陛下のえんま帳　田中芳樹 垣野内成美 らいとすたっふ編
嫌妻権（新装版）　田辺聖子
結婚ぎらい（新装版）　田辺聖子
ずぼら（新装版）　田辺聖子
スノーホワイト　谷村志穂
娘に語る祖国　つかこうへい
4000年のアリバイ回廊　柄刀　一
密室キングダム　柄刀　一
ペガサスと一角獣薬局　柄刀　一
ifの迷宮　柄刀　一
目下の恋人　辻　仁成
いつか、一緒にパリに行こう　辻　仁成
マダムと奥様　辻　仁成
愛をください　辻　仁成

光文社文庫　好評既刊

人は思い出にのみ嫉妬する　辻　仁成
日本・マラソン列車殺人号　辻　真先
青空のルーレット　辻内智貴
いつでも夢を　辻内智貴
ラストシネマ　辻内智貴
セイジ　辻内智貴
盲目の鴉（新装版）　土屋隆夫
血のスープ怪談篇　都筑道夫
悪意銀行ユーモア篇　都筑道夫
暗殺教程アクション篇　都筑道夫
翔び去りしものの伝説ＳＦ篇　都筑道夫
三重露出パロディ篇　都筑道夫
探偵は眠らないハードボイルド篇　都筑道夫
魔海風雲録時代篇　都筑道夫
女を逃すな初期作品集　都筑道夫
文化としての数学　遠山　啓
指哭　鳥羽　亮

赤の連鎖　鳥羽　亮
昆虫探偵　鳥飼否宇
趣味は人妻　豊田行二
野望課長　豊田行二
一夜妻　豊田行二
野望秘書（新装版）　豊田行二
野望契約（新装版）　豊田行二
野望銀行（新装版）　豊田行二
中年まっさかり　永井　愛
グラデーション　永井するみ
戦国おんな絵巻　永井路子
ぼくは落ち着きがない　長嶋　有
罪と罰の果てに　永瀬隼介
びわこ由美浜殺人事件　中津文彦
蒸発（新装版）　夏樹静子
Ｗの悲劇（新装版）　夏樹静子
目撃（新装版）　夏樹静子